U0136302

紅樓夢研究叢書 1

紀曉嵐與紅樓夢

鄔員 撰

LITERARY TIMES
蘭臺出版社

〈序：天下一家 中國一人〉

此書因蔡先生《石頭記索隱》而起，繼潘重規先生觀點而作。

班固講「實事求是」。紅樓夢的考據，是要用《說文解字》及音韻反切的，這是乾嘉時代的特點，回避這個事實，就難求書旨。一旦使用訓詁，紅樓就會有辛酸之淚。舉個例子：

護官符注說：「保齡侯尚書令史公之後。」不用考證保齡侯，這本是一個反切。「保齡」反切為兵，「保侯」反切為部。保齡侯尚書令史公，就是「兵部尚書史公」。這時再看護官符：「阿房宮，三百里，住不下金陵，一個史。」為何「住不下金陵？」古無輕唇音，錢大昕說：「房，古讀如旁。」這不是金陵，而是金陵之旁三百里的廣陵。三百里可謂廣矣，《說文》曰：「阿，大陵也」。故「阿房宮，三百里」指廣陵。廣陵就是揚州，揚州才有「一個史」。揚州梅花嶺上，是「明兵部尚書兼東閣大學士史公可法之墓。」

史家護官符，只是反切和輕唇音而已，所謂「大道至簡」。

脂硯齋精通《廣韻》，因為他說：「鼒，子之切，小鼎也。」那麼看脂批時，就要用韻書了。比如甲戌本脂批說：「設云秦鐘，古詩云：『未嫁先名玉，來時本姓秦。』二語便是此書大綱目、大比托、大諷刺處。」

來時本姓秦，《說文》曰：「秦，禾名。」隱和。

未嫁先名玉，《集韻》曰：「珅，玉名。」隱珅。

故此，秦鐘乃是和珅。同理，用《說文》與《廣韻》，得出水溶是永瑢。甲戌本出現這二人，真是此書「大綱目，大比托，大諷刺處」。紅樓成書時間，也將推遲至一七七三年。脂批時間作偽，只因避文字獄。甲戌讀作假虛，一如假語村言。

潘先生在臺灣以及海外傳播文字學，用先生所傳之音義，按之先生之觀點，有許多主張是正確的。《石頭記》作者為誰？舉世皆曰曹雪芹，潘先生說：「不是」。孟子曰：「自反而縮，雖千萬人，吾往矣。」先生是真正的文士。

潘先生繼承了章黃一貫的剛直，那麼蔡先生則是兼容並包。蔡先生《石頭記索隱》說：「扇者，史也。」石呆子的扇子就是史書。因為「扇子」反切為「史」。再通過紀曉嵐《四庫提要》，可知石呆子的原型，是「石公、張岱、張宗子」。通過《四庫全書》對《崇禎曆書》及西洋曆法的記載，能推出餞花神是三月十九日。

《四庫全書》有太多紅樓線索，紅樓夢第三十六回中，寶玉「禍延古人，除《四書》外，竟將別的書焚了。脂批道：寶玉何等心思，作者何等意見，此文何等筆墨！」四庫毀的書和收錄的幾乎一樣多，《四庫全書》不收的書怎麼辦？周先生說：「不收就是不留！」不留怎麼辦？就像寶玉那樣，「除《四書》外，竟將別的書焚了。」試問，紅樓三十六回的四書，真的指儒家四書麼？看脂批的三句連問，就知其中的隱喻了。

《石頭記》雖寫一家之事。但《禮記》說：「聖人耐以天下為一家，以中國為一人，非意之也。」寫一家喻天下，寫一人喻中國，是紅樓的氣魄與境界，也是儒家的傳統。

蔡先生說《石頭記》是政治小說，這與他的理想是分不開的。一九三六年九月，蔡先生給鄒韜奮主編的《生活星期刊》題詞說：「中國為一人，天下為一家，這兩句是禮記禮運篇成語，照現代中國人的立場看來 也是用的著的。若是中國四萬七千萬人，都能休戚相關，為身使臂，譬使指的樣子，就自然沒有人敢來侵略，而立於與各國平等之地位。由是而參加國際團體，與維持和平的各國相提攜，自然可以制裁侵略主義的國家，而造成天下一家的太平世了。廿五年九月蔡元培。」

馮友蘭說：「蔡先生的人格，是儒家教育理想的最高的表現。」先生用儒家理想去審視紅樓，所以能看到真正的書旨。潘天壽說：「藝術之高下，終在於境界，境界之上，一步一重天。」文學藝術之高下，同樣在於境界，若無先生作索隱，人類可能無法理解紅樓的隱喻，也不會相信，世上真的有那麼一個人，用盡了畢生精力，去踐行「天下一家，中國一人」的理想。

蔡先生主張猜謎語，紅樓夢也到處是謎語。

孟子曰：「大人者，不失其赤子之心者也。」小孩子喜歡猜謎，紅樓作者秉赤子之心，所以書中多謎語。可世事變遷，仲永易傷，長大之後，很多人就不會猜謎了。作者是誰？脂硯是誰？何為書旨？都是些兒童謎語。讀紅樓夢，不過是重操兒時舊業罷了。

大觀園裡也是一群孩子，即像童話，又像愛情。童話並非用謊言教人天真，而是用奇妙的故事教人長大。勇士要戰勝惡龍，王子要破解魔法，孩子們與巨人鬥智，小人魚有勇敢的心。試問，快樂王子的心，因何破碎？童話的背面，是世界的真實。

在紅樓夢裡，「湘雲醉芍」喻「揚州十日」。「瓊花、芍藥」都是揚州市花，自古有名。《桃花扇》用「瓊花劫」喻揚州兵燹，而《紅樓夢》則用「芍藥茵」。以芍藥喻揚州，以花落喻人亡，以醉臥隱沙場，這是詩經的比興手法。為何眾人圍著湘雲笑，因為「醉臥沙場君莫笑，古來征戰幾人回。」

紅樓作者是燕趙之人，常於姹紫嫣紅中作慷慨悲歌。寒塘渡鶴影，冷月葬花魂，華麗的詩句背後，皆是辛酸之淚。恰如《風月寶鑑》，正照紅粉，反照骷髏。

對人性的悲憫，使得書中充滿感傷，這樣一部極具人文關懷的書，會怎麼看待那些現實中的黑暗呢？有無相生，善惡相形。此書如此純粹華美，是因為「天下皆知美之為美，斯惡已。皆知善之為善，斯不善已。」

蔡先生說：「科學救國，美育救國。」可他偏要猜謎，偏要在書中找到許多黑暗，他說：「謎者，是中國文人習慣。」而美育可以讓人明辨是非。

童話裡的兒童終將長大，失去的也許是天真無邪。得到的，將會是「獨立之精神，自由之思想。」維此二句，可通紅樓之境了。

我輩才識淺薄，唯親歷親行，走遍中國訪紅樓遺跡，積兩年之力，乃有此書，因教郎員編成，題曰《續石頭記索隱》，曲阜魯小嶧則題曰《紀曉嵐與紅樓夢》。不在乎解開多少謎題，旨在打開新的世界，使少年讀《石頭記》，不再囿於一家一言，而是海闊憑魚躍，天高任鳥飛。知音君子，其垂意焉。

撫狸道人　龐並明　序

紀曉嵐與紅樓夢——目錄

揚州慢・詠大觀園

天下名園，薊西佳景，卜園瞻顧蒼生[一]。始興為民苦，終毀也民驚。自剽掠人間無數，築成仙境，火付夷兵。漸黃昏，歸去遊人，依舊空城。

大觀在上[二]，百年來，家國深情。縱作者詠諧[三]，行文至此，淚亦如傾。廢壁西風殘影，遮不住，故柳新鶯。念風荷高舉，年年待雨聽聲。

一　張岱：「以名園之興廢，卜洛陽之盛衰，以洛陽之盛衰，卜天下之治亂。」

二　孔子《易傳》：「大觀在上，中正以觀天下。」

三　錢泳《履園叢話》：「獻縣紀相國，善諧謔，人人共知。」

右圖　圓明園

紅樓夢者，春秋之婉章，儒家之鏡鑒，紀昀孤憤之作。

紀曉嵐與脂硯齋

脂批如指月，見月而忘指。

紅樓夢的謎語，多以詩歌形式，比如寶琴十首懷古詩，黛玉、寶釵、寶玉的燈謎詩等，這個作者很喜歡「以詩為謎」。

河間紀曉嵐，最喜猜謎語，對對子。在《紅樓夢》手抄本上，就有紀曉嵐留下的謎語。紅樓手抄本，叫做《脂硯齋重評石頭記》，版本很多，統稱脂本。但「幾乎所有脂本都有一首回前詩。」恰是個詩謎，謎底正是脂硯的身份。詩曰：

一局輸贏料不真，香銷茶盡尚逡巡。
欲知目下興衰兆，須問旁觀冷眼人。——猜一個清代學者

謎底是：觀弈道人。

右圖：觀弈道人銘

觀弈道人就是紀曉嵐，他非常喜歡寫對弈詩，這樣的詩他還寫了五首，選錄三首如下：

《桐蔭觀弈》　紀昀

不斷丁丁落子聲，紋楸終日幾輸贏。
道人閑坐桐蔭看，一笑涼風木末生。

《題八仙對弈圖》　紀昀

局中局外兩沉吟，猶是人間勝負心。
那似頑仙癡不省，春風蝴蝶睡鄉深。

《題對弈圖》　紀昀

十八年來閱宦途，此心久似水中凫。
如何才踏春明路，又看仙人對弈圖。

紀昀曰：「世事如棋老漸知。」看他用詞習慣：「輸贏、勝負，閑坐看（旁觀）、又看（冷眼）、一局輸贏料不真（局中局外兩沉吟）、尚逡巡（癡不省）。」不管是遣詞用句，還是思想境界，脂批的這首觀弈詩，和紀曉嵐的觀弈詩都是如出一轍，再結合

脂批詩意，答案就是：觀弈道人。[一]

紀昀，字曉嵐，號石雲，又號觀弈道人，自號孤石老人。紀曉嵐故居在北京胭脂胡同西側，他的書齋叫「九十九硯齋」。

一七九六年的時候，紀曉嵐已經七十三歲了。這一年，在胭脂旁的硯齋裡，他校訂了一本書，就是敦誠的《四松堂集》。紀昀為此書作序，並添加了校注，其中一條是：「雪芹曾隨其先祖寅織造之任。」一百多年後，這本《四松堂集》又落到胡適之手中，掀開了近代曹雪芹研究的序幕。

袁世凱稱帝失敗後，前教育部長蔡先生從海外歸來，擔任北大校長，並出版了自己的《石頭記索隱》，指出《紅樓夢》為政治小說，書旨為「弔明之亡，揭清之失。」

胡適之不這樣認為，他根據袁枚《隨園詩話》的記載，指出曹雪芹是江寧織造官曹寅之子。曹家世代包衣，怎麼會罵主子呢？胡適的學生顧頡剛去查了內府檔案，回來告訴

一　將紀昀詩文與脂本開篇楔子同看，知楔子亦出昀手。

右圖：紀曉嵐故居

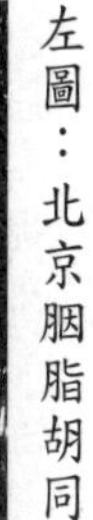
左圖：北京胭脂胡同

他：曹寅的兒子都有記載的，不像是曹雪芹。

適之有點慌，急於找到一本證明曹雪芹身世的書，就是《四松堂集》。功夫不負有心人，真被適之找到了，而且是「付刻前的手抄校訂稿」，也就是紀曉嵐校訂時用的手稿。一九四九年，適之去米國，將《四松堂集》留在大陸，現保存於中國國家圖書館。翻開此書，迎面就是一篇序，落款是：「河間紀昀時年七十有三」，並蓋有「曉嵐」二字的印章。

紀曉嵐在《閱微草堂筆記》中提到了《四松堂集》，並且說：「先生（敦誠）之弟倉場侍郎宜公，刻先生集竟，余為校讎。」從「曉嵐」印章來看，適之拿到的這個集子，正是當年紀曉嵐校讎的。

適之非常高興，他看到了一張校注簽條，簽條上寫：「雪芹曾隨其先祖寅織造之任。」於是認定，曹雪芹是曹寅之孫，並堅持認為簽條是敦誠校訂時貼上的。可校訂者並非敦誠，而是紀曉嵐，紀昀自己都說：「余為校讎。」所以簽條可能是紀曉嵐支使人貼上的。適之並不在意這些，他需要的只是敦誠。

紀曉嵐是什麼人？錢泳《履園叢話》記載：「獻縣紀相國，善諧謔，人人共知。」要是紀曉嵐在「雪芹」問題上開了個玩笑，那可怎麼辦呢。引用《四松堂集》，就相當於賭一把，賭的是紀曉嵐開不開玩笑。

項王至陰陵，迷失道，問一田父，田父紿曰「左」。左，乃陷大澤中。

說了多年的江寧織造，有沒有陷大澤的感覺呢。有的話就對了，因為紀曉嵐不開玩笑，是不可能的。曹寅生前並沒有孫子，何來一個雪芹隨其「織造之任」呢，這簽條本身就是一個諧謔。紀曉嵐有個朋友叫戴震，戴震有個朋友是袁枚。袁枚和紀曉嵐都是寫鬼的高手，

嘉慶丙辰長至後五日河間紀昀時年七十有三

雪芹 霑

將軍曾曰魏武之子孫君 雪芹曾隨其先祖寅織造之任

遂蒿屯揚州舊夢久已覺且著臨邛犢

寄懷曹雪芹 霑

昔贈曹將軍曾曰魏武之子孫君又無乃將軍後

環堵蓬蒿屯揚州舊夢久已覺 雪芹曾隨其先祖寅織造之任 且

邛犢鼻褌愛君詩筆有奇氣直追昌谷披籬樊當

右圖：《四松堂集》刻本注、校本簽、紀昀序、曉嵐章。

俗話說「畫虎難，畫鬼易。」袁枚說雪芹是曹寅之子，一經查證，說不像就不像。老紀說雪芹是寅之孫，查無可查，說像居然就像了，而且越描越像。讓追查雪芹者去畫鬼，這又是紀曉嵐的一個諧謔。

俞平伯說：「紅學愈昌，紅樓愈隱。」又說：「我看紅學始終是上了胡適的當。」也不能怪適之，這本是紀曉嵐擺下的迷魂陣。

紀曉嵐對《四松堂集》做了一些改動。〈寄懷曹雪芹〉一詩的旁邊，被加注了一個「霑」字，就是說曹雪芹叫曹霑。但曹寅沒有叫曹霑的孫子，這和簽條上說的「雪芹曾隨其先祖寅」是矛盾的。如果「霑」字是敦誠加的，那簽條就不是敦誠貼的，更何況連「霑」字也不一定是敦誠加的。在另一首〈輓曹雪芹〉詩後，原本有「甲申」字樣，也被紙條糊住，所以集子刻印之後，就是紀曉嵐想要的樣子了。

為什麼紀曉嵐要這麼做？脂硯齋曾說雪芹是壬午除夕去世，《四松堂集》卻提到甲申，這和脂硯相矛盾，所以要改《四松堂集》。再者，脂批和《紅樓》文本一直把故事原型帶向江寧織造，但《四松堂集》從不提雪芹著書，連江寧織造也不提，沒辦法，只能紀曉嵐往上加了。換句話說，紀曉嵐和脂硯齋想把曹雪芹推向江寧織造。

關於脂硯齋主要有兩種說法，一是脂紅色的硯臺，比如「紅絲硯」。再是與胭脂有關。先說第一種，紀曉嵐充發新疆時，就帶了一枚紅絲硯。他的《烏魯木齊雜詩》說：「臘

雪清晨題牘背，紅絲硯水不曾凝。」此硯收錄於《閱微草堂硯譜》，硯銘曰：「龍沙萬里交遊少，只爾多情共往還。」「龍沙萬里」乃是大荒之地，而當年充發大荒的，正是孤石老人紀曉嵐。

再說第二種，與胭脂有關的。前文說過，紀曉嵐故居在胭脂胡同西側，全北京這麼大，只有這一個地方以胭脂為名。紀曉嵐嗜硯成癖，他的書齋又叫「九十九硯齋」，也叫閱微草堂。《閱微草堂筆記》說，他的草堂前有塊奇石，是宋徽宗艮嶽遺物，因此他自號「孤石老人」。所以在紀曉嵐故居這裡，胭脂、硯臺、書齋、石頭、紀與記，都能找到，合起來就是《脂硯齋重評石頭記》。

脂批是真，脂批時間是假。只為托雪芹之名著書而已。假作真時真亦假，問紅樓成書時間，皆道甲戌本、庚辰本。既知假語村言，何不識「甲戌」乃「假虛」？既知真事隱去，何不識「庚辰」是「更辰」？年年抄本爭誇，莫負脂批心意。

雪芹若有，則託名著書。雪芹若無，則紀昀杜撰。世上有沒有一個曹雪芹，和紅樓夢沒關係。隨舉幾例。

1、整部《紅樓夢》中，除曹雪芹外，見不到一個真名姓的清代人物。《桃花扇》云：「從來填詞名家，不著姓氏。」

2、敦誠的《輓曹雪芹》曰：「少陵昔贈曹將軍，曾曰魏武之子孫。君又無乃將軍後，於今環堵蓬蒿屯。」魏武就是曹操，敦誠用曹操誇雪芹。紅樓中有個奸佞叫賈雨村，脂硯卻說雨村是「莽曹遺容」。拿王莽和曹操作比喻，脂硯和敦誠的觀點相矛盾。他們筆下的雪芹是同一個人麼？

3、中山狼孫紹祖的原型，是曹寅曹楝亭。這是作者設下的伏筆，專門對付織造之說，所謂「射人先射馬」。（後文有講）

曹雪芹著書說，從一開始就是脂硯齋說的，而紀曉嵐又是脂硯之一，《四松堂集》又是紀曉嵐校讎的。牛應之《雨窗消意錄》記載：「紀文達公昀，喜詼諧，朝士多遭侮弄。」雪芹之說，若一開始就是紀昀的戲謔，那再怎麼考證，也是歧路亡羊。所謂：「一步行來錯，回頭已百年。」

左圖順時針看，可以迴環。脂批借時間避文字獄，凡落款甲戌（假虛），庚辰（更辰）等字眼，皆為瞞天過海。紅樓定稿時間晚於一七七一年。鳳姐笑道：「給個棒槌就認作針。」

大荒山

中國有兩個閱微草堂，一個在天山腳下的烏魯木齊，一個在北京。紀曉嵐說，北京的閱微草堂前有一塊太湖石，是宋徽宗名園「艮嶽」的遺物，靖康之後被金人掠至北京，在南城的奇石中，此石為第一，所以他以石為號，號石雲，自號「孤石老人」。

升任侍學士之後，紀昀被發配新疆從軍，有人說因為「鹽引案」，但《紅樓夢》說：「後來到底尋了他個不是，遠遠地充發了才罷。」到底是何內情，今天已不得而知，單說孤石老人，揣著一枚紅絲硯，踏上了西進之路。

從北京到西安，再沿絲綢之路，辭涼州，至酒泉，過敦煌，出玉門關。「渺渺戌煙孤，茫茫塞草枯。」這裡已是劉長卿筆下的西域，所謂茫茫渺渺。可紀昀還要往西走，沿著天山走廊，穿越戈壁大荒，終於在二月初到達烏魯木齊。烏魯木齊在天山腳下，李白說：「五月天山雪，無花只有寒。」春月的天山更是如此，這裡是真正意義上的大荒。

《石頭記》開篇說女媧煉石補天，剩一塊頑石，丟棄在「大荒山，無稽崖，青埂峰下。」天傾西北，地陷東南，那補天之所，定在這西北。

龐並明說：「大荒山在大漠天山，紀曉嵐從軍之地。」「烏魯木」三字，皆為合口呼，都帶一個〔u〕音，烏為零聲母，故「烏魯木」三字合讀為無。稽是破音字，讀作〔qǐ〕稽首之稽，如《尚書》：「再拜稽首」。故「無稽〔qǐ〕」就是烏魯木齊。《說文》曰：「崖，高邊也。邊，行垂崖也。垂，遠邊也。」故「無稽崖」，就是烏魯木齊、高遠邊垂之地。

紀曉嵐說：「烏魯木齊，譯言『好圍場』也。」紀詩曰：「牧場芳草綠萋萋，養得驊騮十萬蹄。只有明駝千里足，冰消山徑臥長嘶。」[一]

冰消山徑，可解明駝燥渴。烏市很少下雨，依靠雪水灌溉。紀曉嵐本想建閘開渠，用來蓄水引灌，但細審地理，方知沙土太鬆，不易築堤蓄水。此城依山而建，東邊高，西邊低，天山的雪水滲透土壤，化作清泉，都匯向城西一側，隨心引取，便可流入花畦，不需金井銀床，百草自然豐茂。不光種植蘋果、蒲桃、杏子，還有一片片的小園子，用來種煙草「淡巴菰」，這是最好的，畢竟外號叫「紀大煙斗」。在這裡，中原瓜果的價偏高，榛、栗、楂、梨，稀者為貴。蒲桃就太多了，但可以釀酒。烏市用馬乳蒲桃釀酒，很耐儲存，時間一長，會變成鵝黃色，像極了江南米酒洞庭春。城外的青稞也能作酒，說來好笑，以前人不知青稞是何物，草率地注釋成蹲鴟，蹲鴟就是大芋，把青稞當芋頭，釀酒如何令人醉。雖然說酒，但實不善飲，微酌就面酡，真正喜歡的還是茶。雪水寒泉，烹茗自暖。福建離這裡那麼遠，不會有人識得小龍團吧？看來「紀茶星」這名號，在此地實在無用啊。

一　紀昀自注云：地不宜駝，強畜之，入夏損耗特甚。

臘月大雪，晨起處理公文，昨天沒洗的硯臺，依然濕潤未乾，紅絲硯果然神奇，陸放翁誠不我欺。公事閒暇，不免出城遊覽。抬頭東望，雪滿天山。明年春天，又會化作清泉。這裡的春天最是驚豔，楊柳春風雖不至，萬物依舊盎然。此地有唐時壘，漢時關，秦時明月，女媧煉石五色天。天山高古，伊瓜好甜，大荒在此，水向西流漫。

以上這段，化自紀昀《烏魯木齊雜詩》。一百六十首，不能一一盡道。詩人東歸，將兩載見聞詠志成詩。平日醞藉，至此一吐為快，故山川煥綺，動植皆文。所詠之詩，皆是西部見聞，即古時大荒之地。大荒山見於山海經，紀曉嵐說此書「道里山川，率難考據」，古往今來，多比喻遠杳蒼涼。唐詩曰：

平沙落日大荒西，隴上明星高復低。

孤山幾處看烽火，壯士連營候鼓鼙。

隴上在陝甘一帶，再往西，就是詩意中的大荒。李白詩「明月出天山，蒼茫雲海間。長風幾萬里，吹度玉門關。」蒼涼渺茫之象，好像有了一絲影子。但只有萬里跋涉，穿越天山走廊時，才能從心理上感覺到，這就是大荒山。文獻不可考據，但的確獨一無二。而當年龍沙萬里出陽關，到達此地的人，就是石頭紀。紀曉嵐說山海經是小說，站在小說的層面上，天山就會是大荒山。不是山海經裡的，而是《石頭記》裡的。借用了山海典故，卻是自站地步。（此通變第二十九）

上文講，無稽崖是烏魯木齊，那青埂峰呢？到過烏魯木齊的人，都會被一座山峰吸引。紀曉嵐也不例外。《閱微草堂筆記》講了個故事，有個文書官，名字就叫烏魯木齊。烏魯木齊做了個夢，夢見以前的廝役來說：「奴今為博克達山神部將。」在當時，博克達山每年都有春祭，現在改叫博格達峰。《中國國家地理》的雜誌上，就經常出現這座山。山頂終年覆蓋白雪，日落之刻，會反射陽光。在天朗氣清的日子裡，從烏市望去，博格達峰與青天相接，近阜如埂，遠黛添銀，這就是青埂峰。而那塊頑石，正是孤石老人紀石雲。

《石頭記》是小說，開篇是神話，初看茫茫渺渺，實為心物贈答。寫大荒是真大荒，寫神山是真神山，寫頑石是真頑石。劉彥和說：「山林皋壤，實文思之奧府。」《石頭記》亦得江山之助乎？

詩曰：

風卷黃雲徹地哀，梨花欲落漢關臺。

草堂微雪天山客，一片文心寄夢來。

大觀園

天下才子的文心，多是相通的。李義山說「賈生才調更無倫。」賈生就是賈誼，賈誼的文心，就與紅樓作者相通。

《過秦論》說：「秦以六合為家，崤函為宮。」而《石頭記》以天下為大觀，以紫禁為怡紅，這是廣義上的大觀園，不只是猜測，也是有來歷的。

錢大昕解釋「觀」字時，引用《彖傳》曰：「大觀在上，中正以觀天下。」寫大觀園，正是借一園而觀天下，寫賈家亦好比「秦以六合為家」，以家寫國，以小見大，是此書筆法。

《四庫提要．洛陽名園記》一條中，紀曉嵐曰：「格非自跋云：『天下之治亂候於洛陽之盛衰。洛陽之盛衰候於園圃之興廢。』蓋追思當時賢佐名卿『勳業隆盛，能享其樂』，非徒誇臺榭池館之美也。」

《洛陽名園記》的作者是李格非，濟南人，其女就是李清照。大觀園中的女兒，也曾取寫於李易安。更有趣的是，連園子的隱喻，也取法自易安之父。紀曉嵐說的沒錯，這個園子「非徒誇臺榭池館。」用張岱的話說，就是：「李文叔作《洛陽名園記》，謂以名園之興廢，卜洛陽之盛衰，以洛陽之盛衰，卜天下之治亂。誠哉言也！」一個園子，能卜天下治亂麼？當然可以。遠的不說，就說圓明園吧。今天的圓明園殘山剩水，每個到過此園的人，都會知道那段歷史。所謂：「夷人一炬，可憐焦土。」園子以前什麼樣？在「中華珍寶館」的網頁上，可以找到當年的銅版畫。拿著這些畫逛圓明園遺址時，才會覺得，這裡曾經有臺，那裡曾經有榭。江南之園林，塞北之風光，四海之珍禽異獸，海外之寶玩珍藏，中原之巧工匠心，西洋之雕樓水法，在這裡都曾有過。融南北園林特色，集中西建築精華，號稱萬園之園的圓明園，真個是：

銜山抱水建來精，多少功夫築始成。
天上人間諸景備，芳園應賜大觀名。

賈蓉說大觀園「一共三里半大」，「三里半」是一千七百五十米，若是斜線，約為故宮兩倍，若是縱深，約為故宮四倍。

寶釵說：「芳園築向帝城西，華日雲祥籠罩奇。」點明在京城之西。華日又寓「圓明」。故宮對角延長線穿過圓明園。

惜春說：「園修日月光輝裡，景奪文章造化成。」日月為明字。《說文》曰：「景，光也。光，明也。」

大觀園中有石牌，劉姥姥念成「玉皇寶殿」，眾人大笑。只需將「寶玉」二字去掉，就是「皇殿」二字。

怡紅院的書房有一種懸瓶，脂硯齋說：「懸於壁上之瓶也。」在故宮的三希堂裡，有一面牆上全是懸瓶。

大觀園養著鶴與鹿，還能自在飛跑，那這園子可夠大的，故宮博物院的藏畫裡就經常出現這些動物，只不知郎世寧這些畫家們是寫實還是寫意。

圓明園這個園子，可謂幾世幾年，剽掠如山。對於紀曉嵐而言，是「眼見他起高樓，眼見他宴賓客。」對於今天的讀者而言，則是「已見他樓塌了。」是以名園之興廢，可卜天下之盛衰。狹義上的大觀園，正是圓明園。

圓明園內有個湖，湖中有九個島，象徵著天下九州。廣義上的大觀園正是九州。一進大觀園，就是一座山，中有羊腸小徑，鏡面白石上題曰：「曲徑通幽處」。幽州在哪呢？轄域很大，但治所在今天北京（古薊城）及涿州附近。從山海關，沿渤海走廊，經天津北，可達幽州故城，可謂「曲徑通幽」。

唐詩「竹徑通幽處」，亦有版本作「曲」字，今題於山前，大概指這條幽燕之路。一語雙關，所謂「絳樹兩歌，一聲在喉，一聲在鼻。黃華二牘，左腕能楷，右腕能草。神乎技也，吾未之見也。今則兩歌而不分乎喉鼻，二牘而無區乎左右，一聲也而兩歌，一手也而二牘，此萬萬不能有之事，不可得之奇，而竟得之《石頭記》一書。——戚蓼生序」

既然一聲兩歌，幽亦幽州，那園之大門，也是山海關。

從北京到山海關，如今坐高鐵只要兩個小時。天下第一關，果然雄壯。我從關前走到角山，經當年鏖戰之地，再登角山高峰，懸崖峭壁，非得手足並用才行。荊棘叢中野雉亂鳴，烽火臺上雄鳶高飛，馳目遠望，城牆從山頂蜿蜒而下，又從山腳直直地修到海邊。不僅城高池深，而且大城套小城，左右置二輔城，烽屯拱衛，連相呼應。關內平川，車有通途，關外荒蕪，敵無遮掩，依山傍海，有水師為援，這就是當年劉伯溫選址、大將軍徐達修建的山海關。在那個年代，若從關外殺來勢比登天，而關內一側，便是當年古戰場。探春道：「可知這樣大族人家，若從外頭殺來，一時是殺不死的，這是古人曾說的『百足之蟲，死而不僵』，必須先從家裡自殺自滅起來，才能一敗塗地。」紀曉嵐再詠諧，行文至此，也應涕淚縱橫了吧。

大觀園的景致，也其來有自。牡丹亭為洛陽，芍藥茵在揚州。淇水、睢園，是中原遺跡。秦人舊舍，又到了武陵。瀟湘在永州，有亭翼然是琅琊。稻香村為米脂縣，花市街對蘅蕪院。雖不能每處都能對應，但這種「大觀在上」的態度，卻時隱時現。

今日良辰好景，在圓明園遺址公園行走了半日，此園、彼園、九州、大觀，竟不知身在何處了。忽想起可卿書房有一副秦太虛對聯，秦觀字太虛，大觀又變成太虛幻境。
太虛本是夢境，遊園又變成了驚夢。
原來姹紫嫣紅開遍，似這般都付與斷井頹垣。

紅樓與樸學

《紅樓夢》的寫作基礎是樸學，始於顧炎武，盛於乾嘉年間，又被稱作乾嘉學派。樸學重視音學與字學。字學以《說文解字》為主，音學則源自漢代反切。李汝珍在《鏡花緣》中說：「昔人有言，每每學士大夫論及反切，便瞠目無語，莫不視為絕學。」何為反切？就是「吃藕醜」，「吃藕」反切為醜。前字聲母加後字韻母，等於第三個字。再如：北京說甭，「不用」反切為甭。蘇州說覅，「勿要」反切為覅。臺灣說「我選你」，「喜歡」反切為選。二次元說醬紫，「這樣」反切為醬。大喵子說不造，「知道」反切為造。古代有神獸名狻猊，顧炎武說「狻猊」反切為獅。反切來源於漢語的急讀與緩讀，但凡有中國話的地方，就有反切。

反切俗稱「反語」，《顏氏家訓．音辭篇》說：「孫叔然創爾雅音義，是漢末人獨知反語。」脂硯齋說：「此書不可看正

面。」要想反看紅樓，最好瞭解下反語。

古代用反切標記讀音，原理與拼音相似，唐末時候，沙門守溫總結出三十個字，每一字代表一個聲母，宋代又添六個，稱之為「守溫三十六字母」，乃是：「幫滂並明，非敷奉微，端透定泥，知徹澄娘，精清從心邪，照穿床審禪，見溪群疑，影曉匣喻，來日。」

這是中古音，是唐宋時人的口音，和今天的音有很大區別，而紅樓作者生活在清代中期，根據李汝珍《李氏音鑒》推知，那時的北京話和今天的普通話已經大同小異了，所以紅樓的部分反切可以使用普通話，或者國語。

記載反切的書叫韻書，各朝代的語音不同，韻書也不同。從南朝《沈氏四聲》開始，隋代有《切韻》，唐代有《唐韻》，宋代有《廣韻》，明代有《洪武正韻》，清代有《音韻闡微》，以及《李氏音鑒》。研究音義源流演變的學問，被稱作「音韻學」。在《紅樓夢》前八十回中，「音韻」一詞出現兩次，後四十回中，「音韻」也出現兩次，音韻是紅樓的一把鑰匙。

音韻有自學成才者，比如永嘉鄭張先生。有師徒相授者，比如江永私淑顧炎武，傳戴震。戴震傳王念孫。俞樾私淑二王，傳章太炎。章太炎傳黃侃、潘重規等。有人說：「音韻學這門科學像核桃，外頭很硬，不容易進去，但是一旦進去了，裡面卻是空的。」

韻學的很多問題在今天依然是難點，尤其是清代古音，處於發展探索階段，所以此書只列最基本的理論。

錢大昕的：「古無輕唇音，古無舌上音。」

以及戴震和段玉裁的：「同諧聲者必同部。」

江永的：「開口，合口，洪細。」

紀曉嵐喜歡用的：「破音字。」

還有沈約的：「平上去入。」

以及大徐本「《說文解字》」。

《說文》中的反切來自《唐韻》。

紀曉嵐的父親紀容舒寫過一本《唐韻考》，曉嵐做編修時，給《唐韻考》寫過跋文，並鈐下一枚藏書章：「校書天祿」，現保存於北大圖書館。這枚藏書章用了漢代劉向校書天祿閣的典故，又叫「天祿燃藜」。在秦可卿的書房中就有一幅燃藜圖，兩邊的對聯是：「世事洞明皆學問，人情練達即文章。」正是這「世事洞明」的格物精神，賦予了紅樓夢千百種讀法，無論音韻，還是考據，都只是其中一種罷了。[一]

一　洞，徒弄切。慟，徒弄切。洞讀慟，世事「洞明」讀作「慟明」。聯裡藏聯。

上千年的歷史中，漢字的注音一直是反切。樸學家章太炎發明了記音字母。經其弟子錢玄同、學生周樹人主張，北洋政府於一九一八年，正式頒佈推廣注音字母，也就是今天臺灣使用的注音符號。大陸於一九五八年，開始推廣中文拼音。反切從此退出大眾視野。以前的時候，章門弟子劉文典還試著用反切讀紅樓，那一代人之後，隨心所欲的諧音法，漸漸氾濫起來。

臺灣的潘重規先生，是章太炎的學生。他寫過一本書，叫《紅樓血淚史》。紅樓夢正反皆可讀，若用《說文》與音韻來看，就會變成一部史書。湘潭毛潤之先生說：「《紅樓夢》不僅要當做小說看，而且要當做歷史看。他寫的是很細緻、很精細的社會歷史。」這再也不是一句空話了。

太炎先生的「世大兄」就是俞平伯，平伯的家學本是紅樓的鑰匙，可當年二十歲的他，選擇了當時流行的「科學考證」。貌似捷徑的路，可能通往泥潭。而篳路藍縷之路，也許是極目楚天舒。

龐並明說：「樸學的本質是樸實無華。大道至簡，作者不會為難自己，是觀者難為自己。」

只要漢字還在，紅樓密碼就會一直傳遞下去。

下回預告：天地生人介以群，英雄紅袖淚難分。迷離撲朔安能辨，夢裡靈修原是君。——〈題紅樓人物〉

紅樓人物一覽表

紅樓夢與歷史同讀，有辛酸之淚。好比花生與豆干同嚼，有火腿味一般。

頑石……孤石老人紀曉嵐

棠村……戴東原（戴震《孟子字義疏證》與紅樓三觀相合）

脂硯齋……錢大昕、戴震、紀昀等

孔梅溪……孔葒谷（孔繼涵）

畸笏叟……劉駝子（劉墉）

吳玉峰……袁子才：「美人自古如名將，不許人間見白頭。」

茗煙……紀曉嵐（紀茶星、紀大煙斗）

寶玉……乾隆（通靈玉是傳國璽，銜玉之兒是乾隆）

秦鐘……和珅（喜歡尼姑智能兒。）

賈政……雍正（「正文」反切為禛，用北京話反切）

薛蟠……康熙（削藩，古無輕唇音，藩讀蟠）
板兒……薛蟠（時間永遠分岔，通向無數未來）
王狗兒……順治（紫薇舍人之後，「紫薇」反切）
劉姥姥……笑莊（總有「笑莊」二字跟隨老劉，草蛇灰線法）
北靜王……永瑢（四庫全書館總裁）
秦可卿……取材民間傳說：和珅前世（貌似香菱，眉心胭脂記）
義忠親王老千歲……年羹堯（號稱宇宙第一偉人，親王算個甚）
賈赦，字恩侯……世襲一等延恩侯朱之璉
李宮裁……李自成（「春風」反切為成，故「桃李春風結子完」為李子成。）
王熙鳳……阿鳳吃猴尿，難免味終鹹。
王子騰……魏黨（《說文》：「騰，犗馬也。」段注：騸馬。）
賈蓉……阮大鋮（端哥曰：阮是小人中之小人。）
賈芸……馬瑤草，名士英（端哥曰：馬是小人中之君子。）
醉金剛……黃得功

賈瑞賈天祥……左良玉等（正照《風月鑒》）

夏金桂……吳三桂（大鬧薛蟠，大鬧削藩）

寶蟾……吳月所手下。（吳三桂，字月所。黛玉笑道：「好，這一去，可是要蟾宮折桂了。」）

甄士隱……錢謙益（「隱士」反切為「益」，籍貫蘇州府。）

封氏……河東君（脂批：大都情如是，風俗如是也，不過如此）

香菱……陳圓圓、柳如是（香菱「乳名英蓮」。脂批曰「應憐」。陳寅恪《柳如是別傳》曰「小字影憐」。袁枚曰「校書尤豔」）

賈雨村……洪經略（雨村本貫胡州人氏，古無輕唇音，非浙江湖州，乃胡建胡州。）

孫紹祖……曹楝亭（子系紹祖，四字互為反切。用南京話反切）

小耗子……薛蟠（小耗子搖身一變為小姐，鼠變女子，是為「鼠婦」。《說文》曰：「蟠，鼠婦也。」）

金釧、玉釧……大小金川（蜀道難，需「捫參歷井」。金釧投井之後，寶玉九月清早往祭，九月清早，三星在天，可見參宿。又尋井臺拜祭。合為「捫參歷井」。參宿三星即獵戶座腰帶。）

趙天梁、趙天棟……趙良棟（雲貴總督，平三藩）

老明公山子野……樣式雷（東風轉野作晴雷，蕩蹙山川作紅翠）

林黛玉……周皇后、田貴妃、明思宗。（靈修美人以媲於君）

元春……張皇后（懿安皇后）

迎春……桂王

探春……閻典史、唐王聿

惜春……魯王

元迎探惜……惜嘆應元。（脂硯曰：不可看正面。）

薛寶釵……袁元素、熊飛白、孫白谷（以素字伏線，一筆數人。自諸君去後，國事益無人矣。玉帶林中掛者，金簪雪裡埋也。）

史……史公可法

湘……何公騰蛟（字雲從，追封「中湘王」）

雲……張公蒼水（小字阿雲，西湖三傑。）

妙玉……黃陶庵、侯氏兄弟、茶星

寶琴……鄺海雪（紀昀曰：「竟抱平生所寶古琴，不食而死。」）

絳珠仙草……淡巴菰（六義之興，香草美人。）

賈母……歷史（賈母姓史，敬拜火神，勿焚史書。）

南安郡王……延平郡王鄭成功（福建南安人）

石呆子……石公／張岱／張宗子

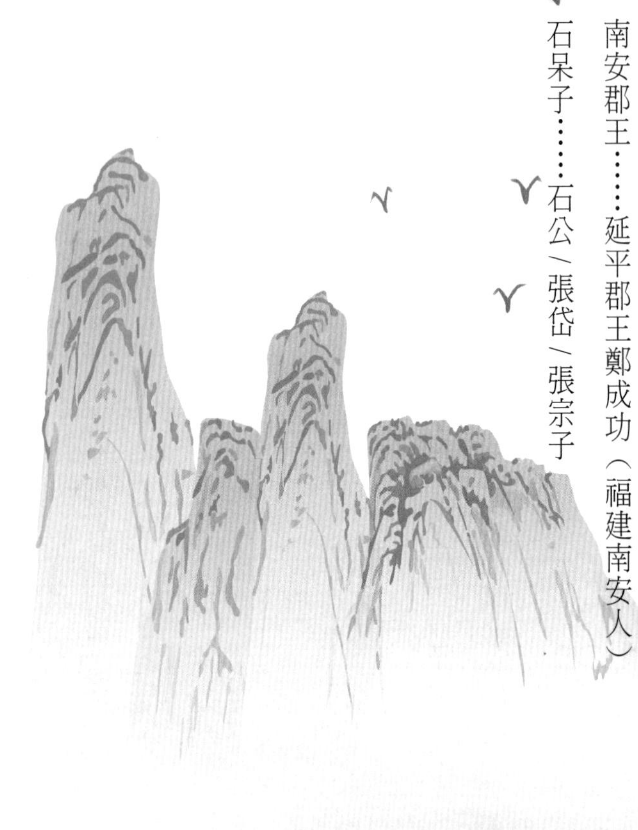

紅樓地點一覽表

大荒山……天山（紀石雲從軍之地）

無稽（qǐ）崖……烏魯木齊（稽，破音字，讀作稽首之稽 qǐ。）

青埂峰……博格達峰（《閱文草堂筆記》稱之為「博克達山」）

脂硯齋……北京胭脂胡同西側的「九十九硯齋」

悼紅軒……紀曉嵐故居之綠意軒。（綠肥紅瘦，乃悼紅時節。紀昀悼文鸞《海棠詩》：

「憔悴幽花劇可憐，斜陽院落晚秋天。詞人老大風情減，猶對殘紅一悵然。」）

孔府……寧國府（孔府大門的對聯，是冷子興演說過的。）

孔廟……賈氏宗祠（九龍金匾，百代蒸嘗）

紫禁城……榮國府

圓明園……大觀園（狹義）

天下九州……大觀園（廣義）

蒼梧九嶷……瀟湘館

揚州……醉眠芍藥茵（揚州芍藥甲天下，細看來，不是芍藥）
嘉定……櫳翠庵（「陶學士烹茶」，陶庵留碧。）
江陰……秋爽齋（女子掩面泣涕，射「麗哼」二字。閻典史，字麗亨。所謂：「美人自古如名將。」）
花市街……蘅蕪院（北京花市斜街，有明袁大將軍墓。）
米脂縣……稻香村（李宮裁住稻香村，李自成籍貫米脂。）
紫禁城……怡紅院（廣義）（怡紅對禁紫）
山海關……大觀園大門（不可看正面）
北京歙縣會館……西元一七五五年，錢大昕與紀昀在此結識戴震。
河間獻縣……作者故里（紀昀祖籍南京上元）
安徽休寧……作序者故里（棠村戴東原）
上海嘉定……點評者故里（胭脂是這樣吃法，看官阿經過否？）
福建南安……南安延平郡王故里（鄭克爽遷鄭成功墓於南安）
福建南安……賈雨村故里（福州為全閩治所，故曰胡州人氏）

廣州五羊觀仙鄰巷……寶琴故里

蘇州揚州……黛玉故里（田貴妃揚州，周皇后蘇州）

通州、紹興……探春故里

紅樓文物一覽表

孔府大門對聯……冷子興曰「安富尊榮」。地點：山東曲阜。

《中秋帖》……「寶玉」的來歷。現藏於故宮博物院。

《唐韻考》……紀曉嵐「校書天祿」印章，可考燃藜圖。現藏於北京大學圖書館古籍部。《紀曉嵐遺物叢考》有載。

《寒食帖》……可考「宋元豐五年四月眉山蘇軾見於秘府」之事。地點：臺北故宮博物院。

補天遺石……宋徽宗艮嶽遺石，閱微草堂舊物，傳言在中南海小瀛洲。此石歷經宋元明清，幻作通靈寶玉，喻傳國璽。故賈母說，黛玉亦曾有玉，後被賈敏帶走云云。敏讀作愍，諡號也，皆「眉殞切」。敏比愍筆劃少兩筆。故雨村說：「遇著敏字又減一二筆。」只待中南海開放日，即可驗證。

紀曉嵐煙斗拓片……可考茗煙之煙。上海圖書館、拍賣行都有。

唐琴綠綺台……薛寶琴遺物，現存香港藏家之手。

宋琴南風……薛寶琴遺物，現藏於山東省博物館。

《鄺露抱琴圖》……寶琴畫像。廣州博物館，新會博物館皆藏。

《東莞袁崇煥督遼餞別圖詩》……鄺露題寫。寶琴與寶釵是同鄉。中山圖書館藏。

陶庵留碧碑……櫳翠庵留碧之碑。地點：嘉定上海大學校園內。

忠義之邦匾額……「萬里孤城未肯降」。地點：江陰市。

梅花嶺史可法衣冠塚……「冷月葬花魂」，所謂：「數點梅花亡國淚，二分明月故臣心。」地點：揚州市。

揚州戴春林……田貴妃所用妝粉。非物質文化遺產。

圓明園遺址……可對照「三里半大」的大觀園。

三希堂懸瓶……可與寶玉書房懸瓶對照。

乾清宮正大光明匾……座位上方有「正大光明」四字，所謂「座上珠璣昭日月」。

《閱微草堂硯譜》……可考「紅絲硯」兩枚，硯銘：「相隨曾出玉門關」。

《致林育萬信劄》……紀曉嵐手寫信，可考脂批用語習慣。現藏故宮博物院。

《閱微草堂筆記》……可考頑石來歷。傳世文籍。

《瀛奎律髓刊誤》……可考黛玉評陸放翁之觀點。傳世文籍。

《李義山詩話》……可考黛玉評李義山之觀點。傳世文籍。

《四庫提要》……所載事蹟，多資考訂。傳世文籍。

只應鐵骨不成塵

脂批曰：「《石頭記》是自譬石頭所記之事也。」誰自譬石頭？孤石老人紀昀也。開篇楔子，亦出昀手。

此開卷第一回也，作者自云，因曾歷過一番夢幻之後，故將真事隱去，而借通靈之說，撰此石頭記一書也。（石頭紀撰《石頭記》，謎底就在謎面上。）

故曰甄士隱云云，但書中所記何事何人？自又云：「今風塵碌碌，一事無成，忽念及當日所有之女子，一一細考較去，覺其行止見識，皆出於我之上，何我堂堂鬚眉，誠不若此裙釵哉？（袁子才曰：「美人自古如名將。」欲說名將，卻說美人。）

實愧則有餘，悔又無益之大無可如何之日也。當此，則自欲將已往所賴天恩祖德，錦衣紈袴之時，飫甘饜肥之日，背父兄教育之恩，負師友規談之德，以至今日一技無成，半生潦倒之罪，（紀昀曰：過如秋草芟難盡，學似春冰積不高。）編述一集，以告天下人：我之罪固不免，然閨閣中本自歷歷有人，萬不可因我之不肖，自護已短，一併使其泯滅也。」（《四庫》修書亦毀書，篡改抽毀無算。若無《石頭記》，老紀真罪人矣，因有此書，可以晚蓋。）

雖今日之茅椽蓬牖，瓦灶繩床，其晨夕風露，階柳庭花，（紀昀曰：臣樗櫟庸才，蓬茅下士，荷聖慈之豢養，夙踐清華。）

亦未有防我之襟懷筆墨。雖我未學，下筆無文，（紀昀曰：臣河北庸才，燕南下士。）

又何妨用假語村言，敷演出一段故事來，亦可使閨閣昭傳，（何為閨閣？一語雙關。杜甫贈李白詩：「李侯金閨彥，脫身事幽討。」金閨即金馬門，學士待詔處，明清待詔屬翰林院。漢宮藏書閣為「天祿閣、石渠閣」。紀昀有印章「校書天祿」。乾隆有印章「石渠寶笈」。此閨閣乃藏書閣。夏完淳《續幸存錄》之遺願，紀昀替你做到了。）

復可悅世之目，破人愁悶，不亦宜乎，故曰賈雨村云云。此回中凡用夢用幻等字，是提醒閱者眼目，亦是此書立意本旨。（太白曰：「浮生若夢。」脂硯曰：「古今一夢」。）

列位看官，你道此書從何而來，說起根由雖近荒唐，細按則深有趣味。待在下將此來歷注明，方使閱者了然不惑。原來女媧氏煉石補天之時，於大荒山（脂批曰「荒唐也」，據《閱微筆記》載，此地有唐代北庭都護府遺址，已成荒落矣。）、無稽崖（變其音線索立現）煉成高經十二丈（地支之數。）方經二十四丈（天時之數。）頑石三萬六千五百零一塊。（《周髀算經》曰：「周天三百六十五度四分度之一。」因此要「零一塊」，對應多出來的四分之一度。這是一個太陽回歸年。日晷上的晷度會與去年相合，夜間的星象也會與去年重疊，所用的天數，是三百六十五日又四分之一日。古人曰：「日日行一度」。太陽每天走一度。在西曆中每四年會多一度，故曰「四年一閏」。陰曆需對應月亮的望朔，與回歸年的差數，則用閏月調整。三萬六千五百，對應賈府的一百年。明清是中西曆法融合的時代，以徐光啓《崇禎曆書》為代表，採用第谷體系，結合陰曆特點推出的新曆，後幾經演變完善，成為今天的農曆。用《崇禎曆書》，再加「萌」字，可推出餞花神乃三月十九日。紀昀通曉中外曆法，因為戴震是天文行家，戴震住在紀昀家。戴震之女嫁與東魯孔繼涵之子孔廣根。隨園主人亦戴震之友。東吳舊都建業，有座小倉山，住著當時南方文筆最好的人，乃吳之玉峰也。）

只單單的剩了一塊未用，（看來閏年未到。亦或是：「園中草木春無數，只有黃楊厄閏年。」書作者亦厄閏乎？）便棄在此山青埂峰下。（請君登烏市紅山東望。）

誰知此石自經煅煉之後，靈性已通。（唯大英雄能本色，是眞才子自詼諧。紅樓的血淚融在諧謔裡，笑著讀才能見辛酸淚。）

蔡先生與《石頭記索隱》

（一）閱微筆法

八七版《紅樓夢》，以及青少年讀本中，甄士隱舉杯賀雨村，說道：「不日可青雲直上矣。」《紅樓》原著中，此句為：「不日可接履於雲霓之上矣。」問題來了，「接履雲霓」能換成「青雲直上」麼？不妥不妥，原因有三。

一、《楚辭》王逸注：雲霓，惡氣，以喻佞人。

二、《文心雕龍》說：虯龍以喻君子，雲霓以譬讒邪。

三、《石頭記索隱》說：飄風雲霓以為小人。

何況李白也說：「飄風吹雲霓，蔽目不得語。」從楚辭到劉勰，到蔡先生，兩千年來，雲霓一直是喻「佞人、讒邪、小人」。為何如今，成了青雲直上呢？甄士隱之辭，明為祝賀，實為暗諷，作者可謂善諧謔矣。接履雲霓的意思，應該是：步讒邪之列，入小人之伍。這樣解釋對不對呢？孟子可說過「若大旱之望雲霓」呐。到底何意，按之原文即可，試舉雨村幾例：

一、恩將仇報，草菅人命，葫蘆僧亂判葫蘆案。

二、諂媚於上，殘害百姓，訛石呆子拖欠官銀，把這扇子抄了來。平兒道：「那石呆子如今不知是死是活。」

三、國賊祿蠹。林之孝家的說：「聽聞得雨村降了，卻不知因何事。」降是破音字。若讀去聲降 **jiàng**，雨村為祿蠹。若讀平聲降 **xiáng**，雨村為國賊。

以此觀之，雨村豈止小人，實乃大奸大惡，不負士隱舉杯厚望。雨村後文如何，只在士隱這一句裡，所謂「伏言千里」，就隱藏在舉手投足間，諧言笑語內。記得蔡先生說過：「紀曉嵐氏博極群書，雖無意為文，而字字皆有來歷。」觀《石頭記》章法，一似閱微老人。（並明曰：「閱微對索隱。」）

紀曉嵐《四庫提要》曰：「我國家肇造丕基，龍興東土，王師順動，望若雲霓。」這裡的「雲霓」乍看是引用《孟子》，但方說「龍興」，又說「雲霓」，卻是楚辭本意了。紀昀不怕文字獄？有孟子前面擋著呢，驚咩？這正是：「藝高人膽大。」

《石頭記》與《四庫提要》一起看時，會變的充滿諧謔與隱喻。這種融比興、詠諧、春秋為一體的筆法，就是閱微筆法。

（二）時序

紅樓夢寫作時代，是樸學鼎盛時期。在《鏡花緣》中，李汝珍大談音義反切，時代文風使然，小說亦不能免，石頭記也是如此，脂硯齋就使用反切。

第六十四回黛玉私祭，「又叫將那龍文鼒〔庚批：子之切，小鼎也〕放在桌上。」脂批的解釋出自哪裡呢，翻開《廣韻》，滋小韻之下寫著：「鼒，子之切，小鼎。」原來脂硯齋不只會諧音，還通曉廣韻。再想想，脂批是不是還說過：「此書不可看正面，方是會看。」不看正面，那就反看。試舉一例：

上文提到賈雨村訛石呆子扇子，在《石頭記索隱》中，蔡先生說：「扇者，史也。看了舊扇子，家裡這些扇子不中用，有實錄之明史，則清史不足觀也。」扇子是史麼？按之音韻即可。「扇子」反切為「史」。反切者，前字聲母，加後字韻母，故扇的聲母〔sh〕，加子的韻母〔i〕，為史〔shi〕字。公式如下：

扇〔sh〕＋子〔i〕＝史〔shi〕

紅樓作者長期生活在北京，而清中期北京話與今天的普通話，已經大同小異了，這可參照李汝珍的《李氏音鑒》。能用普通話的拼音解釋這個反切，也正是這個原因。不然的話，只能講「反復切磨，始得一音」了。至於紅樓中的古音，後文說錢大昕的時候再談。

從音韻的角度來看，蔡先生一百年前的觀點，是正確的。那石呆子的原型是誰呢？就在《四庫全書總目提要》裡，谷應泰《明史紀事本末》一條中。紀昀這樣寫道：

「考邵廷采《思復堂集・明遺民傳》，稱山陰張岱嘗輯明一代遺事為《石匱藏書》。應泰作《紀事本末》，以『五百金』購請，岱慨然予之。又稱明季稗史雖多，體裁未備，罕見全書。惟談遷《編年》、張岱《列傳》兩家俱有本末，應泰並採之以成紀事。——《四庫提要・卷四十九》」

這段話的關鍵，就是「五百金」購請《石匱書》。不是五百金子，是五百兩銀子。在《石頭記》第四十八回，平兒道：「已經許了他五百兩，先兌銀子後拿扇子，他只是不賣，只說：『要扇子，先要我的命！』姑娘想想，這有什麼法子？」

為一目了然，將資料列出對比：

一、五百金與五百兩，實在太巧了。上文說過，扇子就是史書。扇子值五百兩，《石匱書》也是五百兩。書名出自《史記》太史公自序：「遷為太史令，紬史記石室金匱之書。」書稿交給谷應泰時，張岱說：「是故當公之，公之谷君，得其人也。」谷應泰是私人修史，書交給他，張岱是很放心的。後來清廷官修《明史》，找張岱索要《石匱書》，張岱不予理會，再後來如何，就沒有記載了。（匱讀如櫃）

二、《自為墓誌銘》曰：「蜀人張岱，初字宗子，人稱石公，即字石公。」取石公

之「石」，張岱之「岱」，宗子之「子」，就是「石呆子」。

三、「偏他家有二十把舊扇子」。《石匱書》寫十七朝人物，再加《石匱書後集》寫南明四系，可為二十之數。

四、「偏那石呆子說：『我餓死凍死，一千兩銀子一把我也不賣』」作者欲出五百兩之數，偏說「一千兩一把不賣」，真好障眼法。平兒道：「混號兒世人叫他作石呆子，窮得連飯也沒得吃。」這一點和張岱太像了。

《陶庵夢憶》序：「陶庵國破家亡，無所歸止。披髮入山，駴駴（音駭）為野人。故舊見之，如毒藥猛獸，愕窒不敢與接……因《石匱書》未成，尚視息人世。然瓶粟屢罄，不能舉火。」

《自為墓誌銘》：「布衣蔬食，常至斷炊」。

《琅嬛文集》：「石匱書成窮徹骨，誰肯致米周吾貧。」「餓亦尋常事，尤於是日奇。一貧真至此，回想反開頤。」

據上所陳，石呆子的原型，乃是石公張岱張宗子，就是寫《湖心亭看雪》的那一位。雖以宗子為原型，但石呆子只是一個代表，他背後是一大批文字獄。蔡先生說的戴名世《南山集》案，也同樣合寫在石呆子身上，這也是石呆子遭遇更慘文禍的原因。

張岱國破後的精神支柱，就是《石匱書》，寫的怎麼樣呢？平兒說：「拿出這扇子略瞧了瞧。據二爺說，原是不能再有的，全是湘妃、棕竹、麋鹿、玉竹的，皆是古人寫畫真跡。」

唉，湘妃是淚，棕竹是汗青，麋鹿本於孟子，玉竹乃是勁節。毛奇齡《寄張岱乞藏史書》稱：「先生慷慨亮節，必不欲入仕，而寧窮年厄厄，以究竟此一編者，發皇暢茂，致有今日。此固有明之祖宗臣庶靈爽在天，所幾經保而護之、式而憑之者也。」對毛奇齡的要求，張岱婉拒。石呆子說：「我餓死凍死，一千兩銀子一把我也不賣！」

《石匱書》是史書，石頭記也是史書。蔡先生說是政治小說，在下覺得更像歷史小說。得史意，具史法，忘史形。惜章學誠未識此書，以得史意自矜。脂硯齋說：「凡野史俱可毀，獨此書不可毀。」紀昀總纂的《四庫全書》像蛺蝶魏收，他的《石頭記》卻像董狐。

宋孤臣鄭所南著《心史》，封於鐵函之中，投之承天寺枯井，三百年後方重見天日。《石頭記》另闢蹊徑，以情為函，投於市井之中，令世人「閒談不說紅樓夢，讀盡詩書也枉然。」此等手段，亙古未有，因呼之曰：紅樓心史。

宋詩曰：「勸君何必鐫頑石，路上行人似口碑。」他真的沒把故事刻在頑石上，而是留在了大眾的口碑中。

紹興剩水蕩：誰云鬼刻神鏤，竟是殘山剩水。明張岱題句。

金星玻璃

寶玉給芳官取了個番名，叫「耶律雄奴」。欲尋耶律雄奴，忽變成「金星玻璃」，欲尋金星玻璃，忽變成「溫都里納」，至此羚羊掛角，無跡可尋。

真不可尋麼？紀曉嵐精通音韻，「音韻」二字在前八十回出現兩次，一次是黛玉的鸚哥，另一次就在芳官這裡。原文道：

大家也學著叫這名字，又叫錯了音韻，或忘了字眼，甚至於叫出「野驢子」來，引的合園中人凡聽見者無不笑倒。——第六十三回。

因為有人叫錯了「音韻」，才給芳官改名的。所以改過的名字，一定和音韻有關。原文道：

寶玉又見人人取笑，恐作踐了他，忙又說：「海西福朗思牙，聞有金星玻璃寶石，他本國番語以金星玻璃名為『溫都里納』。如今將你比作他，就改名喚叫『溫都里納』可好？」芳官聽了更喜，說：「就是這樣罷」。因此又喚了這名。——第六十三回。

「海西福朗思牙」無論是法蘭西，還是佛郎機，都不重要。走這兩條線的話，並不能解釋芳官為何叫「耶律雄奴」。耶律雄奴的意思，和溫都里納應該是一樣的，尤其是作者已給出「音韻」二字，因此「溫都里納」四字可互相反切。

都納反，為韃。里都反，為虜。

都里反，為狄。納都反，為奴。

所謂「溫都里納」即是「韃虜狄奴」。耶律雄奴改成溫都里納，意思雖然沒變，但的確不會再有人叫錯音韻了。

為何這樣說芳官？可能因為他是小戲子，方便改裝扮演。況且芳官打扮後的樣子，是和寶玉一樣的。試作比較如下：

第六十三回：芳官（又命將周圍短髮剃了去。漏出碧青頭皮來，當中分大頂。）

第七十八回：秋紋將麝月拉了一把，笑道：「這褲子配著松花色襖兒，石青靴子，越顯出這靛青的頭，雪白的臉來。」寶玉在前只裝聽不見。

這兩段之中，芳官因為剃髮，才漏出「碧青頭皮」。而寶玉本身就是「靛青的頭」，故寶玉也是剃髮的。靛青頭的寶玉還有辮子。

第三回描寫寶玉：頭上周圍一轉的短髮，都結成小辮，紅絲結束，共攢至頂中胎髮，總編一根大辮，如漆黑亮，從頂至梢，一串四顆大珠，用金八寶墜角。（五十餘字，只為說寶玉有辮子，雲龍霧雨法。並明注。）

由此看來，寶玉的髮式，是非常典型的剃頭梳辮。那為何第三回中，還說寶玉戴束髮冠呢？

第三回：「已進來了一位年輕的公子，頭上戴著束髮嵌寶紫金冠。」

這個問題就得去故宮博物院看畫了。寶玉是玩cos的，最喜歡打扮成古人。比如《弘曆觀荷撫琴圖》《乾隆元宵行樂圖》《弘曆雪景行樂圖》等等，都戴著束髮冠，一看就知道了。另外在「中華珍寶館」的網頁裡，以及故宮博物院的網站上，也可以看到類似的圖，不只三四幅的問題了，尤其是早年間的畫像，真的是「靛青的頭，雪白的臉」。

溫都里納一詞不是老紀發明的，將溫都里納用音韻來讀，卻是老紀發現的。花生與豆干不是聖嘆發明的，將二者同嚼卻是聖嘆發現的。所謂：「君子生非異也，善假於物也。」

粗略一數，紅樓夢十七次引用《西廂記》，脂批又兩次提及聖嘆，紀曉嵐一定讀過《金聖嘆評西廂》，比如寶玉發誓，就取法於聖嘆。

寶黛同讀《西廂記》，寶玉說：「好妹妹，我一時該死，你別告訴去，我再要敢，嘴上長個疔，爛了舌頭。」

《西廂記》中，張生道：「若有此事，天不蓋，地不載，害老大疔瘡！」〔金聖嘆評：

《西遊記》豬八戒語也。」

明《後西遊記》中，豬一戒指天賭咒道：「我豬一戒若有半句虛言，嘴上就生個碗大的疔瘡。」

作者從不給寶玉用好典故，脂硯齋說：「通部中筆筆貶寶玉，人人嘲寶玉，語語謗寶玉。」脂硯從不打誑語，這種諷刺主角的手法，學的是金聖嘆貶宋江。

左圖：故宮宣傳畫，乾隆戴的就是「束髮嵌寶紫金冠」。

寶玉的來歷

鹽引案時，紀曉嵐給盧見曾寄了只匣子，裡面放了一點茶，用鹽糊封緘，內外沒寫一字。盧見曾收到後一尋思，恍然大悟，這是「鹽引查封」。知道這個套路，紅樓謎語就簡單了。

寶玉過生日，王子騰送來四樣禮物。「王子騰那邊，仍是一套衣服，一雙鞋襪，一百壽桃，一百束上用銀絲掛麵」——第六十二回。這禮物什麼意思？

一套衣服，隱綺羅的「羅」。（紀昀詩：朱門多少綺羅人，知有蠶娘最苦辛。張俞詩：遍身羅綺者，不是養蠶人。）

一雙鞋襪，隱「腳」。（南方話讀「腳」為「覺」）

一百壽桃，隱「心」。（桃子形狀）

一百束上用銀絲掛麵，隱「愛」。（上字古文）

然後反著一讀，就知寶玉的姓氏了。

這四樣禮物，前三樣極其簡單，惟第四樣有意刁難。按《說文》「上」字古文形如

「二」，湘雲將「二哥哥」喊成「愛哥哥」，是以二為愛。能猜前三樣者，必知第四樣為愛，然如何猜出，就靠《說文解字》了。

寶玉小時候叫「絳洞花王（主）」。花開隨「時曆」，故花王隱「曆」字。絳，大紅也。隱「弘」字。故「絳洞花王」是弘曆。

雨村笑道：「果然奇異！只怕此人來歷不小。」

歷與曆同音，不小就是弘。東湖有條弘毅大道，取自《論語》：「士不可不弘毅」。弘，廣大也。所以「來歷不小」，也是弘曆。雨村道：「可惜你們不知這人來歷，大約政老前輩也錯以淫魔色鬼看待了。若非多讀書識事，加以致知格物之功，悟道參玄之力，不能知也。」——第二回

湘雲喊道：「二哥哥！」林黛玉笑道：「偏是咬舌子愛說話，連個『二哥哥』也叫不出來，只是『愛哥哥，愛哥哥』的。」——第二十回。湘雲口直心快，非咬舌子不能讀二為愛。偏是黛玉說出，真成妙文。於人所想不到處做伏筆，小聰明也。於人人皆可想到處做伏筆，非大才子不可為之。

一百年前，蔡先生說：「賈寶玉，言偽朝之帝系也。寶玉者，傳國璽之義也，即指胤礽。」寶玉偶爾指胤礽，主要指弘曆。秦鐘乃是和珅，茗煙才是紀曉嵐，這個紀大煙袋。

右圖：乾「☰」與隆字印章。

紀昀賦曰：「荷聖慈之豢養，夙踐清華。際文治之昌明，叨司編錄。」紀昀以「昌明」喻乾隆朝。

周敏庵老先生說：「昌明隆盛之邦，昌帶一個日字，明帶一個日字，太陽，太陽在《易經》裡邊是乾卦，乾，底下一個隆，明白出來了，昌明隆盛就是乾隆朝。」說的多好。

乾隆寓意「天道昌隆。」紀昀曰：「我皇上化闡天苞，道光地紀。」即隱乾隆二字。警幻說寶玉「天分高明」。天分乃乾道。高明乃昌隆。徐鍇曰：隆，生而不已，益高大也。

乾三爻（☰）能表示乾字麼？上圖為證。

那弘曆又是怎麼變成寶玉的呢？

話說寶玉和秦鐘在一塊讀書，其實哪裡是讀書呢，只是想著怎麼玩。所謂：「不因俊俏難為友，正為風流始讀書」。寶玉拿出寶貝給秦鐘瞧，乃是王獻之的《中秋帖》，帖子上有諸家題跋，寶玉也不能免俗，得閒便往帖子上蓋印寫字，弄得密麻麻的才舒服，謂之疥畫。帖前有兩個大字，也是寶玉寫的，乃是「至寶」二字。秦鐘一見，趕緊拍馬道：「至寶兩個字寫的好啊，和王獻之的放一起，誰知竟把原帖給比下去了，不知道的，還以為『至寶』二字是真跡，王獻之的是題跋呢。」寶玉看秦鐘本與別個不同，聽他一說，更是受用，不免得意起來。誰知茗煙從外面瞧見了。轉頭和小丫頭子們說：「二爺好雅興，寫的斗大的『寶玉』二字，秦相公偏說那是『至寶』，敢情是不認得字啊。」（此段非書中原文，乃諧謔之事。並明記。）

誰知黛玉和寶釵聽見了，（果然都往寶玉屋裡來。一進來，黛玉便笑道：「寶玉我問你，至貴者是寶，至堅者是玉，你有何貴？你有何堅？」（脂批：拍案叫絕，大都尚未答此機鋒，想亦不能答也，非顰兒第二人無此靈心慧性也。）寶玉竟不能答。二人拍手笑道：「這樣鈍愚，還參禪呢！」——第二十二回）

哪知這話傳到外面，眾人笑道：這機鋒也太簡單。何貴？何堅？若不能答，只將貴堅二字去掉，便是「至者是寶，至者是玉。」所謂至寶，即是寶玉。

誰知竟讓說快板的聽到了，於是滿大街唱：「至寶寫——的像寶玉！」

這一傳，史湘雲也知道了。（湘雲道：「寶玉二字並無出處，不過是春聯上或有之，詩書紀載並無，算不得。」香菱道：「前日我讀岑嘉州五言律，現有一句說『此鄉多寶

玉』，怎麼你就忘了。」湘雲無語，只得飲了。——第六十二回）

眾人笑道：果然是呆香菱，那裡知道雲姑娘心直口快呢。寶玉二字，一定和「春聯」有些關係的。

韓顛子正在臥禪（睡覺），聞言道：「春聯」對「秋帖」。春對秋，聯對帖，妥當！對聯為：

不過是春聯上或有之

豈能於秋帖前而無也。

龐並明聞言道：「何不將整句都對出來，豈不是更明白。」

魯小嶧見此笑曰：「何不將四句都對出來，豈不更明白。」

因此對聯為：

寶玉二字並無出處，不過是春聯上或有之，詩書紀載並無，算不得。

乾隆亂鴉大有來頭，豈能於秋帖前而無也，字畫跋題皆是，多乎哉。

橫批：來歷不小。

故此，寶玉二字，如湘雲所說，出自於《中秋帖》。是誰在嘲笑寶玉的字呢？還能

有誰呢，《雨窗消意錄》記載：「紀文達公昀，喜詼諧，朝士多遭侮弄。」這天底下，好像沒有誰是他紀曉嵐不能戲耍的。

《石頭記》有兩條線，一條以黛玉為主，主要是「弔明之亡」。另一條以寶玉為主，乃是「揭清之失」。龐並明說：「蔡先生一生作伯樂，所用方法看似笨，但用力既久，一旦豁然貫通，諸事皆易也。世有蔡先生，然後有紅樓，紅樓常有，而先生不常有，每每思之，未嘗不涕下沾襟矣。」

《石頭記》中的女兒是一條線，以黛玉為主，他們是有判詞的，結局已定，這是歷史。寫寶玉，是作者身處的時代，是正在發生的故事，即所謂的「經過見過」。而書未成，這是將結局留給了未來。日益衰敗的寧榮兩府，將何去何從，歷史會給出答案。書中很明顯的框架是：過去，現在，將來。

《桃花扇》云：「昨日真是戲，今日戲如真，兩度旁觀者，天留冷眼人。」《紅樓夢》亦如此：昨日真是夢，今日夢如真。欲曉明朝事，且觀今日因。這正是《風月寶鑑》的來歷，以人為鑒，可以明得失，以史為鑒，可以知興替。

前幾天看《海昏侯考古》，有條彈幕說：「要是紅樓夢後四十回也能挖出來就好了」。紅樓夢後四十回教科書上不是有麼。寶玉自稱十全老人，繼續安富尊榮。優伶頌薛蟠之德曰「真的還想再活五百年」。也用不了這多，寶玉之後不到五十年，西方堅船利炮，即叩國門矣。至於大觀園麼，在英法聯軍的大火中，化作了殘垣斷壁。幾世幾年，剽掠其人，夷人一炬，可憐焦土。古人云：「大觀在上，中正以觀天下。」《石頭記》未完成的續書，便是這中國近代史。後四十回怎麼寫，不在作者，而在九州大地上的每個人。所謂天下興亡，匹夫之賤與有責焉。書中說「假作真時真亦假」，這書真的是夢麼？還是觀者身在夢中不知夢呢？

丞相曰：大夢誰先覺，平生我自知。草堂春睡足，窗外日遲遲。

大同

升堂！

帶人犯孫紹祖！

帶人犯孫紹祖！

威——武——

那孫紹祖，你可知罪。本府今日，零口供定爾之罪！公孫先生，宣讀判詞！

「子系中山狼，得志便猖狂。」

子系為孫字，便是「子系紹祖」。公孫先生，可為反切。

子系反為「織」，

子紹反為「造」，

祖系反為「織」，

祖紹反為「造」，

祖子反為「織」。

織造復織造。孫紹祖，你明為可望狂，實則為織造，真是兩面三刀。來人吶，帶物證。

卻是一張拓片，乃是出土自大同的《重修大同鎮城碑記》，原碑現藏於大同市博物館。碑文曰：戊子之變，誰非赤子，誤陷湯火，肝腦塗地，是非莫論，玉石俱焚……。

姜瓖之變，大同屠城，隓城五尺，殘殺十萬，罪惡昭彰，天理不容。人證物證具在，孫紹祖，你還有何話說！來人，著他畫押，抬出那狗頭鍘！

開——鍘——！

孫紹祖與曹楝亭

紀曉嵐有錦囊一個，專門對付織造之說，其原理，類似於降維打擊。

江寧織造的曹家，是靠軍功起家。可曹家軍功是什麼，為了給賢者諱，便說成「大同平叛」，真是自欺欺人。

這個大同平叛，包不包括對平民的屠殺？試問，誰家的平叛會屠殺百姓呢？曹家參加的這個平叛就會，因為在歷史上，還有另一個名稱，叫做大同屠城。

在上海孫中山文獻館裡，有一份辛亥時，山西通電起義的檄文，其中有兩句；「滿清大同屠城，殺我十萬同胞」。為何會殺十萬之多？因為大同城只有十萬人。

上世紀，大同城出土了一塊碑《重修大同鎮城碑記》，碑上有個名字——曹振彥。曹振彥，祖上為大明千戶，世居遼東，後隨其父曹錫遠降清，是為多爾袞旗下包衣。山西諸州起義，多爾袞領兵進犯大同，圍城日久不下。破城之日，下令屠城。可憐：

亂屍橫疊如峰聚，血染街衢地錦紅。

一城百姓，殺戮殆盡，封刀之日，唯有五個死囚，困於牢中得免。曹振彥父子攻城屠戮有功，漸而發家，升任大同知府，踏著自己同胞的鮮血，走上人生巔峰，開始了「赫赫揚揚的曹家百年盛世」。這是一種什麼樣的行為？簡直是中山狼。巧的是，《石頭記》中，也有條中山狼，祖上也是大同出身，喚作孫紹祖，如果這孫紹祖能當上織造官，簡直就是振彥之孫曹寅了。書中交代「這孫家乃是大同府人氏，祖上系軍官出身，乃當日寧榮府中之門生，算來也算系世交——第七十九回。」

孫紹祖是不是曹寅，就看他能不能當上織造。書中判詞說：「子系中山狼，得志便猖狂。」作者親自出馬，將「孫」拆字為「子、系」。所以孫紹祖，就是子系紹祖。四字互為反切。

子系反為織，子紹反為造，祖系反為織，祖紹反為造，祖子反為織。用江寧話反切，勿分平翹舌。

織造織造織，原來這中山狼孫紹祖，就是江寧織造官曹寅曹楝亭。其所紹之祖，便是血染大同的曹振彥。而書中的孫家，便是日後的江寧織造，只是還沒赴任而已。

為一目了然，列出對照。

一、兩者皆出自大同府，皆是軍官出身。

二、都是中山狼

三、書中說：「如今孫家只有一人在京。現襲指揮之職。此人名喚孫紹祖，生得相貌魁梧，體格健壯，弓馬嫺熟，應酬權變〔庚批：畫出一個俗物來。〕」

曹楝亭在京任御前侍衛、佐領，自然體格健壯，弓馬嫺熟，及在江寧織造任上，又頗為應酬權變。其母孫氏又為薛蟠（康熙）保姆。薛蟠道：「誰知他糖銀果銀的。」

四、「孫紹祖一味好色，好賭，酗酒，家中所有的媳婦丫頭將及淫遍。」淫，諧寅。薛蟠看了一幅春宮畫，將唐寅讀作庚黃，春宮即淫，又讀錯寅，是作者暗示「淫諧寅。」

五、子系紹祖，四字互相反切，為「織造織造織」。

六、書中說「且家資饒富」。對應織造之任、兩淮鹽課，及四次接駕。所謂：鮮花著錦烹油盛，皆是人間造孽錢。

七、第七十九回：「賈政又深惡孫家，雖是世交，當年不過是彼祖希慕榮寧之勢，有不能了結之事，才拜在門下的，並非詩禮名族之裔，因此倒勸諫過兩次。無奈賈赦不聽，也只得罷了。」雍正抄了曹家，賈政深惡孫家，孫家又是曹家，那賈政是誰？

據以上幾點，孫紹祖便是曹織造。

金陵舊院有座板橋，《板橋雜記》序中，金堂先生感慨道：「她們的民族氣節、她們的獻身精神，是那些拜倒在異族統治者腳下，剃髮換裝，叩首稱臣的鬚眉所難以相比的。至於那些喪盡天良、為虎作倀者，那些以血腥屠殺本族同胞以換取頂戴花翎、功名利祿者，在這些可敬可佩的女子面前，則連糞土都不如。」然而，這個江寧織造就是如此的人家。

子曰：「不義而富且貴，於我如浮雲。」脂批眼中的曹寅乃一俗物。用織造讀紅樓，豈非「吳郡大佬倚閭滿盈」麼。

有人說孫紹祖是孫可望，那是表面。雖然可望反切為狂，誰知孫紹祖兩面三刀。賈政非常厭惡孫家，是誰下令查抄了曹家。寶玉又是誰？實在是一目了然矣。然身陷局中者，往往對東西南北模糊，若棒喝不醒，試此降維打擊。

世上善良的人多，易受織造蠱惑，不打中山狼，怎救得東郭先生。

右圖：大同城牆遺址。

親射虎

謎語古稱文虎，猜謎又叫射虎。射虎之道，正己而後發，發而不中，不怨勝己者，反求諸己而已矣。

古往今來，善射虎者，首推紀曉嵐。而謎語之大成，當屬《石頭記》。謎語格式眾多，縮字謎就是其中一種。

蘇滬地區盛行縮腳語，比如：城隍老（爺）。甲乙丙（丁）。豬頭三（牲），眯花眼（笑）。再如《金瓶》裡的：「二十四，驢馬畜。」還有《堅瓠集》裡的「七大八，七青八，七孔八，七張八，隱『小黃竅嘴』」。都是這一類。知道了縮字謎，再看《石頭記》就簡單了。比如第七十六回：

「尤氏乃說道：『一家子養了四個兒子：大兒子只一個眼睛，二兒子只一個耳朵，三兒子只一個鼻子眼，四兒子倒都齊全，偏又是個啞巴。』」——猜一句四書。

是不是超好猜。唐僧說：「眼耳鼻舌身意」。尤氏所說的「一個眼睛，一個耳朵，一個鼻子眼，是個啞巴」便是「眼耳鼻舌」，而「身意」不在焉。意者，心所識也，从心。謎底為：「心不在焉，視而不見，聽而不聞，食而不知其味，此所謂修身在正其心。」

《大學》」

答案對不對呢？按之原文檢驗一下：「正說到這裡，只見賈母已矇朧雙眼（這是『視而不見』）似有睡去之態（這是『心不在焉』）尤氏方住了，忙和王夫人輕輕的請醒。賈母睜眼笑道：『我不困，白閉閉眼養神。你們只管說，我聽著呢。』（這是『聽而不聞』）」剩下的那句，自然就是「食而不知其味」了。所以賈母「便起身，吃了一口清茶（清茶妙，不知其味），便有預備下的竹椅小轎，便圍著斗篷坐上，兩個婆子搭起，眾人圍隨出園去了，不在話下。」

這個謎底的關鍵之句，還沒引出來，就是「此所謂修身在正其心」，這句話不在尤氏的謎裡，而在探春身上。原文道：「賈母聽說，細看了一看，果然都散了，只有探春還在。賈母笑道：『也罷，你們也熬不慣，況且弱的弱，病的病，去了倒省心。只是三丫頭可憐，尚還等著。你也去罷，我們散了』」

眾人皆散，只有探春還在，「此所謂修身在正其心」。

或曰：賞月而已，和修身正心有什麼關係？賈母姓史。眾人皆散，而堅持到歷史最後一刻的，只有探春還在。「萬里孤城未肯降」。行文至此暫停筆，望江陰一拜。（後文有講）

《石頭記》有兩難，一曰音韻，一曰文虎。

徐枕亞《談虎錄》說：「文虎小道也，然非心靈手敏者，不足以語此。心靈矣，手敏矣，而少誦詩讀書之功，寡博聞強識之力，胸中所儲蓄者，不足以供其驅遣，仍不足以語此。其有讀書雖多，食古不化者。其有詩文或有可觀，一談此道，則瞠目結舌，不能道隻字，縱飲以墨水三升，亦無由鑿開一竅，若是者，余已得數人矣。」

《石頭記》有音韻之處，必伏文虎。欲知音韻，先須射虎。自蔡先生挽弓以來，一夫善射，百夫決拾，大似東坡所言之「弓箭社」。紀曉嵐說：「讀書如遊山，微言終日閱。」讀石頭記，可謂「明知山有虎，偏向虎山行」。

文虎是什麼？所有的文虎，都是作者文心所化。所謂猜謎，就是猜作者「為文之用心」。

這書又叫《金陵十二釵》，「鍾山龍盤，石頭虎踞。」這《石頭記》中龍爭虎鬥，虎乃古之文虎，龍乃彥和雕龍，欲入石頭城，何不尋龍虎。這正是：

深淵求魚大罟所載，平原射虎碩弓自鳴。——（吳昌碩）

可卿藥方

劉心武先生覺得可卿的藥方隱藏了些線索，思路真的好。江藩在《漢學師承記》裡，說紀昀「性好滑稽，有陳亞之稱」。陳亞是宋代人，精通藥理，擅長用藥名作詩詞，比如那首《生查子》。

〈生查子・藥名閨情〉宋　陳亞

相思意已深，白紙書難足。字字苦參商，故要檀郎讀。

分明記得約當歸，遠至櫻桃熟。何事菊花時，猶未回鄉曲。

這首詞裡，用了「相思子、薏苡、白芷、苦參、狼毒、當歸、遠志、櫻桃、菊花、茴香。」都是中藥名。司馬光說：「陳亞郎中性滑稽，嘗為藥名詩百首。」

而紀曉嵐也是「性好滑稽」，並「有陳亞之稱」，若是紀曉嵐寫的藥方，他會用什麼方式呢？紀曉嵐喜歡猜謎語、對對子。可卿藥方就像對聯，藥引子卻是一個謎語。

藥引說：「引用建蓮子（七粒去心），紅棗（二枚）」

蓮子去心，乃是苦盡。又用紅棗，乃是甘來。所以這藥引子是「苦盡甘來」，像是

一個橫批。再按「二錢」與「非二錢」區分眾藥，得到的字數剛好對稱。至於怎麼讀出來，卻拿捏不准，亦不能妄擬。數年已過，不知劉老師是否已有新見解。

作為參照，可對比寶玉開的藥方，原文是：「我這個方子比別的不同，那個藥名兒也古怪，一時也說不清，只講那頭胎紫河車，人形帶葉參三百六十兩，不足龜，大何首烏，千年松根茯苓膽。諸如此類的藥都不算為奇。——第二十八回」

這個方子很簡單，化用了《淮南子》女媧補天的典故。君藥古墳珍珠，則喻《覽冥訓》。墳指三墳五典，喻古籍。

「紫河車」是胎盤，又加「頭胎」二字，以喻媧祖。

「人形帶葉參」生於土中，喻泥土造人。喻顯民生。

「三百六十兩」，周天之數三百六十五，缺五度，補天裂。

「不足龜」指斷鼇立極。《說文》曰：「不，从一，一猶天也。」「不」字上面的一橫象徵著「天」，下面本來指鳥飛，但這裡借其象形，以象鼇足支天之狀。

「大何首烏」，首烏固精，「止淫水」也。作者善諧謔。《說文》曰：「天大，地大，人亦大，故大象人形。」

「千年松根」指「殺黑龍」。東坡《詠檜》曰：「根到九泉無曲處，世間惟有蟄龍知。」

「茯苓膽」，千年松根，下有茯苓。其藥性「導濁生津，逐水燥脾」，此乃「淫水涸」。整個方子連起來，就是：女禍煉五色石以補蒼天，斷鼇足以立四極，殺黑龍以濟冀州，積蘆灰以止淫水。蒼天補，四極正；淫水涸，冀州平；狡蟲死，顓民生。——《淮南子．覽冥訓》

不知寶玉這個方子，和可卿的方子有無相同之處，錄之於此，以俟博雅君子高論。

除藥方之外，書中的飲食也別有含義，比如「茄鯗」的做法，就化自《道德經》的：「五色令人目盲，五音令人耳聾，五味令人口爽。」書中的一飲一饌，皆有所本。這種化物無形的筆法，就是閱微筆法。

蔡先生在《閱微筆記》序中說：「閱微草堂筆記則用隨筆體信手拈來，頗有老嫗都解之概，故自昔無作注者。然紀曉嵐氏博極群書，雖無意為文，而字字皆有來歷。」

天下之大，唯有蔡氏識才子，世間若有伯樂，一定是先生的樣子。紀曉嵐說：「音本易知，乃彌覺知音不逢之可傷。」《紅樓夢》說：「萬兩黃金容易得，知心一個也難求。」

紀曉嵐與茗煙

茗煙是《石頭記》裡的小書僮，陪寶玉讀書，鬧了學堂。紀曉嵐曾任翰林院侍讀，是個大書僮，他們之間有什麼關係呢？就要從茗煙二字說起了。

太白曰：「天若不愛酒，酒星不在天。」酒星是天界的酒神，那茶星呢？豈不是茶神了。誰是茶星？是陸羽麼？不是，陸羽是茶聖。茶星是紀曉嵐。

歷史上，紀昀被稱作獻縣茶星。紀昀考據《曹全碑跋尾》時，引用了錢大昕的《潛研堂金石文跋尾》。翁方綱將此事記於《復初齋集外詩》中，其詩曰：

「篋中收得萬山青，跋尾非徒翰墨靈。不獨研經兼石史，曹全碑已伏茶星。」詩旁小注說：「辛楣近尤／殫心／史學，故云爾，昨見曉嵐／援辛楣《曹全碑跋尾》一條，著於《四庫書錄》，不特徵／定論／之公，亦見／友朋服善／之益也。」

詩裡的茶星，就是紀昀。注裡的辛楣，是錢大昕的號。此二人為友，可謂友直友諒友多聞。

翁方綱《送董曲江歸平原詩序》中又說：「壬寅秋，平原／董寄廬先生／將東歸……於是獻縣紀茶星昀、宛平張晴溪模……」

呵呵，看來在翁方綱的眼中，紀昀就是紀茶星。

茶星的稱呼，源於對茶的癡迷。王鳴盛在北京時，和茶星是鄰居，他寫了首詩，記載茶星家裡烹茶的情形。詩名很長，叫《虎坊新居·與紀吉士昀·隔一垣·旁有·給孤寺》，詩曰：

孝穆新編得少瑜，飛卿酬唱有唐夫。
卜鄰喜占東西屋，把袂看傳主客圖。
隔牖茶煙分細縷，過牆樹影借紛敷。
晚來清夢同聽處，鐘梵聲聲自給孤。

這首詩很好玩。第一句「孝穆新編得少瑜」。徐孝穆，就是南朝一代文宗徐陵，編輯有《玉臺新詠》。史書說他：「博涉史籍，縱橫有口辯」。少瑜，指南朝金陵名士紀少瑜。《南史》中說，紀少瑜夢見陸倕送給他一束青鏤管筆，自此文章大進。

歷史上另一個夢筆故事，主人公是江淹。江淹年少時夢人授五色筆，自此文采斐然。《南史·江淹傳》說，江淹年老時，夢見一個自稱張景陽的，對他說：「以前有一匹錦寄在你這裡，現在可以歸還了。」江淹聞言，順手往懷中一探，掏出的錦只剩數尺而已。張景陽很生氣，責備江淹用的太多，一不高興，把剩下的幾尺給了丘遲。從此江淹文章無采。而丘遲文辭逸麗，但終不及江淹。

在《石頭記》中，也有兩次夢錦。第一次在第十九回，茗煙與萬兒在小書房私會，被寶玉撞見。讀者見此大都會笑。但紅樓夢不寫多餘的話，若細按起來，則有趣的多。

首先，那小書房是沒有名字的，內掛著一軸美人，極畫的得神。寶玉聽到聲音，以為美人活了。美人不曾活，卻是茗煙按著一個女孩子，在那廂幽媾。

女孩兒名字更有意思。茗煙大笑道：「若說出名字來，話長。竟是寫不出來的。據他說，他母親養他的時節做了個夢，夢見得了一匹錦，上面是五色富貴不斷頭卍字的花樣，所以他的名字叫卍兒。〔脂批：千奇百怪之想！所謂：牛溲馬勃皆至藥也，魚鳥昆蟲皆妙文也。天地間無一物不是妙物，無一物不可成文。但在人意舍取耳。此皆信手拈來，隨筆成趣。大遊戲，大慧悟，大解脫之妙文也。〕」

脂硯齋看到這段文字非常激動，給出了超高的評價。想一想，這個卍兒，其實就是錦繡文章。彥和說：「一朝綜文，千年凝錦。」才子與錦繡文章纏綿，好比隱士梅妻鶴子。又借一軸美人作比興，便湊成一個典故，來自宋真宗《勵學》的：「書中自有顏如玉」。脂批說的沒錯「真真新鮮奇文，隨筆成趣耳。」

此書有「伏言千里法」，第二次夢錦是在七十二回。鳳姐夢到有人來索錦，要一百匹錦。鳳姐不肯給，他就上來奪，正奪著，就醒了。〔脂批：妙，實家常觸景間夢，必有之理，卻是江淹才盡之兆也，可傷。」七十二回已近八十回了，卻偏寫江淹才盡。不知是鳳姐才盡，還是作者借鳳姐之口自道辛酸。《石頭記》是何等書？竟令第一才子江郎才盡。紀曉嵐詩曰：「文章雖愧日荒落，江淹才盡非從前。」

在大眾印象裡，紀昀好像沒有文學代表作，除了四庫提要，以及點評眾書外，就剩下晚年隨筆閱微草堂筆記了。但就是這本隨筆，卻成了清代三大小說之一（蔡先生語）。那紀曉嵐為何要說「文章雖愧」，又是因何江淹才盡的呢？

江藩《漢學師承記》中說：「公於書無所不通……好為稗官小說，而懶於著書。」紀昀「懶於著書」這件事，在當時就有很多人奇怪，追問者也多，紀曉嵐只好在閱微筆記中解釋說，因為自己書讀的越多，越是「瑟縮不敢著一語」。但這個解釋沒人信。

葛虛存《清代名人軼事—紀文達生平不著書》一條中，說道：「紀文達生平未曾著書。間為人作序記碑表之屬，亦隨即棄擲，未嘗存稿。或以為言，公曰：『吾自校理秘書，縱觀古今著述，知作者固已大備。後之人竭其心思才力，要不出古人之範圍，其自謂過之者，皆不知量之甚者也。』」

話雖如此，但看他評點《文心雕龍》與《瀛奎律髓刊誤》時的態度，絕不類此。《漢學師承記》裡還有一句話，說紀昀「少年間有撰述，今藏於家，是以世無傳者。」紀昀年輕時寫了什麼？藏在家裡還不讓人看。這就不造了。

第二句：「飛卿酬唱有唐夫」。唐夫指唐朝詩人紀唐夫，與溫飛卿相唱和。第一句用了紀少瑜，第二句又用紀唐夫，王鳴盛用這二人比擬紀曉嵐，倒也有趣。

第三句：「卜鄰喜占東西屋」。杜甫曾在浣花溪《卜居》，王鳴盛卜居的地方，在虎坊橋胭脂胡同旁邊，胭脂胡同往東兩百米，就是給孤寺遺址。大家只需記住胭脂胡同就行了，全北京這麼大，就這一個地方以胭脂為名。附近如果有一座書齋，書齋主人喜好收藏硯臺，那這書齋，諢名叫什麼呢？

第四句：「把袂看傳主客圖」。《主客圖》是唐代品評詩人的著作。詳見《紀曉嵐文集／張為主客圖序》

第五句：「隔牖茶煙分細縷」。這句好，寫紀昀家烹茶情形。貌似是從「晴窗細乳戲分茶」中化來的。

第六句：「過牆樹影借紛敷」。兩家一牆之隔，樹影自然能過牆，卻言一個借字，意不在借，而是喜與茶星比鄰。《楚辭》曰：「桂樹列兮紛敷。」

尾聯：「晚來清夢同聽處，鐘梵聲聲自給孤」。王鳴盛心高氣傲，經常褒貶人物。如此青睞茶星，大概視其為知己吧。嘉定拍的動畫片《中國唱詩班》裡，有一集就是講王鳴盛的，只是動畫裡沒看到錢大昕吶。錢大昕是王鳴盛的妹夫，他與紀曉嵐的關係更是密切，僅次於戴震了。

因為對茶的喜好，紀昀變成了茶星。茶，就是茗。

除了好茶，茶星還嗜煙。吸一種叫做「淡巴菰」的煙葉。這種煙葉來自呂宋，後來大陸種植，流布很廣。當年蒲留仙為寫聊齋，就在路旁大樹下備一鍋綠豆湯，一包淡巴菰，請過路之人喝湯，吃煙，講故事，以收集素材。紀曉嵐喜愛的，也是這種煙草。他在《烏魯木齊雜詩》中寫道：「露葉翻翻翠色鋪，小園多種淡巴菰。紅潮暈頰濃於酒，別調氤氳亦自殊。」把煙草好生誇了一番。

茶星煙癮很大，煙斗也特別。《歸田瑣記》載：「公善吃煙，其煙槍甚巨，煙鍋又絕大，能裝煙三四兩，每裝一次，可自家至圓明園，吸之不盡也。都中人稱為紀大鍋。一日失去煙槍，公曰：『勿慮，且日至東小市覓之自得矣。』次日，果以微值購還。蓋此物他人得之無用，又京中無第二枝，易於物色也。」這隻獨一無二的大煙鍋，直到民國時還有人見過。

金兆蕃在《紀大煙斗歌》中寫道：「大斗大斗爾過老人壽，百卌年後吾猶及見之。」而煙桿的材料，是用結實的枸杞根做的，「誰謂枸杞千載根犬形，挺此貞幹猶通靈。」煙桿上還有十六個字的銘文：

「牙首銅鍋，赤於常火。可以療疾，可以作戈。閱微草堂製」。

你們猜這銘文啥意思？這可是一顆不老童心吶。

紀曉嵐六七歲時，見過一個奇人，叫胡宮山，據說給吳三桂當過間諜。三桂敗後，變易姓名，改為行醫。八十多歲了，功夫了得，「輕捷如猿猱，擊技絕倫。」有次坐船時，夜間遇到強盜。胡宮山手無寸刃，憑手中一桿煙槍「揮霍如風」，專刺強盜鼻孔，瞬間打趴下七八個。紀曉嵐很是羨慕。只是這胡宮山平生最怕鬼，一生不敢獨睡，他小時候拳打僵屍不勝，被追逐上樹，嚇壞了的。

這個故事記載於《閱微草堂筆記》。怪力亂神不好考據，但胡宮山本領高強，經歷傳奇，足可讓六七歲的孩子仰慕不已。紀曉嵐回憶這個故事時，已經七十歲了。不知道他老人家，是否學過這煙槍擊技。脂硯齋批下「鶴勢螂形」時，雖然提到過拳譜，不過，誰知道他們會不會拳腳呢。「可以療疾」人已老矣。「可以做戈」壯心未已。

所以，紀曉嵐煙桿銘文，很可能受胡宮山影響。拿在手裡，可以揮霍成風，嚇嚇哈嘿。

無論煙與茗，紀茶星都已獨步京城了。他的工作狀態，很像《石頭記》裡的茗煙。茗煙在賈府二門上聽差，就好比紀昀到紫禁城當班。茗煙在園門口候著，就像紀昀在圓明園侍值。

茗煙的性格也像紀曉嵐，書中第九回說「這茗煙無故就要欺壓人的。」而清人筆記載：「紀文達公昀，喜詼諧，朝士多遭侮弄。」紀昀無故就戲耍群寮，文士欺負人，大概就用諧謔。脂批說茗煙『滑賊』，大概被戲弄過吧。

茗煙有句話最像紀曉嵐。茗煙道：「我茗煙跟了二爺這幾年，二爺的心事，我沒有不知道的。」紀茶星浮沉宦海，靠的也許就是這句話，乾隆的心事，他沒有不知道的。

書中說茗煙是寶玉小廝中第一個得力的，《四庫提要》裡可以看到，每當乾隆要篡改史書，常會指派紀昀去做。

在傳世的《閱微草堂硯譜》裡，有一幅紀曉嵐畫像。畫上有翁方綱的題詩，其中兩句是：「畫幀茶煙颺，張侯澹相對。」紀曉嵐始終與茶煙為伴，茶煙，就是茗煙。

問題來了。紀曉嵐既是茗煙，茗煙又是寶玉的小廝，那寶玉是誰呢？後文再講。

下圖：紀茶星吸煙像

胡宮山與翻子拳

滄州「攔面叟」，俗稱「鐵煙槍」，河北戳腳翻子拳獨門兵器，講究劈、掛、撩、砸、點、掃、撥。戳腳盛於明清，是北腿代表。拳諺云：「手是兩扇門，全憑腿打人。」步伐靈活迅厲，配合大煙槍，遠攻近擊，十步內外進退有餘。當時的滄州武術拳種數十個，幾乎村村鎮鎮都有拳師。比如有名的滄州大槍，四五米長，大運河邊就常有人練。有句話叫「鏢不喊滄州。」鏢局子行鏢，往往要敲鑼喊號，用單田芳老師的話講，叫「亮鏢威」。行路時，亮出鏢旗，趟子手高喊鏢號，武林的同行要給面子，綠林的大王要驚膽子，這趟鏢就走的順了。但到了滄州地界，可不能喊了，收起鑼，放下旗，悄默聲地過去就行了，沒人來找麻煩。若鏢師頭鐵，非要杠上一杠，大鑼一敲，耀武揚威，就有人來討教一二了。這裡高人多，沒點真本事，真過不了滄州。

紀曉嵐是滄州人，他說胡宮山輕捷如猿猱，說明此人腿法好。又善用煙槍技擊，所以胡宮山大概擅長戳腳翻子。也許這煙袋技擊，還是胡宮山傳到河北的呢。

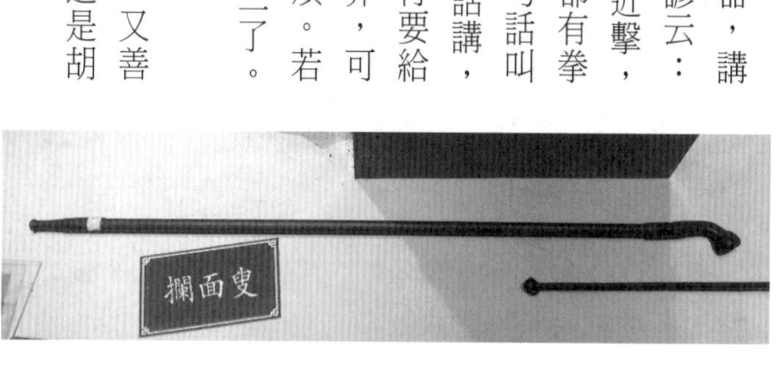

左圖：滄州博物館「攔面叟」

冷子興笑道：「主僕上下，安富尊榮者盡多，運籌謀畫者無一，更有一件大事，誰知這樣鐘鳴鼎食之家，翰墨詩書之族，如今的兒孫竟一代不如一代了。」這冷子興不是一般古董商，他本似《桃花扇》中的柳敬亭：「老子江湖漫自誇，收今販古是生涯。年來怕作朱門客，閑坐街坊吃冷茶。」所謂「都中古董行中貿易的號冷子興者」，乃收今販古，稗官雜史也。

紀曉嵐詩曰：「稗史荒唐半不經，漁樵閒話野人聽。地爐松火消長夜，且喚詼諧柳敬亭。」

上圖：孔府對聯上聯：「與國咸休／安富尊榮／公府第。」

寧國府與孔府

山東有一山、一水、一聖人。聖人就在曲阜。在曲阜下了車，我們幾個直奔孔府。孔府大門前有副對聯。

上聯是：與國咸休安富尊榮公府第。

下聯是：同天並老文章道德聖人家。

啊嗚看了笑道：這上聯寫著「榮公府」三字呢。

長安也笑道：「安富尊榮」幾個字，也是冷子興說過的。

啊嗚道：「前兩年我聽兩岸網路課，老師講賈寶玉自稱安富尊榮，冷子興也說安富尊榮，脂硯齋還說安富尊榮，可到了山東才知道，原來世上真有一戶人家，是自稱安富尊榮的，還斗大的字寫在大門上。」

「可是，」我忍不住問，「這對聯是誰寫的呢？又何時寫的呢？」

眾人若有所思。正此時，打東邊來了個導遊，也帶了幾個遊客，也來到大門前，向著對聯道：「這副對聯呢，是大才子紀曉嵐所書，當時紀曉嵐來到孔府……」

「什麼！紀曉嵐寫的！」方長安叫道。

導遊嚇了一跳，轉笑道：「那當然，紀曉嵐雖常說自己不善書，可因為才名太盛了，所以孔家還是請他寫對聯。」

一旁沒吭聲的龐並明忽道：「我知道了，你們猜為何是冷子興演說榮國府？」眾人皆問為啥，掃地大叔也擁帚聽。並明道：「孔子刪詩成三百，詩有六義，風雅頌，賦比興。這個人不叫冷子賦，不叫冷子比，偏叫冷子興。《文心雕龍》說：『比顯而興隱哉！』所以這個冷子，既然興言，必然有所隱寓。」

眾人笑道：「如此，諸子百家，於今又添一冷子。」

並明笑道：「不是我編，脂批曾說的：『故借用冷子一人，略出其大半』。他老人家都說『冷子』，我當然得隨著了。」

啊嗚道：「我想明白了，這個冷子興，就是老贊禮。」

「《桃花扇》裡的老贊禮？」並明問。

啊嗚點點頭。

長安道：「《桃花扇》是明清傳奇壓卷之作，算不得僻典，孔尚任也是孔門才子，可又干冷子興甚事！」。

啊嗚道：「瓜娃子吆，你曉不曉得冷子興做啥子的？」

長安忙道：「額咋就不知道哩！第二回說：『古董行中貿易的號冷子興者』，第七回還說：『冷子興因買古董和人打官司，故遣女人來討情分』，他不就是個『古董先生』麼！」

啊嗚笑道：「知道他是古董行裡的先生，為啥不曉得他就是老贊禮呢？前幾年我在金陵看過石老師的《桃花扇》，給你演示一哈就明白啦。」說著打開扇子手機，將屏幕投到孔府的白粉牆上，調大了音量。只見王子瑜扮的老贊禮出場了。

將—將—將，嗒嗒，將，嗒，將—嗒—將！

〔蝶戀花〕（副末氈巾、道袍、白須上）古董先生誰似我？（冷子興像你）非玉非銅，滿面包漿裹。剩魄殘魂無伴夥，時人指笑何需躲。舊恨填胸一笑抹，遇酒逢歌，隨處留皆可。

老夫乃是南京太常寺一個贊禮，爵位不顯，姓名可隱。昨在太平園中，看一本新出傳奇，名為《桃花扇》，就是明朝末年南京近事。借離合之情，寫興亡之感（這句最妙，阿花說：「桃花扇的悲情結局正為此句話，今有人將劇尾改成大團圓，便成借興亡之感，寫離合之情了，成何道理！」），實事實人，有憑有據。老夫不但耳聞，皆曾眼見（經過見過）。更可喜，把老夫衰態，也拉上了排場，做了一個副末角色（紅樓作者若寫自己進書，必是一個副末，一個冷眼人），惹的俺哭一回，笑一回，怒一回，罵一回，（石頭記亦然，不光有淚，還善諧謔。）那滿座賓客，怎曉得我老夫就是戲中之人！（妙，滿座賓客，怎曉得小茗煙就是作者眞身。）請問這本好戲，是何人著作？列位不知，從來填詞名家，不著姓氏（作《紅樓》者，著姓氏否？）但看他有褒有貶，作春秋必賴祖傳（妙）；可歌可詠，正雅頌豈無庭訓（妙）。「內」：這等說來，一定是雲亭山人了。你老既系舊人，又且聽過新曲，何不把傳奇始末，預先鋪敘一番，大家洗耳。（老贊禮鋪敘桃花扇。）

大家正瞧戲呢，啊嗚忽捏聲道：「古董先生冷子興，非賦非比，滿面包漿矣。」眾人大笑，恍悟，「冷子興演說榮國府」，原來敎的是「老贊禮鋪敘桃花扇」。

長安道：「看來這冷子興，的確扮演了老贊禮的身份。啊嗚說的對啊。」

啊嗚道「《石頭記》裡說『欲知目下興衰兆，須問旁觀冷眼人。』而《桃花扇》中說『兩度旁觀者，天留冷眼人。』簡直如出一轍。」

並明笑道：「看來紅樓不是憑空寫就的，觀弈道人借鑒了不少經典名作啊。這正是：『始知昨夜紅樓夢，身在桃花萬樹中（臥子詩）』」

我笑道：「作者早說過著書秘訣了，『偷得梨蕊三分白，借得梅花一縷魂。』剛才的遊客早沒影啦，咱們也往前逛逛吧。」

啊嗚早已收了神通，眾人一起進了二門，門上有塊匾，寫著「聖人之門」，乃明代李東陽手書。二門之後，是一道儀門，上面有塊匾：「恩賜重光」，乃明世宗所賜，所以這道門又叫「重光門」，平時不開，是為塞門。《論語》說：「邦君樹塞門」。一般人家是沒有塞門的。奇怪的是，《紅樓夢》中的寧國府也有塞門，因此大家好生議論了一番。

再往前走是大堂，兩旁立著儀仗和金牌。長安看到一個凳子，剛要坐，並明道：「嚴閣老勢敗，曾來孔府求助，衍聖公不見他，在大堂坐了這塊冷板凳，後世稱之為『閣老凳』。」

過了大堂是二堂，長安忽問：「周敏庵老先生說『昌明隆盛之邦』是指乾隆朝，因為昌明在易經裡象乾卦，並明你怎麼看？」

並明笑道：「說的挺對啊，昌明皆从日，君子終日乾乾，與其說是字謎，倒像是射覆。周先生名字裡就帶一個『昌』，肯定對此理解頗深吶。」

長安笑道：「那請問『詩禮簪纓之族』又指的誰家呢？」一下把並明問住了，眾人也答不上來。

啊嗚道：「正好大家也走乏了，那邊詩書禮樂的匾額旁有座，不如去休息一下。」

眾人聽了這話，便望過去，果然有一面九龍填青的金匾，上寫「詩書禮樂」四個大字，旁邊還真有幾個座位。眾人便去那邊歇息。只是想不通，這「詩禮簪纓之族」到底是誰家呢？以此不免心燥起來，啊嗚拿出保溫壺，倒了茶來分著喝，也覺得沒滋味。

啊嗚道：「既然一時猜不出，不如猜點別的吧，我來出一個謎語，聽好了，『阿房宮，三百里』猜一個古代名城。」

長安道：「是西安。」啊嗚搖搖頭。

並明問：「是廣陵？」啊嗚點點頭。

我問道：「為啥呢？」

並明笑道：「三百里可謂廣矣，《說文》曰：阿，大陵也。」

長安拊額道：「那下句『住不下金陵一個史』呢？」

啊嗚道：「你點好句讀啊。阿房宮，三百里，住不下金陵，句讀！一個史。」

長安剛想說什麼，忽然，一個小孩子一邊笑著，一邊牽著一個好大的鯉魚氣球，急匆匆地從庭前過去了，很是顯眼。

龐並明拍手笑道：「我猜著了，這個『詩禮簪纓之族』，遠在天邊，近在眼前。」

眾人恍悟，原來：不識廬山真面目，只緣身在此山中。

並明又道：「我還一個想法，不知當講不當講。」

眾人道：「你說，你說。」並明略作沉思，方道：「寧國反切，是個儒字。」

長安笑道；「我少讀書，你莫要騙我。聲母不同，怎麼反切得出？」

並明笑道：「這正是關鍵。上海人自稱上海寧。蘇州、溫州也將泥母日母混淆。儒，人朱切，屬日母。寧屬泥母，泥日二母上古本是一家。後來章太炎根據錢大昕的古音理論，把娘母日母都歸入泥母，俗稱『娘日歸泥』。令我不解的是，難道紅樓作者，早在錢大昕時期，就已經看出泥日二母同源？抑或是根據方言總結出的？」

長安聽完撓了撓頭，忽然拍頭一下道：「是不是『寧國』兩個字，就是錢大昕擬的？你看大門上的對聯，也和紅樓夢有關吧，是紀曉嵐寫的，紀曉嵐跟錢大昕那可是老交情了。」眾人都不置可否。

啊嗚道：「這樣說來又深了，也不好跟別人解釋，我們弄個簡單的。第五十三回『寧國府除夕祭宗祠』時，交代了寧府的佈局，如果寧國府真是孔府，兩者的佈局應差不多。」眾人點頭。

長安道：「那咱們再往前逛，到時候比比看。」於是眾人皆往前。

前面是三堂，古檜參天，有很多石筍盆景。再往前是內宅門，此門平時不開，要從旁邊繞才行。穿過一條僅容身過的小巷，便是內宅了。據說修窄巷子的目的，是讓胖子過不去，以戒安逸。

內宅又有三重，前上房，前堂樓，後堂樓。並明說：上世紀五十年代，前堂樓裡發現了兩隻黑皮箱，現保存於山東省博物館。箱子裡多是前朝衣物，前幾年省博專門舉辦了一場「孔府舊藏服飾特展」。當時展出的有一頂五梁冠，按照董進的說法，這個五梁冠少了簪和纓。所以說書中的「詩禮簪纓之族」就是孔家。

出了後堂樓，是一個大花園，這就是李東陽當年主持設計的孔府花園。

啊嗚道：「差不多了，把孔府和寧國府的佈局來比較一下。」並明拿出畫板，大家一一對比起來。

先是孔府：

大門、二門、塞門、大堂、二堂、三堂、內宅門、前上房、前堂樓、後堂樓、後花園。

再是寧國府：

大門、儀門、大廳、暖閣、內廳、內三門、內儀門、內塞門、正堂、花園。

眾人發現，除卻「後堂樓」不開門的話，寧國府的佈局，和孔府是一樣的。且看《石

頭記》原文：

寧國府從大門、儀門、大廳、暖閣、內廳、內三門、內儀門並內塞門，直到正堂，一路正門大開，兩邊階下一色朱紅大高照，點的兩條金龍一般。—第五十三回

這下眾人明白了，寧國府原來是孔府。東坡說：「君門深九重」。除了北京的紫禁城，沒有第三家能超越這種佈局了。

長安忽道：「等等，如果這裡是寧國府，那眼前的花園，不就是會芳園麼？」眾人聞言，這才打量這孔府花園。時過仲秋，但見：

黃花滿地，白柳橫坡。小橋通若耶之溪，曲徑接天臺之路。石中清流激湍，籬落飄香；樹頭紅葉翩翩，疏林如畫。西風乍緊，初罷鶯啼；暖日當暄，又添蛩語。遙望東南，建幾處依山之榭；縱觀西北，結三間臨水之軒。笙簧盈耳，則有幽情；羅綺穿林，倍添韻致。——第十一回

端的是座好園子，占地五十餘畝，歷經宋元明清修建，在北方園林中，獨樹一幟。尤其是明代李東陽嫁女，花了大力氣經營此園。眾人信步遊逛，不住點頭。

啊嗚道：「自從十七回之後，會芳園就叫彙芳園了，西邊還沒逛，咱們往那邊走。」

逛到西邊時，卻見一張大石桌，先前門口遇著的幾個遊客，擺了橙橘梨棗、瓜子糕

糖，正在那裡嚼。並明提議，我們去西邊那塊大青石上歇息，也吃些點心。眾從其言。

我們帶的，只有榛栗胡桃，以及剛買的孔府月餅。前者誰耐煩剝，只好吃月餅，卻是五仁的。五仁月餅真好吃，皮是千層酥做的，鬆脆泛黃透著香。

只輕咬一下，外皮即碎成萬千，從唇餅間簌簌落，如花辭樹。得趕緊用手接著，莫教委地。這時狠狠心，咬下去，餅裡桂花如釀，舌酥齒醉分外香。嘖嘖，真是秋天好味。

時而堅果，念松鼠秋收冬藏於樹洞，而阿裡巴巴道破其玄機。時而青絲，想李白江上，青銅鏡裡。葵花數籽熱如火，冰糖一粒甜妹子，甘蔗穀粉美之飴，嘻嘻，真好吃。

食完看手裡接的餅渣，莫忘一飯一食來之不易，咂之，如楚大夫之餐落英，如漢武之飲碎瓊，真好吃。何必晚食當肉，餅好風味自佳。

啊嗚道：「鄔員，你吃著月餅笑什麼？罰你講個笑話！」

另外兩個也笑道：「快講，不然不給你倒茶。」

我只好說道：「從前有一隻貓，鎮守書房，忽然探馬飛來，高聲叫：報！！稟都督，南蠻魚王領十萬蠹魚犯我蘭亭序！」

那只貓在大青石上曬太陽呢，聞言道：「虜狂矣，著紫外線大將軍即刻清剿。」

探馬笑道：得令！轉身剛要走，懶貓道：「回來！你笑什麼？罰你講個笑話！」

啊嗚問：「那探馬為什麼要笑？」

眾人大笑道：「這更該罰了！這會子不唱一個再不能饒的！」

只好又信口謅道：「因循捷徑走，致使入泥潭。方法莫嫌笨，水滴能石穿。十年格物一朝通，或可逍遙夢裡邊。你道是草蛇灰線，他又講千里伏言。亂哄哄，反將真理措百年。世無金聖嘆，誰結石頭緣。」

眾人聽了剛要說什麼，忽聽那邊牆下有人長嘆之聲。大家明明聽見，都悚然疑畏起來。

長安忙問：「誰在那裡？」連問幾聲，沒有人答應。

啊嗚道：「必是牆外邊的遊客，也未可知。」

長安道：「哪有？分明聽得耳近，況且那邊又緊靠著孔廟，難道是聖人嘆氣？」一語未了，忽一陣秋風颯颯，吹在身上，遍體生寒。空中亂葉如蝶，落了長安一身。

啊嗚閉眼大叫：「不好啦，我們穿越到紅樓夢裡啦。」

眾人聞言吃了一驚。要知端的，下回再說。

孔廟與賈氏宗祠

上文書說到，啊嗚被金風一激，想到賈珍夜宴彙芳園的情形，閉上眼睛大叫起來。

長安順手給了個梆子，笑道：「青天白日，你做什麼穿越夢！看那邊，嘆氣的人來了。」

啊嗚這才睜眼，四周小心看，長安揚首示意，眾人望去，只見一個老爺子舞著掃把，正撲那亂葉。

長安振振衣服，上前唱喏。老爺子一抬頭，笑道：「奧，是你們也。」

「大爺認得我們？」

「將才在大門口，看到你這行人說啥紅樓夢。唉，俺有個侄子，讀紅樓夢快要讀傻咧，也不談對象，整天研究啊，家裡人愁地了不得，唉！」

眾人聞言道：「想必有些造化。」

長安又問：「令侄在哪高就？」

老漢笑道：「在旁邊孔廟做講解員，你們也讀這書，開導開導他，讓他趕緊……吆！

俺侄子來咧，給俺帶飯來咧。」

眾人看時，果見來了個小夥子，頭戴窄沿烏漆笠，身穿雪襟皂直裰，足登翻牛皮絳雲靴，蹬著落葉，提了食盒，大踏步走來。一聊，方知姓魯，字小嶧。魯小嶧聽完來意，哈哈大笑。

「哎呀，終於有人來這裡找寧國府了，不瞞各位說，連這孔廟也是賈氏宗祠。寧國府除夕祭宗祠那一節，是用薛寶琴之眼來看，今天既然來到曲阜了，我告訴你們，紅樓夢那段文字，可以和孔廟一一對照。」

小嶧頓了一頓，又道：「如果不能相合，卻有一個法子，不知你們會不會。」

眾人道：「你說，你說。」

小嶧問：「你們會不會猜謎語？」

「猜謎語？」並明笑指長安道：「長安文虎社的」。

長安問：「為啥猜謎語？」。

小嶧說：「你們剛才不是說，府前大門的對聯和冷子興有關麼，寫對聯的可是紀曉嵐，聽說這個人很喜歡猜謎語。」

並明點頭道：「紀昀之謎『未能免俗』。」

小嶧道：「那就是了，我將賈氏宗祠對照孔廟時，就是用的這種方法，看來是紀曉嵐在考我們呢。」

眾人笑起來，辭別了老漢，跟了魯小嶧，一起到了孔廟來。

原來這孔廟，就在孔府西邊另一個院子。廟前張燈結綵，好不熱鬧。過了璧水橋，進得弘道門時，長安早把書端在手中。第五十三回，原文道：

（且說寶琴是初次，一面細細留神打諒這宗祠，原來寧府西邊另一個院子，黑油漆柵欄內五間大門，上懸一塊匾，寫著是「賈氏宗祠」四個字，旁書「衍聖公孔繼宗書」。兩旁有一副長聯，寫道是：

肝腦塗地，兆姓賴保育之恩。

功名貫天，百代仰蒸嘗之盛。

亦是衍聖公所書。）

魯小嶧道：「弘道門是五間，這是明代孔廟的正門。前面的大中門，同文門，大成門，具是五間。至於賈氏宗祠的匾聯，我覺得，借此寫出衍聖公，才是作者的目的。」

並明道：「這對聯有意思，尤其是這個百代蒸嘗，若是二十弱冠算一代，百代也得兩千年。這個衍聖公孔繼宗，可有其人麼？」

小嶧道：「這是最蹊蹺的，繼字輩的衍聖公，沒有真實存在過。第六十八代衍聖公孔傳鐸，把爵位傳給了孫子孔廣棨。因為孔廣棨之父孔繼濩辭世較早，後來追贈為衍聖公而已。至於孔繼宗，實無其人。」

並明又問：「這個繼字輩大約什麼時代？」

小嶧笑道：「一說你就明白。孔繼濩有個親弟弟孔繼汾，孔繼汾之子孔廣森，是戴震的學生。孔繼汾的堂弟孔繼涵，和戴震又是兒女親家。《戴氏遺書》就是孔繼涵刻印的。段玉裁刻《戴震文集》，原稿就來自曲阜，不過那是後話了。」

並明想一想，只好說：「戴震住在紀曉嵐家裡，和樸學派有直接聯繫的，看來就是這繼字輩了。」

小嶧道：「沒錯，我只是想不通，為何作者要寫這個輩分。難道真如你們所說，作者是乾嘉學派的大佬？」

長安笑道：「小嶧啊，《石頭記》的作者是石頭，白紙黑字寫著的。」

小嶧問：「那石頭又是誰呢？」。

並明道：「自然是『孤石老人』。你來北平，我一一指給你看。」

小嶧正色道：「那我在這裡，得好好賣力了。」眾人皆笑。

大家又往前走，路旁皆是蒼松翠柏。過了大中門，同文門，又過了奎文閣，才是大成門。大成門氣勢非凡，抱龍門柱，面闊五間，上懸一塊金匾，寫著是「大成門」。兩旁有一副長聯：

先知先覺，為萬古倫常立極。

至誠至聖，與兩間功化同流。

兩側是金聲門、玉振門。大家討論一番，覺得寶琴看到的「黑油柵欄內五間大門」，應該是大成門。只是作者下筆狡猾，只說柵欄是黑油，沒說大門的顏色。再往裡走，就是杏壇和大成殿了。且看《石頭記》五十三回原文：

（進入院中，白石甬路，兩邊皆是蒼松翠柏。月臺上，設著青綠古銅鼎彝等器。抱廈前，上懸一九龍金匾，寫道是：

「星輝輔弼」

乃是先皇御筆。兩邊一副對聯，寫道是：

「動業有光照日月，功名無間及兒孫。」

亦是御筆。五間正殿前，懸一鬧龍填青匾，寫道是：

「慎終追遠」

旁邊一副對聯，寫道是：

「已後兒孫承福德，至今黎庶念榮寧。」

俱是御筆。裡邊香燭輝煌，錦幛繡幕，雖列著神主，卻看不真切。（妙哉看不真）

進了孔廟大成門，東邊就是「先師手植檜」，樹齡2400多年了，經幾榮幾枯，至今枝葉繁茂，端的是「百代蒸嘗」。白石甬路，通往杏壇，兩邊皆是蒼松翠柏。過了杏壇就是大成殿了。殿前月臺上，設著香爐巨鼎。抱廈前，上懸一九龍金匾，寫道是：「生民未有」。旁邊一副對聯。寫道是：

「德冠生民/溯地辟天開/咸尊首出。

道隆群聖/統金聲玉振/共仰大成。」

五間正殿前，懸一鬧龍填青匾，寫道是：

「萬世師表」。

裡面香燭輝煌，錦幛繡幕，雖列著神主，卻看不真切，不用猜，定是夫子像了。

長安看了多時，納罕道：「這門、這路、這樹、這鼎、這殿、這九龍金匾，都能對上。只有這文字和書裡對不上，這怎麼回事呢？」

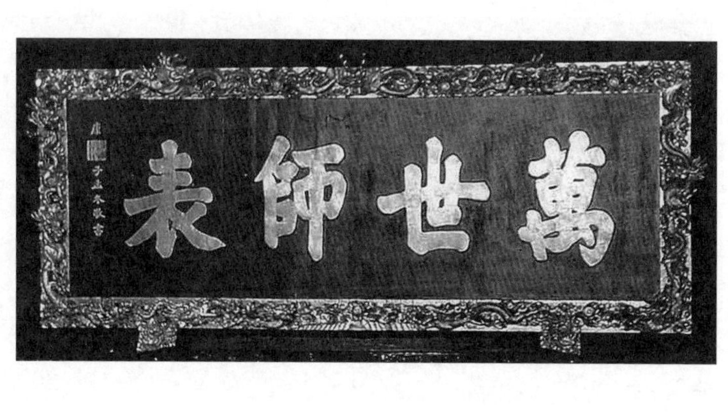

右圖：孔廟的鬧龍填青匾

小嶧笑道：「誰說對不上？賈祠的『慎終追遠』什麼意思？」

並明道：「按朱子《論語》注：慎終者喪盡其禮，追遠者祭盡其誠。」

小嶧道：「那『慎終追遠』是誰說的？」

長安道：「是《論語》裡曾子說的。」

小嶧笑道：「曾子的老師是誰呢？」眾人恍悟，仰頭看時，正殿懸的鬧龍填青匾，寫著「萬世師表」。

小嶧又問：「那賈祠的『星輝輔弼』呢？」

並明道：「原來如此，『星輝』竟也用了典故的。」說罷看長安。

長安道：「天不生夫子，萬古長如夜。孟子曰：出乎其類，拔乎其萃，自生民以來，未有盛於孔子也。」眾人抬頭看抱廈，上懸一九龍金匾，寫著：「生民未有。」

「勳業有光照日月」，大成也。「功名無間及兒孫」，衍聖也。

小嶧道：「過兩天要祭孔了，等會子，就要排練。這是秋祭，春天時，還有春祭。」

長安問：「那寧國府怎麼除夕祭宗祠呢？幹嘛不春秋祭？」

啊嗚忍不住道：「寶琴一進宗祠，就看到對聯說『百代仰蒸嘗之盛』。《詩經》說：『禴〔yuè〕祠烝嘗，于公先王。』鄭康成說，春祠，夏礿（禴），秋嘗，冬烝。寫賈府明裡是除夕祭祀，可對聯裡一個『蒸嘗』，早把四時祭祀都寫出來了，這就是脂批說的『明修棧道，暗度陳倉』。」

啊嗚一頓言語，劈哩啪啦炒豆子一般。眾人一聽皆道：「了不得！以後不學點兵法，都不能看小說了。」

少時間，大成殿前來了好多人，立刻排練起來。

三十六人，又跳又舞，雉尾亂晃。我問小嶧：「現在有三獻麼？」小嶧說正式祭祀的時候才有。那還是先看原文吧。第五十三回：

（只見賈府人分昭穆，排班立定：賈敬主祭，賈赦陪祭，賈珍獻爵，賈璉、賈琮獻帛，寶玉捧香，賈菖、賈菱展拜毯、守焚池。青衣樂奏，三獻爵，拜興畢，焚帛奠酒，禮畢樂止，退出。）

小嶧道：「爵、帛、香、焚池都有。『青衣樂奏』當指佾（yì）舞。『禮畢樂止』又含禮樂。三獻爵，拜興，焚帛，奠酒，退出。賈家這祭祀，是清代祭孔的禮儀。」

眾人又隨著小嶧看那大成殿。前有月臺，旁列廊廡，黃瓦重簷，雕梁彩棟，周圍二十八根盤龍石柱，比起紫禁城的龍柱，有過之而無不及。至此，遊人已倦，意興闌珊，可憐小嶧，還不下班，執手寒敘，難表熱情。

小嶧道：「你們說榮國府就是紫禁城。有什麼證據？」

並明道：「只要去看一眼就能明白。」

小嶧又問：「那脂硯齋呢？是書齋名麼？真的在北平？」

眾人點點頭，只說「你來，你來，帶你去看。」。

小嶧忽起來，接著問：「那補天遺石呢？也能看到麼？」

並明皺皺眉，不置可否。長安道：「這個有點難。」

見小嶧不解。並明乃道：「這補天遺石，乃宋徽宗艮嶽遺物。靖康之後，金人掠艮嶽奇石北上，此石便流落北方。雍正時，此石歸岳鍾琪。後來，岳氏故居又歸河間紀氏，是為閱微草堂故物。現而今，紀氏故居僅存三分之一，此石不見久矣。有人說已經移回中南海，置於小瀛洲。亦未可詳查。」

眾人聞此，又想起石頭上的偈子：「無才可去補蒼天，枉入紅塵若許年。此系身前身後事，倩誰記去作奇傳。」不禁都嘆息起來。

或曰：為何此書要寫孔家？

孔家代表儒家，寫儒家就是寫當時的中國。寫一本傳世紅樓夢，將線索留在孔府大門上，紀昀不愧為第一才子。（賈家塾師叫賈代儒，假代儒家之謂。並明記。）

或曰：曲阜與北平相隔甚遠，寧榮兩府相離甚近。

曹子建曰：「丈夫志四海，萬里猶比鄰。」何況寧榮兩府呢。《禮記》曰：「聖人耐以天下為一家，以中國為一人。」遠乎哉，不遠也。黛玉說，作詩「第一立意要緊」。作書卻立志要緊。作紅樓者，不必錦衣玉食，不必茅椽蓬牖，但一定心懷天下，才寫得出這部書來。

曲阜之行，到這裡就結束了。回去的路上，有一個問題越發顯眼，紀曉嵐既然與《石頭記》密切相連，他那些好友，是否參與了此書的構思呢？下回分解。（此乃本書第一篇，今移至此處。並明記。）

上圖：北京太廟的五間大門，兩柱之間為一間。下圖：北京孔廟的大成門，面闊五間，明間次間開門。

古無輕唇音——錢大昕與石頭記

在南京吃餛飩，老闆說：「阿要辣油啊？」到蘇州摘枇杷，居然下季很久了，於是去採楊梅。小娘魚笑道：「倷阿曉得？」在下當然曉得，因為脂硯齋說：「胭脂是這樣吃法，看官阿經過否？」哪裡人說「阿」呢？上海人就說「阿是」。脂硯齋裡有南方人，而且是江浙滬一帶的，曾長居北京，還要和紀曉嵐關係密切。紀曉嵐自新疆歸來，有一個老友早早地在等他，就是錢大昕。

錢大昕曰：「同年紀學士曉嵐，自塞上還，予往候。握手敘契闊外，即出所作《烏魯木齊雜詩》見示。讀之聲調流美，出入三唐。而敘次風土人物，歷歷可見。無鬱轖愁苦之音，而有春容渾脫之趣。」只是紀學士帶回的不止有詩，還有石頭記的腹稿。若說錢大昕是脂硯之一，必然要說古無輕唇音。試舉幾例。

（一）薛蟠與削藩

有人說薛蟠是削藩的諧音，不知誰先說的。是不是呢，「薛削」二字在北方話裡同音，關鍵在「藩蟠」二字是否相諧。

古無輕唇音，有幫滂並明，無非敷奉微。蟠，並母。藩，奉母。古無奉母，歸於並母。蟠藩二字同為古並母，故「蟠藩雙聲」。

《說文》曰：「蟠，从蟲番聲。藩，从艸潘聲。潘，从水番聲。」蟠藩潘同諧番聲，同諧聲者必同部。故「蟠藩同韻」。

蟠藩二字雙聲同韻，故蟠讀若藩。再加上文薛削二字，故薛蟠就是削藩。

（二）胡謅

紀曉嵐曾任福州學政。福建話是很古老的語言，福建為何叫胡建？福州為何叫胡州？皆因古無輕唇音。福建音古，讀「福」無輕唇，而官話讀「福」已變輕唇。試問，從錢大昕的角度看，原係胡州人氏的賈雨村，到底是哪裡人呢？[一]

第七十二回林之孝家的說：「雨村降了，卻不知因何事。」降字，應該讀平聲，還是仄聲呢？

第五十三回「賈雨村補授了大司馬，協理軍機，參贊朝政」。大司馬乃兵部職位，卻協理軍機，比如薊遼總督，比如經略，都是這一類。到了後文書，居然降了。

第三十二回「正說著，有人來回說：『興隆街的大爺來了，老爺叫二爺出去會。』

一　注：甲戌本、庚辰本作胡州，無三點水。脂批曰「胡謅」，乃借諧音提示音韻。心有靈犀，一點即通。隨聲附和，真胡謅矣。

寶玉聽了，便知是賈雨村來了，心中好不自在。」雨村住興隆街，北京興隆街會館林立，街距金臺書院（洪莊）有六百米。從洪莊到紫禁城，須經過興隆街。或曰：「洪經略豈能見到乾隆？」賈府中賈母為尊，賈母姓史，史書中見過的，還將其丟在《貳臣傳》裡呢，所謂「見字如晤，讀史觀人」。讀洪經略時，乾隆定和寶玉一樣，也是「心中好不自在」。書裡書外皆史筆，紅樓時間線緣此章法。

下圖：金臺書院舊址，原洪經略故居。

第四十八回：平兒咬牙罵道：「都是那賈雨村什麼風村，半路途中那裡來的餓不死的野雜種，認了不到十年，生了多少事出來。」長安說，這是借平兒之口怒斥雨村。有人說紅樓之中無壞人，試問賈雨村孫紹祖又為何物？有無相生，善惡相形，方是石頭記。

由此可知，賈雨村是胡建人，曾任兵部之職，後來降了，住在北京洪莊，這是誰呢？可以猜一猜。[二]

紀昀在福建留下很多匾額（如圖）。還有第四塊匾「渤水蜚英」，是乾隆二十八年紀昀去汀州勸學時，寫給培田村吳氏的，可惜被盜了，希望能夠找回。

聽說福州冶山曾有紀昀題聯：「地迴不遮雙眼闊，虛窗只許眾峰窺。」現已無跡可尋。

紀昀對很多福建人提攜有加，他的門生、文物保護愛好者、伊府面發明人伊秉綬，就是福建人。福建話很有特點，雍正六年的時候，雍正令閩粵兩省/各府州縣立「正音書院」，學習官話（近似普通話）。受方言影響，福建慣以「胡」代替官話的輕唇音「福」，至今依然，所以福建稱胡建，福州稱胡州。這幾年推廣普通話厲害，年輕一代已很自然說「福」了，福讀胡的現象正在消失。合口喉音與輕唇音並無演化關係，只屬口音模仿。不習慣發輕唇「福」，才依舊發喉音「胡」。「福」字古音亦非輕唇。

二 注：福州府乃全閩首府，明清皆然，故言福州以代閩。

上圖：福州紀曉嵐題匾：「桓雅」。

中圖：龍岩紀曉嵐題匾：「追步東山」。

下圖：福建連城博物館藏紀曉嵐題匾：「文明有象」。

那什麼是輕唇音？有個小故事《浮桴賦》，一讀就明白。道是：

富腹撫府黼黻服，縛幞浮桴枹釜賦。
伏罦覆鳧復赴袚，茯芙付婦敷膚馥。

（三）阿房宮

「阿房宮，三百里，住不下金陵，一個史。」「房」字怎麼讀？

錢大昕曰：「古讀『房』如『旁』。《廣韻》：『阿房，宮名，步光切。』《釋名》：『房，旁也。在堂兩旁也。』《史記·六國表》秦始皇二十八年『為阿房宮』，二世元年『就阿房宮』，宋本皆作『旁』。『旁』『房』古通用。」

房讀旁又如何？讀旁的話，史家的護官符就能解，請看下回：梅嶺忠魂。

右圖：上海嘉定潛研堂，錢大昕故居。

梅花嶺

此篇推理

《石頭記》批語曰：「請君著眼護官符，把筆悲傷說世途。作者淚痕同我淚，燕山仍舊竇公無。」

絳樹兩歌，黃華二牘。這首詩化用了兩個典故，一是五代的竇燕山五子登科，這是家。再是漢代的燕然山竇憲勒銘，這是國。這種家國之情，乃書中淚痕所在。

唐代以前，提起燕山竇公，皆指竇憲破匈奴之後的燕然勒銘。例如：庾信《楊柳歌》：「君言丈夫無意氣，試問燕山那得碑。」唐徐堅：「燕山應勒頌，麟閣佇名揚。」劉長卿：「空留一片石，萬古在燕山。」溫庭筠：「銘勒燕山暮，碑沉漢水春。」唐之後的五代，河北燕山地區出了個竇禹鈞，才有了「竇燕山，有義方，教五子，美名揚。」所以紀曉嵐說：「何必燕山竇十郎，五枝丹桂一時芳。弟兄父子相師友，也抵三蘇共一堂。」作者用的是哪個典故，就要看護官符講的是什麼，咱們放下北邊的燕山，單說南方的山嶺。

龐並明自崖山歸來，懷揣多少慷慨。因向余言：吾始信氣之感人也。沐猴嘗言崖山之後無什麼，皆是昏瞶愚言。身至其地，但覺天地之氣，浩浩蕩蕩，沁肺腑，入人心，養浩然，生涕淚。其氣也，與日星同在，與丹青永垂，凜冽河山，萬古不滅。人生如客，天地逆旅，養涵正氣，不亦宜乎，孰謂其無也。

余見其激昂，因慰之曰：曾見陳邦彥《崖山吊古》詩，詩曰：「春陵佳氣中興日，借取當年壯士心。」亦有浩氣感人之意，而邦彥雖為明人，亦與崖山一體矣，誰謂其無也。

並明笑道：說到舂陵佳氣，武侯祠去昭烈陵的過道上，有一塊石匾，上寫：「中有漢家雲」。有人說是雲從龍，不確切。應指舂陵雲氣，以漢光武之中興，喻漢昭烈之奮起。

我笑道：「說到氣，何不言正氣歌？畸笏叟就從這歌裡來的：『或為擊賊笏，逆豎頭破裂，是氣所磅礴，凜然萬古存』。」

並明剛要說什麼，忽聽外面有人喊：快遞！只見一個小哥抱著一隻企鵝道：「這是你們的企鵝嗎？」

並明道：「什麼鬼？」

「哈哈哈，是王侶鵝的酒，快打開吧。」當下剖鵝得酒，通紅的一瓶。

並明道：「想不到越中琴師，居然也做起酒來，快拿大碗來篩！」

「有杯子不用，偏要什麼碗！」

「夜光杯你有麼？」

「沒有。頗黎的倒有一對。」

並明笑道：「天然最好！」

一杯一杯復一杯，眨眼一瓶將罄矣。

並明面色微酡，敲杯問道：「『葡萄美酒夜光杯』，自古哪句能敵？」

我笑道：「莫過頗黎老爹的『玉碗盛來琥珀光』，除此一句，再無敵手。」

並明笑道：「玉盞盛來琥珀光，可是湘雲說過的。湘雲把『碗』改成了『盞』，你就不琢磨琢磨？」

忽聽得門外有人喊：快遞！一個小哥捧來個盒子。打開一看，三色曲奇，廿層酥，乳酪包，還一枚山茶花的蛋糕，卻是啊嗚的。

並明醺眼一看，問道：「店名怎麼叫阿邗手作？」

「揚州有條邗溝，所以叫阿邗。考一考你啊，小哥從揚州到南京送貨，走了八十八公里，發好友圈說：嗳呀，還差十公里就到了，結果堵在高速上。請問，南京到揚州有

多少里？」

「差不多一百公里，合兩百里地吧。」

「古代可沒高速，翻山越嶺的得三百里，所以得走水路。」

「走水路先從秦淮入江，順流到瓜洲渡口，再經邗溝到揚州城。兩百里有餘，三百里不足。所以王荊公說：京口瓜洲一水間，鍾山只隔數重山。」

「啊嗚的謎語說『阿房宮，三百里』猜一個古代名城，你說謎底是廣陵。那廣陵就是揚州啊。護官符說：『阿房宮，三百里，住不下金陵，一個史』。而錢大昕說：古讀房如旁。」

並明道：「我明白了！三百里，指的是金陵之旁三百里，隔數重山的揚州。」

「那什麼是『住不下金陵』呢？」

「《三國志》載：『備進住夏口，使諸葛亮詣權』。住猶駐。『住不下金陵』是『不進住』金陵，而是督師江北，進住揚州。」

左圖：崖山祠與崖山海戰之地。

「那揚州有『一個史』麼？」

江澤民同志曾說過：「我是揚州人，揚州史可法祠有一副對聯，數點梅花亡國淚，二分明月故臣心。日本侵佔時期，許多人去這個地方憑弔，以鼓舞抗日的志氣。那時，我在揚州念中學，每星期都去，很受教育。中國人歷來是講民族氣節的，是不畏強暴的。」

這正是：「史嶺紅梅花瀝血，碑碣永留萬古名。」

保齡侯小考

「保齡」反切為兵，「保侯」反切為部。保齡侯尚書令史公等於兵部尚書史公。一千五百年前，劉勰背著寫好的書稿，站在路邊，等候沈約的馬車經過。《文心雕龍》既成，未為時流所稱。可謂：「筆底明珠無處賣。」但劉勰自重其文，他決定貨賣沈約。史書只留下數十字：「勰欲取定於沈約。約時貴盛，無由自達，乃負其書候約出，干之於車前，狀若貨鬻者。約便命取讀，大重之，謂為深得文理，常陳諸几案。——《劉勰傳》」彥和之書從此璀璨，沈休文誠乃識璞之人，他首倡的四聲八病之說，促成了唐代律詩的形成，一直延續至今。

紀曉嵐考訂沈約詩韻，作《沈氏四聲考》，認為「法言（切韻）之書，實竊據沈約而作者也。」又說：「《梁書》《南史》並稱沈約作《四聲譜》，然從委窮源，則《廣韻》本《唐韻》，《唐韻》本《切韻》，《切韻》本《四聲》。」以此而言，則《廣韻》源自於《沈氏四聲譜》。而保齡侯三字，就源自韻書。

《石頭記》有四條護官符，每一條都有批註，史家的注為：「保齡侯尚書令史公之後。」

「保齡侯」三個字，很像反切。可以因聲求義。

先看「保」字。翻開《廣韻》，會見「保」字旁邊，黃侃批註了一個「幫」字。古有三十六字母，開篇是：「幫滂並明。」若用今音表示，那麼「幫」代表聲母b。「滂」為p。「並」古平聲為p，古仄聲為b。「明」對應m。所以「幫滂並明」，對應拼音的b、p、m。

黃侃在「保」字旁注「幫」，那「保」字可代表聲母b。而「齡」字可為韻母ing。所以「保齡」反切，就是「兵」。

同理，「保侯」反切為「部」。部為並母，古仄聲為b。部為仄聲，故與保同為今音b。這倆反切，用廣韻之理，未用其韻，今音反切即可。若嫌麻煩，直接保齡連讀，保侯連讀也可以。連讀即疾讀二字為一字，錢大昕、黃侃就認為反切源於急聲與慢聲。所以「保齡侯尚書」，也就是兵部尚書。

尚書令的令字，起承文作用，若無令字，則尚書不得與兵部相連，此為文法，非為冗文。故此，「保齡侯尚書令史公」，就是「兵部尚書史公」。

史公是何人呢？在揚州下車，沿著史公路，走到史公橋，橋對面梅花掩映之地，就是梅花嶺。門前有塊匾，上寫「史可法紀念館」，落款是朱德。

入門即饗堂，掛著一副對聯：「數點梅花亡國淚，二分明月故臣心。」饗堂旁是祠廟，供奉史公像與兩百餘戰死將士的靈牌。

饗堂後是衣冠塚，上寫：明兵部尚書兼東閣大學士史公可法之墓。碑廊中有諸多題詠，其中一首是田漢的《揚州紀行》（一九三七），其詩云：「江潮如吼打孤城，百世猶聞殺敵聲。今日傾危如昔日，梅花嶺上訪先生。」

祠中畫像如生。當年城破，史公瞋目曰：「我史閣部也！」從容就義。力竭矣，唯以死報國，以激勵後人，這是史公留給人們的最後遺產。

蔣世銓詩曰：「號令難安四鎮強，甘同馬革自沉湘。生無君相興南國，死有衣冠葬北邙。碧血自封心更赤，梅花人拜土俱香。九原若逢左忠毅，相向留都哭戰場。」

在《桃花扇》中，有史公《沉江》一齣，效屈原投湘，蔣世銓首聯用「沉湘」一詞，大概是受桃花扇的影響。

太白曰：「舉杯邀明月，對影成三人。」史湘雲善飲，也是一筆寫三人。

紅樓判詞曰：「湘江水逝楚雲飛。」

「水逝」乃一字謎，謎底是：「法」。水去也。

「湘江」乃「中湘王」何騰蛟，字雲從。

「楚雲」乃張阿雲，即南明兵部尚書張蒼水，小字阿雲。

湘雲行令時說：「雙懸日月照乾坤。」

阿雲行刑前說：「日月雙懸于氏墓，乾坤半壁岳家祠。」

湘雲之雲，乃是張阿雲。

紅樓夢曲曰：「雲散高唐，水涸湘江。」

雲散高唐，神女峰見，好山色。（女子好、峰為山、神女為色）

水涸湘江，蛟龍水失，何騰蛟？（「何」作疑問代詞讀。）

何騰蛟絕命詩曰：「天乎人世苦難留，眉鎖湘江水不流。煉石有心嗟一木，淩雲無計慰三洲。河山赤地風悲角，社稷懷人雨溢秋。盡瘁未能時已逝，年年鵑血染宗周。」

湘雲之湘，乃是明中湘王何騰蛟。字雲從者，雲從龍也。判詞：「幾縷飛雲，一灣逝水。」紀昀曰：「雲龍且共翔。」見飛雲而知騰蛟，見逝水而知可法。

判詞：「展眼吊斜暉」，還是一字謎，謎底是「夢」。

上圖：好山色。長安曰：西湖見此三字，淚下如雨。

下圖：杭州粥教坊舊址。

張公蒼水被俘，八月解往武林，因作詩辭別送行父老。

《入武林》明 張蒼水

國亡家破欲何之，西子湖頭有我師。
日月雙懸于氏墓，乾坤半壁岳家祠。
慚將赤手分三席，擬為丹心借一枝。
他日素車東浙路，怒濤豈必屬鴟夷。

頷聯化自李白詩：「雙懸日月照乾坤。」此句寫安史之亂後的情形，湘雲借為牌令，可謂一語雙關。九月七日，張公死於彌教坊。行刑前，遙望西湖遠山，嘆曰：「好山色。」賦絕命詞數章，挺立受刑，年四十五。後人葬公於湖畔，與岳公、于公並稱西湖三傑。

湘雲射虎

射虎又叫猜謎，最難是射覆。湘雲「蜂腰猿背，鶴勢螂形」，不輸那武二郎，故於原文評注，以彰湘雲之勇。

寶玉便說：「雅坐無趣，須要行令才好。」（寶玉起。）眾人有的說行這個令好，那個又說行那個令好。（衆人承。）

黛玉道：「依我說，拿了筆硯將各色全都寫了，拈成鬮兒，咱們抓出那個來，就是那個。」（黛玉轉。）眾人都道妙。即拿了一副筆硯花箋。（衆人合。）

香菱近日學了詩（起），又天天學寫字（承），見了筆硯便圖不得（轉），連忙起座說：「我寫。（合）」（此書文法井然，雖說閒話，亦多用起承轉合。泛泛讀之，卻不能見。書中敘事常用八股文法。今人視昔，八股乃封建糟粕。而才子手中，天下無一物不可入文。）

大家想了一回，共得了十來個，念著，香菱一一的寫了。搓成鬮兒，擲在一個瓶中間，探春便命平兒揀。（瓶兒鬮，平兒揀，平兒攪瓶兒。）

平兒向內攪了一攪，用箸拈了一個出來，打開看，上寫著「射覆」二字。（是文虎。紀曉嵐硯銘曰：「守口如瓶」，今將文虎置於瓶中，是借謎語守此書門戶。若畏謎如畏虎，便讀

不得此書，若防意如城，則謎底自顯。）

寶釵笑道：「把個酒令的祖宗拈出來。（是引虎下山。）射覆從古有的，如今失了傳。這是後人纂的，比一切的令都難。（兇猛可知。）這裡頭倒有一半是不會的，不如毀了，另拈一個雅俗共賞的。」

探春笑道：「既拈了出來，如何又毀？如今再拈一個，若是雅俗共賞的，便叫他們行去，咱們行這個。」（似聞武都頭說：「眞個有虎，老爺也不怕。」寫探春一身英雄氣。）說著，又叫襲人拈了一個，卻是「拇戰」。

史湘雲笑著說：「這個簡斷爽利，合了我的脾氣。我不行這個射覆，沒的垂頭喪氣悶人，我只划拳去了。」（是他射虎，偏說不能，過會子睡在大青石上的不是湘雲麼。）

探春道：「惟有他亂令，寶姐姐快罰他一鍾。」（若亂令即罰，湘雲必醉。）

寶釵不容分說，便灌湘雲一杯。（湘雲一杯）

探春道：「我吃一杯，我是令官，也不用宣，只聽我分派。」（寫探春筆筆英雄氣，又時時點其庶出。當其萬里孤城之時，方識得勁草誠臣，誰能以庶出視之，正當以庶出哭之。何哉節烈奇男子，乃出區區一典史。）命取了令骰令盆來。「從琴妹妹擲起，挨下擲去，對了點的二人射覆。」

寶琴一擲，是個三。岫煙、寶玉等皆擲的不對，直到香菱方擲了一個三。

寶琴笑道：「只好室內生春，若說到外頭去，可太沒頭緒了。」

探春道：「自然。三次不中者罰一杯。你覆，他射。」

寶琴想了一想，說了個「老」字。香菱原生於這令，一時想不到，滿室滿席都不見有與「老」字相連的成語。（萬事開頭難，未曾習射，如何射虎。如差撥所說：『貓兒也不吃你打了』。）

湘雲先聽了，便也亂看，（妙哉亂看！香菱滿室滿席看遍，一無所獲。偏湘雲『亂看』就能瞧見，恰如武二自稱『也只三拳兩腳』打死大蟲，簡利而顯神威。）

忽見門斗上貼著「紅香圃」三個字，便知寶琴覆的是「吾不如老圃」的「圃」字。（寶琴不肯為難香菱，只用夫子之言。）見香菱射不著，眾人擊鼓又催，便悄悄的拉香菱，教他說「藥」字（隱醉芍）。

黛玉偏看見了，說：「快罰他！又在那裡私相傳遞呢。」鬧的眾人都知道了，忙又罰了一杯，（湘雲二杯。）恨的湘雲拿筷子敲黛玉的手。於是罰了香菱一杯。

下則寶釵和探春對了點子，（棋逢對手，將遇良才。）探春便覆了一「人」字。

寶釵笑道：「這個『人』字泛的很。」

探春笑道：「添一字，兩覆一射，也不泛了。」說著，便又說了一個「窗」字。寶釵一想，因見席上有雞，便射著他是用「雞窗」「雞人」二典了，因射了一個「塒」字。探春知他射著，用了「雞棲于塒」的典，二人一笑，各飲一口門杯。（李義山《馬嵬》詩曰：空聞虎旅傳宵析，無復雞人報曉籌。雖說雞人，實射虎旅。寫寶釵，筆筆不離楊妃。）

湘雲等不得，早和寶玉「三」「五」亂叫，划起拳來。那邊尤氏和鴛鴦隔著席也「七」「八」亂叫划起來。平兒、襲人也作了一對划拳。叮叮噹噹只聽得腕上的鐲子響（如聞如畫）。一時，湘雲贏了寶玉，襲人贏了平兒，三人限酒底酒面。

湘雲便說：「酒面要一句古文（一），一句舊詩（二），一句骨牌名（三），一句曲牌名（四），還要一句時憲書上有的話（五），共總湊成一句話。（五句話，每句可伏一虎。）酒底要關人事的果菜名。」

眾人聽了，都笑說：「惟有他的令也比人嘮叨，倒也有意思。」便催寶玉快說。寶玉笑道：「誰說過這個？也等想一想兒。」

黛玉便道：「你多喝一鍾，我替你說。」

寶玉真個喝了酒，聽黛玉說道：（黛玉這幾句全是心物贈答，黛玉托心於雁，雁告黛玉以哀，感色而傷聲，結尾用秋風玉關，道出本意。）

落霞與孤鶩齊飛，（前句是「秋水共長天一色」，可對應後文「季秋之月，鴻雁來賓」。）

風急江天過雁哀，（合陸游「風急江天無過雁」與老杜「風急天高猿嘯哀」二句為一。若單用放翁句，孤鶩安在？若單用少陵句，雁也不見。合成此句，可前承「孤鶩」，下接「九回腸」。）

卻是一隻折足雁，（鼎折足，覆公餗，雁亦折足。）

叫的人九回腸，（對應第二句。）

這是鴻雁來賓。（「季秋之月，鴻雁來賓」，以「季秋之月」對應「秋水長天」。既點「秋水、季秋」，是霜欲下未下時節。既點「落霞、長天一色」，是紅日欲墜未墜之刻。再加「孤雁、猿哀、九回腸」，是為「殊方日落玄猿哭，舊國霜前白雁來。」五句酒面，全為老杜此二句伏線。盈盈紙上，皆黛玉故國之思。）

說的大家笑了，說：「這一串子倒有些意思。」（偏寫衆人笑，不知黛玉哭。設使八大山人見此，又不知當哭之笑之。）

黛玉又拈了一個榛穰，說酒底道：

榛子非關隔院砧，何來萬戶擣衣聲。（紀昀詩曰：「每於聞雁後，都是擣衣聲。」故黛玉酒面聞雁後，酒底便聽擣衣。以榛諧砧，又化成《子夜吳歌》：「長安一片月，萬戶擣衣聲。秋風吹不盡，

總是玉關情。何日平胡虜，良人罷遠征。」酒面以秋始，酒底以秋結。酒面日欲落，酒底月初升。酒面以杜甫故國之思起，酒底以李白「平胡虜、罷遠征」結。句句借來，湊成底面，卻渾然一體，宛若天成。以大手筆寫小酒令，蒼涼無限，如聞陳子昂吟「念天地之悠悠」。）

令完，鴛鴦襲人等皆說的一句俗話，都帶一個「壽」字的，不能多贅。

大家輪流亂划了一陣。這上面湘雲又和寶琴對了手，李紈和岫煙對了點子。

李紈便覆了一個「瓢」字，岫煙便射了一個「綠」字，二人會意，各飲一口。（或以「一瓢酒」與「綠蟻」對，不夠爽利，亦非李宮裁其人。《說唐》中有個「大隋九省綠林總瓢把子單雄信」，李紈覆瓢，乃瓢把子。岫煙對綠，意為綠林瓢把子，點出李紈身份。這倆人雖射覆，卻似對黑話一般，可疑可疑。試問李紈為誰？判詞曰：「桃李春風結子完」，「春風」反切為「成」，故李紈乃李子成。所居稻香村，乃射米脂縣。）

湘雲的拳卻輸了，請酒面酒底。寶琴笑道：「請君入甕。」大家笑起來，說：「這個典用的當。」

湘雲便說道：（湘雲幾句雖化自古文，卻別出新意。例如：紀昀夫人馬氏亡，乾隆問有無誄文，紀昀說有，於是背誦《蘭亭序》「夫人之相與，俯仰一世，或取諸懷抱，悟言一室之內，或……」雖於古文不恭，亦有化句之奇，使用場合一變，立生新意。）

奔騰烹湃，（此句改了歐陽修一字，本意立變，每字都有新含義。《詩》曰「鶉之奔奔」。偏是奔騰。《說文》曰：「騰，犗馬也。」犗馬就是馬中的宦官，所奔之騰，乃是魏党之餘，是王子騰同黨，奸馬阮也。「烹湃」照應下句，點寫時局。）

江間波浪兼天湧，（這是老杜寫夔門之句，卻有「王濬樓船下益州」之勢，不知金陵王氣如何。紀曉嵐《題史忠正公墨蹟即用原韻》：「遺墨長留生氣在，尚如雪浪湧秋江。」）

須要鐵索纜孤舟，（可嘆「千尋鐵鎖沉江底」。左良玉興兵清君側，直撲金陵，馬阮調江北四鎮移防，淮泗空虛，清兵趁機南下。《桃花扇》云：「九曲河流晴喚渡，千尋江岸夜移防。」「全開鎖鑰淮揚泗，難整乾坤左史黃。」老杜曰：「孤舟一系故園心。」《桃花扇》云：「江上孤臣生白髮。」）

既遇著一江風，（「東風不與周郎便」，是一場惡戰。）

不宜出行。（《桃花扇》沉江。）

說的眾人都笑了，說：「好個謅斷了腸子的！怪道他出這個令，故意惹人笑。」（千古英雄傷心事，卻從笑中說出。余不知作者是哭是笑，但見大江東去，而古今多少事，都付笑談中。）

又聽他說酒底。湘雲吃了酒，（湘雲三杯。）揀了一塊鴨肉呷口，（紀曉嵐不食鴨肉，認為是腥膻之物，還寫了首詩作解釋。湘雲是「脂粉香娃割腥啖膻」的，吃鴨肉，啖腥膻，似是他的專屬。）

忽見碗內有半個鴨頭，遂揀了出來吃腦子。（可憐「落霞孤鶩」，只剩「半個鴨頭」。）

眾人催他：「別只顧吃，到底快說了。」

湘雲便用箸子舉著說道：這鴨頭不是那丫頭，頭上那討桂花油。（桂花香，沾手手香，抹頭頭香，蓋指投降。）

眾人越發笑起來。引的晴雯、螺翠、鶯兒等一干人都走過來說：「雲姑娘會開心兒，拿著我們取笑兒，快罰一杯才罷。（湘雲四杯）怎見得我們就該擦桂花油的？倒得每人給一瓶子桂花油擦擦。」（偏是晴雯來說，料《致史閣部書》出自其手。）

黛玉笑道：「他倒有心給你們一瓶子油，又怕掛誤著打竊盜的官司。」眾人不理論，寶玉卻明白，忙低了頭。

彩雲有心病，不覺的紅了臉。（從薔薇硝，到玫瑰露，到茯苓霜，到彩雲，再到桂花油。薔薇硝由湘雲引起，卻出自黛玉。今由二人點評，乃歸結此案。）

寶釵忙暗暗的瞅了黛玉一眼。黛玉自悔失言，原是趣寶玉的，就忘了趣著彩雲。自悔不及，忙一頓行令划拳岔開了。（顰兒也有划拳之時，有趣。）

底下寶玉可巧和寶釵對了點子（無巧不成書），寶釵便覆了一個「寶」字（寶玉之寶是《中秋帖》，寶釵之寶是「天寶之亂」），寶玉想了一想，便知是寶釵作戲，指自己所佩通靈玉而言，（至貴者是寶，至堅者是玉，你有何貴，你有何堅？）便笑道：「姐姐拿我作雅謔，我卻射著了。說出來姐姐別惱（惱過一次的，前文寶玉說『怪不得他們拿姐姐比楊妃』，寶釵聽說，不由的大怒。這次又要比楊妃。）就是姐姐的諱——『釵』字就是了。」

眾人道：「怎麼解？」寶玉道：「他說『寶』，底下自然是『玉』了。我射『釵』字，舊詩曾有『敲斷玉釵紅燭冷』，（射《長恨歌》：『釵擘黃金合分鈿』）豈不射著了？」

湘雲說道：「這用時事卻使不得，兩個人都該罰。」

香菱忙道：「不止時事，（『不止』妙，香菱也知是時事，只是時事之外，還有出處。）這也有出處。」

湘雲道：「『寶玉』二字並無出處，不過是春聯上或有之，詩書紀載並無，算不得。」（實話，寶玉就在春聯上，春聯對秋帖。）

香菱道：「前日我讀岑嘉州五言律，現有一句說：『此鄉多寶玉』（『此鄉』是溫柔富貴鄉，花柳繁華地，昌明隆盛之邦。）怎麼你倒忘了？後來又讀李義山七言絕句，又有一句：『寶釵無日不生塵。』（所謂「自埋紅粉自成灰」，筆筆不離楊妃。）我還笑說：他兩個名字，都原來在唐詩上呢。」（寶釵是在唐詩上，寶玉是在晉帖上。）

眾人笑說：「這可問住了，快罰一杯。」湘雲無語，只得飲了（湘雲五杯）。

大家又該對點的對點，划拳，這些人因賈母王夫人不在家，沒了管束，便任意取樂，呼三喝四，喊七叫八。滿廳中紅飛翠舞，玉動珠搖，真是十分熱鬧。（大省法，隱無數杯酒。）

頑了一回，大家方起席散了一散，倏然不見了湘雲。（妙，下文頻寫「酒」字，便是湘雲不見的原因。）只當他外頭自便就來，誰知越等越沒了影響。使人各處去找，那裡找得著。

接著林之孝家的同著幾個老婆子來，生恐有正事呼喚，二者恐丫鬟們年輕，乘王夫人不在家，不服探春等約束，恣意痛飲，失了體統，故來請問有事無事。

探春見他們來了，便知其意，忙笑道：「你們又不放心，來查我們來了。我們沒有多吃酒（一酒），不過是大家頑笑，將酒（二酒）作個引子。媽媽們別耽心。」

李紈尤氏都也笑說：「你們歇著去罷，我們也不敢叫他們多吃了。」

林之孝家的等人笑說：「我們知道。連老太太讓姑娘吃酒（三酒），姑娘們還不肯吃呢，何況太太們不在家，自然頑罷了。我們怕有事，來打聽打聽。二則天長了，姑娘們玩一會子，還該點補些小食兒。素日又不大吃雜東西，如今吃一兩杯酒（四酒），若不多吃些東西，怕受傷。」

探春笑道：「媽媽們說的是，我們也正要吃呢。」因回頭命取點心來。兩旁丫鬟們答應了，忙去傳點心。

探春又笑讓：「你們歇著去罷，或是姨媽那裡說話兒去。我們即刻打發人送酒（五酒）你們吃去。」

林之孝家的等人笑回：「不敢領了。」又站了一回，方退了出來。

平兒摸著臉笑道：「我的臉都熱了，也不好意思見他們。依我說，竟收了罷，別惹他們再來，倒沒意思了。」

探春笑道：「不相干，橫豎咱們不認真喝酒（六酒）就罷了。」（一大段，用六個酒字，將上文紅飛翠舞，玉動珠搖情形補寫出來，避開閨閣鬥飲之態，轉寫酒興闌珊之時，妙！這六個酒，字字有湘雲身影，不知已飲幾杯矣，更妙！）

正說著，只見一個小丫頭笑嘻嘻（一笑）的走來：「姑娘們快瞧雲姑娘去，吃醉了圖涼快，（水滸曰：『酒力發作，焦熱起來』，是寫武松。）在山子後頭一塊青板石凳上睡著了。」（似武松青石醉臥。山石僻處，便應跳出虎來，偏寫睡著，讀來捏拳欲汗。）

眾人聽說，都笑道（二笑）：「快別吵嚷。」說著，都走來看時，果見湘雲臥於（臥

字要緊）山石僻處一個石凳子上，業經香夢沉酣（是揚州夢）。

四面芍藥花飛了一身，（揚州芍藥甲天下。）滿頭臉衣襟上皆是紅香散亂，（花非花。小杜曰：落花猶似墜樓人。）手中的扇子在地下，也半被落花埋了。（花落人亡兩不知。郭鼎堂曰：騎鶴樓頭，難忘十日。）

一群蜂蝶鬧穰穰的圍著他。（猛虎來時，狂風亂樹。文虎來時，紅香散亂。猛虎怒吼，震得山崗也動。文虎怒吼，但見蜂飛蝶舞。蜂是胡峰，蝶是蝴蝶。天香國色浩然存，蜂蝶圍城未肯髡。嶺上梅花忠靖在，雙懸日月照乾坤。）

又用鮫帕包了一包芍藥花瓣枕著。（鮫人泣珠，不廢織績，偏用鮫帕，細看來，不是芍藥，點點是包胥淚。）

眾人看了，又是愛，又是笑，（三笑）（醉臥沙場君莫笑，古來征戰幾人回。傷心一片揚州月，猶照梅花嶺上來。）忙上來推喚挽扶。湘雲口內猶作睡語說酒令（七酒），唧唧嘟嘟說：「泉香而酒冽（一句古文），

玉盞盛來琥珀光（一句舊詩），

直飲到梅梢月上（一句骨牌名），

醉扶歸（一句曲牌名），

卻為宜會親友（一句時憲書上的話）。」（一句一虎，總成五虎。這番醉酒嘟噥，卻有二分無賴之態。天下三分明月夜，二分無賴，更不知是何處也。）

眾人笑推他（四笑），說道：「快醒醒兒，吃飯去。這潮凳上還睡出病來呢。」湘雲慢啟秋波，見了眾人，低頭看了一看自己，方知是醉了。

原是來納涼避靜的，不覺的因多罰了兩杯酒（九酒），嬌嫋不勝，便睡著了，心中反覺自愧。連忙起身，閨閘著同人來至紅香圃中，（可知圃是芍藥圃，前文射覆，正以藥字射圃字。）用過水，又吃了兩盞釅茶。探春忙命將醒酒石（十酒。至此酒字方寫足。）（當年史公軍帳中鹽豉下酒，今番善飲行令，全是本色。）拿來給他啣在口內，一時又命他喝了一些酸湯，方才覺得好了些。

《桃花扇》曰：「瓊花劫到雕欄損，玉樹歌終畫殿涼。」以瓊花劫喻揚州兵禍，以玉樹歌終指南京城陷。紅樓亦是此法。湘雲醉芍，是書中極絢麗之事，亦是極慘烈之事。花落喻人亡，風刀霜劍喻兵燹，醉臥隱沙場，這是詩經中「比興」的手法。

迅哥兒說：「悲劇將人生有價值的東西毀滅給人看。喜劇將那無價值的撕破給人看。」書中有可憐之事，偏是調侃，有捧腹之辭，偏是血淚。滿紙荒唐言，遂使紅香散亂，翻作血污遊魂。遂使乖憐情種，翻成千古笑柄。

迅哥兒說：「長歌當哭，是必須在痛定之後的。」讀他人心血，其何以求，何以喜，何以憂。眞是比觀八大山人畫還要難吶。這眞是：都云作者辛酸淚，誰道悲從笑裡來。

揚州芍藥甲天下

射覆之道，音形意典，可與知者道，難與外人言也。脂批曰：「能解者方有辛酸之淚哭成此書。」知此篇者，可識其意。

《揚州慢》道：「念橋邊紅藥，年年知為誰生。」余不知《桃花扇》捏戲人為誰，也不知古時桃花是何身法。只聽啊嗚說：湘雲醉臥之態，像極了《桃花扇》裡，戲臺之上，倒地的史可法。

為何醉臥青板石凳？那是名垂青史。

為何蜂蝶穰穰？蜂是胡峰，蝶是蝴蝶。

怎麼四面芍藥花飛？揚州芍藥甲天下，細看來，不是芍藥，那是八十萬揚州的百姓。

書中說：忠靖侯史鼎。這天地間只有一個史忠靖。

書中說：保齡侯尚書令史公之後。

保齡反切為兵，保侯反切為部，此是兵部尚書史公。

湘雲酒令說：泉香而酒冽，玉盞盛來琥珀光，直飲到梅梢月上，醉扶歸，卻為宜會

親友。

五句酒令，句句射虎。

「泉香而酒洌」：酒泉更在涼州外，欲沽洌酒辭涼州；《涼州詞》也。

「玉盞盛來琥珀光」：葡萄美酒夜光杯，唯此句可匹敵。

「直飲到梅梢月上」：欲飲琵琶馬上催。

「醉」：醉臥沙場君莫笑。

「歸」：古來征戰幾人回。

「卻為宜會親友」：史道鄰。

略為解釋：

泉香而酒洌：本自醉翁亭記，原文為洌，紅樓改「洌」為「冽」。洌為清，冽為冷。改一字而隱「涼」。絲綢之路上有個酒泉郡，紀曉嵐從軍新疆時，就從這裡經過。《漢書》注云：「城下有金泉，其水若酒，故曰酒泉。」李白曰「天若不愛酒，酒星不在天。地若不愛酒，地應無酒泉。」這口泉眼至今還在，在酒泉公園下車，看到的仿漢式門闕，就是公園大門，匾額上寫著：「西漢酒泉勝蹟。」近代之所以有名，是因為有個衛星發射中心。

古時候從中原到酒泉，走絲綢之路的話，要先經涼州。雍涼重地，自古兵家所重，驛信快馬，可昨辭涼州，今到酒泉。故「泉香而酒冽」，射涼州辭，即《涼州詞》。聽人講過一個謎語：「便下襄陽向洛陽。」打一本書名，也和此謎一個原理的。

「玉盞盛來琥珀光」：原詩為「玉碗」，紅樓改成「玉盞」。盞，杯也。以「玉盞」射夜光杯。「琥珀光」乃蘭陵美酒，射葡萄美酒。整句射：葡萄美酒夜光杯。《石頭記》一書，每改動古人一字，必有隱喻。若師心自校，恐規圓方竹，磨硯鴝鴒矣。慎之慎之，凡遇字眼，一字不可移易也。

「直飲到梅梢月上」：此「梅」乃是楊梅。「梢」者，末也，乃是次第。東坡曰：盧橘楊梅次第新。梅梢二字，乃射盧橘。張嘉甫問：盧橘何種果類？東坡答曰：枇杷是也。明人曰：琵琶不是此枇杷，只怨當年識字差。又得琵琶二字。再加上原句中的「飲、上」二字，乃為：（　）飲琵琶（　）上（　）。只需填三個字，便可射得此覆。

「醉」：醉臥沙場君莫笑。眾人看了，又是愛，又是笑。

「歸」：古來征戰幾人回。回歸是一個詞彙，關漢卿說：「來往回歸」。

「卻為宜會親友」：這是《時憲書》的話，宜者，黃道吉日，得「道」字。會友者，海內存知己，天涯若比鄰。得「鄰」字。史閣部，字道鄰。

解釋雖繁，猜謎卻易，只需猜中首句「涼州詞」，餘者皆是連環可解。

南京地鐵三號線武定門站，有一幅馬賽克拼畫的湘雲眠芍。畫中湘雲醉臥於青石凳上，四周花落成錦，眾人環繞，指點掩笑。此時，只需念兩句《涼州詞》，便知是揚州兵燹，黎庶飄零。

君不見，揚州水瘦西湖好，曾染名花十日紅。

附注：揚州和平公園設計稿

不需很大面積，一隅之地即可，設一扇形花圃，廣植芍藥。扇子反切為史，芍藥以喻揚州。扇軸設湘雲醉臥圖，可知「醉臥沙場君莫笑，古來征戰幾人回」。（是圖，不是雕塑）

花圃宜設在近水之地，可免卻人工澆灌，使其汲自然雨露而長存。如果這都嫌麻煩，也不打緊，因為南京地鐵武定門站已有湘雲醉芍圖了，建造者未必知此圖隱喻，但歷史卻以另一種方式傳遞了下去。

金陵與廣陵，不到三百里，不到三百年，竟有兩次慘絕人寰之事，同樣之坎絆兩次，說好的以史為鑒，豈能偏忘。今天能以各種理由忘掉揚州，明天這些理由將同樣適用於南京，殺戮的本質是相同的，人類共同的敵人，就是殘暴、愚昧、偏見、貪婪、以及門戶私計。因名之曰「揚州和平公園」。和乃天地人，平乃平天下。

文官朝服的補子，一品仙鶴，二品錦雞，三品孔雀，四品雲燕。既然大家都知道，那拋個謎語出來：

「寒塘渡鶴影」，猜一個晚明大臣。

第七十六回：「乃凸碧山莊之退居，因窪而近水，故見其額凹晶溪館。」湘雲道：「當日蓋這園子時就有學問。這山之高處，就叫做凸碧。山之低窪近水處，就叫做凹晶。」

「有學問」三字可思。蓋謂高者為聲母，低者為韻母。此處必有反切。

湘雲道：「可知這兩處一上一下，一明一暗，一高一矮，一山一水，竟是特因玩月而設此兩處。」

「一上一下」指反切上下字。「一明一暗」指清聲濁聲。「一高一矮」指平上去入。「一山一水」指音高音長。或曰：古人有音高音長的概念麼？這不是劉半農用儀器測的麼？填詞度曲，律呂宮商，皆是音高與音長。

湘雲道：「有愛那山高月小的，便往那裡來。有愛那皓月清波的，便往那裡去。」

「山高」謂開口呼。「月小」謂合口呼。「皓月清波」謂洪細。

湘雲道：「只是這兩個字俗念窪拱二音，便說俗了，不大見用。」

作者設「凹凸」讀若「窪拱」。則凸凹反，即拱窪反。窪，於瓜切。說文曰：孤，从子瓜聲。同諧聲者必同部，瓜孤同一韻部。是以，拱窪反切為孤。

拱窪反為「孤」。

碧晶反為「兵」。

山溪反為「死」。

莊館反為「戰」。

「凸碧山莊」與「凹晶溪館」合而讀之，乃是：孤兵死戰。

紀曉嵐《題史忠正公墨蹟即用原韻》：「孤身求死不求降，燕趙悲歌恰作雙，（公京師人，孫文正公高陽人）遺墨長留生氣在，尚如雪浪湧秋江。」尾句如湘雲酒令「江間波浪兼天湧」。

夏完淳《續幸存錄》：「史道陵（鄰）為馬所擠，渡江時止三千騎。勤勞王家，鞠躬至死，有武鄉之遺風焉。」

「寒塘渡鶴影」者，錢牧齋也。鶴為文官朝服補子，而水涼甚。

「冷月葬花魂」者，梅花嶺也。「數點梅花亡國淚，二分明月故臣心。」

湘雲曰：「我不知是何樹，因要查一查。寶姐姐說不用查，這就是如今俗叫作明開夜合的。我信不及，到底查了一查，果然不錯。」

明開夜合，本是南方植物。明夜二字，皆開口呼。夜字若讀合口，便是一個「月」字。是以，明開夜合者，明月也。

湘雲、黛玉、妙玉三人合作的《中秋夜大觀園即景聯句三十五韻》，乃是一篇史詩。從明末開始，寫到明開夜合時乃是明亡，再到寒塘冷月時，南明亦亡。餘韻波及，一直到「烹茶更細論」，乃是紀茶星論史。

將聯句一段作史書讀，有非常之觀，試看原文：

黛玉指著池中黑影與湘雲看道：「你看那河裡怎麼像個人在黑影了去了，敢是個鬼吧？」（以鶴喻人，錢牧齋也。畫面感太強。）

湘雲笑道：「可是又見鬼了。我不怕鬼的，等我打他一下。」因彎腰拾了一塊小石片向那池中打去。只聽打得水響，一個大圓圈將月影蕩散復聚者幾次。（月影蕩散，謙也。復聚，益也。「蕩散復聚者幾次」亦言牧齋從政反復搖擺。）

只聽那黑影裡嘎然一聲，卻飛起一隻大白鶴來。（是個文官。）直往藕香榭去了。（妙！紅藕香殘玉簟秋，對應中秋夜。）

黛玉笑道：「原來是他，（是牧齋。）猛然想不到，反嚇了一跳。」（此諧謔令人笑倒。）

湘雲笑道：「這個鶴有趣，倒助了我了。」

因聯道：

窗燈焰已昏。（孤燈不明思欲絕，不明也。）

寒塘渡鶴影。（水涼甚，鶴朝服。）

而黛玉的對句「冷月葬花魂」，卻是傷心對面的史湘雲。

下圖：揚州梅花嶺對聯。

《史可法傳》記載：「從質妻尹氏有身，夢文天祥入其舍，生可法。」

故真天祥者，「龍鍾閣部啼梅嶺。」

賈天祥者，「跋扈將軍躁武昌。」

瑞者，从玉耑，左有良玉也。

錢牧齋與甄士隱

獨立花林傲晚風，嶺南梅笑自由同。
陳郎閉目十年思，淚浸胭脂分外紅。

文林老鶴海棠翁，奮羽難成哭裂穹。
夜夜水寒傷傲骨，朝朝南望水師東。

《石頭記》開篇寫了一個老鄉宦，姓甄名費字士隱。《說文》曰：「費，散財用也。」乃得一「錢」字。《說文》曰：「謙，敬也。敬，肅也。」士隱岳丈為封肅。又得一「謙」字。「隱士」反切，為「益」字。故士隱者，錢謙益也。

率金陵官員降清之後，錢謙益出任禮部侍郎，他穿的衣服具有明清兩朝特色，領子很小，袖子很大。

別人問這是哪朝風格，錢牧齋道：「小領尊本朝之制，大袖不忘前朝。」時人謂之「兩朝領袖」。要說《紅樓夢》的服飾屬哪一朝，實在太難了，除了混搭之外，雍正和乾隆都是玩 cosplay 的，最喜歡模仿古人。書中第三回寫寶玉的髮型，就是梳著辮子，又戴著束髮冠的，故宮的藏畫有很多，一看就明白。

接著說老錢，錢牧齋稱疾罷歸之後，和柳如是住在蘇州府常熟縣的虞山腳下，常熟如今改稱市了，但依然屬於蘇州。他們住的地方叫「拂水山莊」，就在尚湖邊上。

牧齋還修了一座「絳雲樓」，用來保存大半生的藏書，可惜一場大火，使之化為灰燼。從現存的《絳雲樓書目》來看，其古籍之豐富，足以名冠江南。

望著熊熊烈焰，牧齋急得大叫：「能燒我樓中書，不能燒我腹中書！」他是東林魁首，降清之前是公認的文壇領袖，脂硯齋曾說：「又夾寫士隱實是翰林文苑，非守錢虜也。」只一句話，就把錢牧齋點了出來。

為何寫明清易代偏要從錢氏下筆呢？脂硯齋也說過：「不出榮國大族，先寫鄉宦小家，從小至大，是此書章法。」錢牧齋太特殊了，他在前朝聲名卓著，在後世飽受責議，作為投降派，晚年又悔恨不已，頻頻支持反清運動，尤寄希望於自己的學生鄭成功，他在詩中寫道：「王師橫海陣如林，士馬奔馳甲仗森。」森字雖形容甲仗，也側面書寫鄭森鄭成功。

對於明朝，他寫道：「禾黍離離蘆荻斜，裏頭遺老問京華。」

對於時局，他嘆道：「雜虜橫戈倒載斜，依然南斗是中華。」

晚年的錢牧齋常在懺悔和希望間徘徊，他無法像洪承疇那樣，自己一個人降，就要全國為他陪葬，把全中國都變成亡國奴，才不會有人嘲笑他。士隱做不到，他是那個糾結的錢牧齋。

如果將錢謙益代入《石頭記》中的甄士隱，那書中的片段，就會變成歷史。

試看正文第一段：（括弧中是評注）

按那石上書云。（石雲。紀曉嵐，號石雲。《說文》曰：「云，古文省雨。」雲之古字無雨旁，象雲氣回轉之形。古多假云為曰，如詩云即詩曰。）

當日地陷東南，（是金陵城。牧齋曰：「地坼天崩桂樹林。」）

這東南一隅有處曰姑蘇，（士隱籍貫，牧齋是蘇州府常熟縣人。）

有城曰閶門者，（牧齋詩：「閶闔風凄紂絕陰。」脂批說是金陵，指牧齋為官之地。以「閶」字諧倡，喻金陵舊院。）

最是紅塵中一二等富貴風流之地。（金陵舊院，風月之所。）

這閶門外有個十里街，（脂批說「勢利」）街內有個仁清巷，（脂批說「人情」巷，蓋指「入清降」）巷內有個古廟，因地方狹窄，（反之天庭廣闊，剃髮之謂。）人皆呼作葫蘆廟。廟旁住著一家鄉宦，姓甄名費字士隱。（脂批：眞。後之甄寶玉亦借此音，後不注）（甄氏既為錢氏，那甄寶玉，亦借此「錢」音，比如乾隆的「乾」音。）嫡妻封氏，（脂批：風因風俗來）（風塵中人，女校書也。宋徵壁寫柳如是：「豈料風塵同碌碌。」）

性情賢淑，深明禮義。（柳詩曰：「海內如今傳戰鬥，田橫墓下益堪愁。」）

家中雖不甚富貴，然本地便也推他是望族了。（東林魁首）

因這甄士隱稟性恬淡，不以功名為念，（脂批：自是羲皇上人，便可作是書之年紀矣。）（陶淵明說：「常言五六月中，北窗下臥，遇涼風暫至，自謂是羲皇上人。」羲皇上人以喻清風，「清風不識字」也是清風，脂批說「可作是書之年紀」，那是書就是清代了。）

每日只以觀花修竹、酌酒吟詩為樂，（這倒不假。）

倒是神仙一流人品。（又號絳雲老人。）

只有一件不足，（是「水涼甚」）

如今年已半百，膝下無兒。（膝下無礙，「下」作動詞。）

只有一女，乳名英蓮，〔脂批曰：設云「應憐」也。〕

柳如是本名楊愛，小字「影憐」，原名「雲娟」。陳寅恪《柳如是別傳》考辨河東君軼事如下：

王沄《輞川詩鈔》肆「虞山柳枝詞」第一首云；「章台十五喚卿卿，素影爭憐飛絮輕。〔「影」及「憐」二字可注意。〕」自注云：「姬少為吳中大家婢，流落北里，楊氏，小字影憐，後自更姓柳，名是。」又：寅恪案，「校書嬋娟年十六」句，「嬋娟」不僅為通常形容女性之美辭，疑亦兼寓河東君原名「雲娟」之娟字。

本書案，香菱詩：「影自娟娟魄自寒」。「影」寓小字影憐，「娟娟」疑寓河東君原名「雲娟」之娟字。案袁枚《隨園詩話》所說：「紅樓中有某校書尤豔」，或指楊影憐也。

一日，炎夏永晝。（四字是作者心酸。）

…………

（封肅）本貫大如州人氏〔脂批：托言大概如此之風俗也〕〔脂批：大都情如是，風俗

如是也，不過如此。」〔頻言「如氏，如之，如是」，蓋言河東君柳如是。《柳如是別傳》載，錢肇鼇《質直談耳》七「柳如之軼事」（寅恪案，原文「之」字乃「是」字之誤，下文同。）云：「其家姓楊，乃以柳為姓，自呼如之。」是以，如之、如是皆為柳氏。〕

或曰：為何楊影憐既是英蓮，又是封氏。此作者春秋筆法，梨花與海棠，名為夫妻，形似父女，作者運筆喜詼諧。

又喻陳圓圓。英蓮改香菱、香菱改秋菱，非蓮即菱，《圓圓曲》曰：「前身合是採蓮人，門前一片橫塘水。」夏金桂生香菱的氣，又變成「衝冠一怒為紅顏」。三桂之怒愛之深，金桂之怒妒之切，老紀老紀喜詼諧。

清明節的時候，與友人去虞山，河東君之墓在虞山腳下，相隔約百米的距離，就是錢牧齋之墓。兩個墓之間有一個農家樂。

農家樂的餐廳很大，四周牆壁上畫著童子大小的連環畫，從兩人相識，到錢氏入獄，再到聯絡義軍，流覽二十年的事蹟，只在盞茶之間。

《投筆集》說：「漫漫長夜獨悲歌」「國恩未報是心魔。」錢牧齋終究隨跛足道人去了，如蔡孑民先生所說，跛足麻履鶉衣，是愍帝煤山之狀。這也是士隱自己的解脫。

聽人說，牧齋有個外甥叫金采，又叫金聖嘆。他將作文之秘法刊刻天下，在點評《西廂記》時，他寫道：「今刻此《西廂記》遍行天下，大家一齊學得捉住。遙計一二百年後，世間必得平添無限妙文，真乃一大快事！」果不出他所料，一百年之後，世間有了一部《紅樓夢》。

文字獄下的中國

楔子：

歷史上紀曉嵐與紅樓夢有什麼關係？

網友「小1234」答：「研究曹雪芹，源於敦誠的《四松堂集》，為這部詩集作序的是一代『文宗』紀曉嵐。紀曉嵐精於考據之學，紅學家們在紀曉嵐眼皮底下玩考證，就不覺得有點兒『班門弄斧』嗎？像《紅樓夢》這樣的特大歷史謎案，萬事不要總往好處想。紅學家把曹雪芹的朋友當成好人了，問題是曹雪芹的朋友敢不敢把您紅學家也當成好人呢？人們千萬不要忘了，在曹雪芹與廣大的熱心讀者之間，還有一個屢屢大興文字之獄的清政府！假如，我們就說假如，假如紀曉嵐在曹雪芹問題上，與後人開個玩笑，玩兒把文字遊戲，紅學家們是否做好了這樣的思想準備？」

這是十年前的問答，原來早有人看出端倪。我們文虎社的線索，始於孔府大門的紀曉嵐對聯，也算殊途同歸。

紀曉嵐擅長考據，唐代的北庭都護府遺址，就是紀昀第一個發現、測量並記載的。當時的風氣愛慕考證，不如將計就計，以脂本為餌，來避開文字獄。

自古文士命筆，思接千載，視通萬里，非考據所能及，欲知書旨，還需觀其文心。
紅樓文心，恰如黃季剛集聯：

「貶損當世威權勢力，網羅天下放失舊聞。」

正文：

顧亭林曰：「易姓改號，謂之亡國。仁義充塞，而至於率獸食人，人將相食，謂之亡天下。」

文字獄，率獸食人之謂也。書中頻寫「末世」，非惟明之末世，亦為清之末世。有《西江月》二詞，批寶玉極恰。只需解釋幾句，全詞自然貫通。

第一句：「無故尋愁覓恨」。一百多起文字獄，皆是無故尋愁覓恨。

「一把心腸論濁清」，斬。

「創大業於河南」，斬立決。

詩集取名《憶鳴詩集》，淩遲銼屍，梟首示眾。

「志士終當營大業」，淩遲。

《字貫》不避康熙弘曆諱，滿門抄斬。

恨」。

自編《續三字經》，十六歲以上斬立決。

「蒹葭欲白露華清，夢裡哀鴻聽轉明」，這不是反清復明？大膽！

「發短何堪簪，厭此頭上幘」莫不是不想剃髮？可殺！——此皆是「無故尋愁覓恨」。

第二句：「有時似傻如狂」（因此禍延古人，除《四書》外，竟將別的書焚了，（蒙批：寶玉何等心思，作者何等意見，此文何等筆墨！）眾人見他如此瘋顛，也都不向他說這些正經話了。——第三十六回）

清人纂《四庫全書》，禁書三千餘種，焚七十萬冊。抽毀，纂改不知凡幾。《四庫全書》不收的書怎麼辨？周先生說：「不收就是不留。」不留怎麼辨？就是「除《四書》外，竟將別的書焚了。—第三十六回」。

故宮藏禁毀書目與《四庫禁毀書叢刊》中，裡面五花八門的書目。不說《武備志》《天工開物》被禁毀，歸有光、顧炎武、徐渭、屠龍、黃宗羲等一大批人的著作被禁毀，甚至連古人的著作也要篡改。

南宋詞人張孝祥的《六州歌頭》：「洙泗上，弦歌地，亦羶腥。」「亦羶腥」刺眼，改作「亦凋零」。

岳飛詞：「壯志饑餐胡虜肉，笑談渴飲匈奴血。」改成「壯志饑餐飛食肉，笑談渴飲盈腔血。」

這是古人詩句，憑什麼亂改。試問，紅樓夢三十六回中的《四書》，是儒家四書？還是指《四庫全書》？

「鐵肩擔道義，辣手著文章」，這是明代楊繼盛被嚴嵩下獄後的臨刑之語。可現在這句話，已經壓在紅樓作者和脂硯齋的肩膀上。是俯首為奴，還是以筆作戈奮起而擊呢。

《正氣歌》曰：「或為擊賊笏，逆豎頭破裂」。何為畸笏叟？何為脂硯齋？脂硯為使《石頭記》避禍，連落款時間都改了。脂批很重要，但脂批的時間，皆是虛的。

《石頭記》初稿可能很早就有了，但定稿，要在一七七一年之後了。

秦可卿書房的燃藜圖，那是「校書天祿」的故事，這個作者，定是一個校書郎，直接參與了禁書與篡改—「我之罪固不免，然閨閣中本自歷歷有人，萬不可因我之不肖，自護其短，則一併使其泯滅也。」脂批問：「作者何等意見？」紀昀答：「石渠天祿勤校錄，尚冀勉滌平生愆。」

孟子曰：「自暴者，不可與言也。自棄者，不可與有為也。言非禮義，謂之自暴也，吾身不能居仁由義，謂之自棄也。」寶玉自暴自棄，不可與言也，「眾人見他如此瘋癲，也都不向他說這些正經話了。」——第三十六回」

「縱然生的好皮囊，腹內原來草莽。」（寶釵笑道：「寶兄弟，虧你每日家雜學旁收的。」）

「潦倒不通世務，愚頑怕讀文章」（賈政聽了道：「無知的蠢物！你只知朱樓畫棟，惡賴富麗為佳，那裡知道這清幽的氣象。終是不讀書之過！」寶玉忙答道：「老爺教訓的固是。但古人常云『天然』二字，不知何意？」——第十七回）

按「天然」二字反切為「恬」，又「不知何意」，乃「恬不知」三字也。

行為偏僻性乖張，那管世人誹謗。
富貴不知樂業，貧窮難耐淒涼。
可憐辜負好韶光，於國於家無望。
天下無能第一，古今不肖無雙。（賈政道：「明日釀到他弒君殺父，你們才不勸不成。」——第三十三回）

寄言紈絝與膏粱，莫效此兒形狀。

《石頭記》每於姹紫嫣紅中，作慷慨悲歌，這與《四庫全書》的編纂有莫大的關係。關於《四庫全書》，魯迅說：「現在不說別的，單看雍正乾隆兩朝的對於中國人著作的手段，就足夠令人驚心動魄。全毀，抽毀，剜去之類也且不說，最陰險的是刪改了古書的內容。乾隆朝的纂修《四庫全書》，是許多人頌為一代之盛業的，但他們卻不但搗亂了古書的格式，還修改了古人的文章；不但藏之內廷，還頒之文風較盛之處，使天下士子閱讀，永不會覺得我們中國的作者裡面，也曾經有過很有些骨氣的人。」

《石頭記》就是一種骨氣。在那個戮文焚書的年代，有人用自己的才華，對抗著時代的浩劫，向懷中取一支筆，記載著焚毀之餘，直到江郎才盡。讓愛書的人去毀書刪書，是件傷心又憤怒的事。紀石雲曰：「汗青頭白休相笑，曾讀人間未見書。」那些人間未見之書，大概化作了紅樓夢的一部分吧。

錦繡成灰書幾篇，石雲無力愧蒼天。
十年用盡江郎淚，留得人間傲骨傳。

蛺蝶修書卻毀書，詼諧反作个山驢。
文章詩畫驚天下，口吃皆來似相如。

《石頭記》為了躲開文字獄，一定用了特殊技巧，還得是寶玉不懂的技巧。寶玉搞文字獄，主要有三板斧，曰：諧音，拆字，亂聯想。《石頭記》中，那些很明顯的諧音，比如詹光，單聘仁，卜世仁等等，都是些無關緊要的人物，是給搞文字獄者看的。寶玉不懂什麼，那《石頭記》就會用什麼。主要有以下幾點：

（一）寶玉不懂音韻學。這一個，賈政可以作證。（賈政一聲斷喝：「無知的業障！你能知道幾個古人，能記得幾首熟詩，也敢在老先生前賣弄！你方才那些胡說的，不過是試你的清濁，取笑而已，你就認真了！〔庚批：愛之至，喜之至，故作此語。作者至此，寧不笑殺！壬午春〕——第十七回」）

學音韻要知字母，字母有清濁之分，聲帶震動的是濁聲母，反之為清聲母。寶玉不知清濁，因此不知音韻。有人說和珅不挺聰明麼，他會不會知道呢？王芑孫替和珅改過詩，據他記載和珅連韻都找不到。

最好笑的是那句脂批。〔庚批：作者至此，寧不笑殺！壬午春〕。壬午除夕，芹為淚盡而逝。雪芹壬午年要哭死了，可他們明明在笑！換你你也笑，因為脂批那句〔愛之至〕，恐怕不是真愛，而是「愛哥哥」之愛。

而那句〔喜之至〕，《說文》曰：「欣，笑喜也。」又得欣字。

〔故作此語〕又點一個覺悟的覺字。

〔作者至此〕，乃言羅字。為何？《說文》曰：「至，鳥飛從高下至地也。」此，止也。

鳥至此而止，乃隱一個羅網的羅字。《說文》曰：「羅，以絲罟鳥也。」這條脂批隱了「愛欣覺羅」四字。

政老就是這樣的漢子，罵的寶玉狗血噴頭。

現在知道脂硯在笑啥了，這個脂硯簡直能背誦《說文解字》，此條批語很可能出自戴東原。

去歲羈旅臨安，與友人夜談《石頭記》。談至音韻時，友人忽舉個諧音例子，內容驚駭。連忙止之。

講音韻，千萬不能亂諧音，脂硯齋講諧音，是因為他曉音韻。諧音多是幌子，一入歧途而難返。

若輕輕鬆鬆就嘗到秘密的滋味，大腦就會調動你平生的儲存，往這方面努力。

若資質愚鈍，倒也罷了，不過苦惱一會就丟開。

若是聰明伶俐，又不得其法，信馬由韁起來，不知會看到什麼奇奇怪怪，一旦墮入迷津，為之奈何。

諸位大概記得太虛幻鏡中，夜叉海鬼將寶玉拖入迷津。此迷津就在《石頭記》中，只有一個木筏，乃木居士掌舵，灰侍者撐篙，不受金銀之謝，但遇有緣者渡之。

少年若不慎墮入其中，有一法子或可免，不知肯不肯依。只將諸葛丞相《誡子書》牢記心間，依此行知十年，若因緣得法，倘再遇迷津，木居士與灰侍者自來渡汝。

話說回來，到底要不要講諧音，水到渠成自然可講。

（二）寶玉不會猜謎語。《石頭記》第四十三回：「那老姑子見寶玉來了，事出意外，竟像天上掉下個活龍來一般。」

內閣學士胡中藻引用《易經》，以「乾三爻不象龍」為試題。寶玉怒曰：「乾隆乃朕年號，龍與隆同音，其詆毀之意可見。」於是將胡中藻處斬。

「竟像天上掉下個活龍來一般。」紀曉嵐曰：「太上皇行健體元。」即指「天行健」與「大哉乾元」。乾，底下還一個龍，乾隆說：「龍與隆同音。」「明白出來了」，天上掉下個活龍來「其詆毀之意可見。」

如果說「乾三爻不象龍」是詆毀，那換個說法，寶玉竟不認識了。所以讀紅樓要猜謎。接著又是四個謎語：

第四十三回：（忙上來問好，命老道來接馬。寶玉進去，也不拜洛神之像，卻只管鑒賞。雖是泥塑的，卻真有「翩若驚鴻，婉若游龍」之態，「荷出綠波，日映朝霞」之姿。

〔庚批：妙極！用《洛神賦》贊洛神，本地風光，愈覺新奇。〕寶玉不覺滴下淚來。）

這個謎語非常簡單，脂批已經給出「覺新」二字的提示了。上文用「天上掉下活龍」指年號，這會子指姓氏了。

（翩若驚鴻），隱「羅」字。《晉書．南涼．禿髮傉檀》載：「陛下雖鴻羅遐被，涼州猶在天網之外。」鴻羅，指大網。

（婉若遊龍），隱「蛟」字。蛟似龍而非龍，借言「婉若」而隱蛟。《說文》曰：蛟，龍之屬。

（荷出綠波），隱「新」字。黃裳《新荷葉》：「一頃新荷」。張先：「東池始有荷新綠，尚小如錢。」周邦彥：「小園臺榭遠池波，魚戲動新荷。」李群玉《詠荷》：「半在春波底，芳心卷未舒。」戴復古：「新荷池沼，綠槐庭院」。是以荷葉剛出水面，謂詞牌《新荷葉》。

（日映朝霞），隱「叆」字。潘正叔曰：「朝雲叆叇，行露未晞」。李笠翁說：「雲叆叇，日曈曚，蠟屐對漁蓬。」

只需反著一讀，即知寶玉來歷不小。看官小時候都猜過謎語的，來讀《石頭記》，不過是重操兒時舊業罷了。若還童心未泯，再猜一謎如何？請聽題：

（劉姥姥道：「一個蘿蔔一頭蒜。」）——猜四個字。

提示：一加一等於二，湘雲讀二為愛。蒜是五味之一。黛玉說《攜蝗大嚼圖》。

（三）雜而不專。和珅寫字寫詩，是為了討好寶玉。寶玉讀書徒為炫世。經常不知哪裡看一個僻典，一考別人不知道，便洋洋得意，自以為學問蓋世，公然以稽古右文自稱。（寶釵笑道：「寶兄弟，虧你每日家雜學旁收的。」）寶釵笑的有因。雜學旁收容易流入滑稽，再想抽身，除非是蘇老泉立志。有此三點，寶玉想讀紅樓夢，可謂難矣。

他還真讀過。紀曉嵐不知使了什麼手段，使得和珅屁顛顛地將書送給寶玉看，寶玉看了，又看不懂，只好說：「此蓋為明珠家事作也。」明珠即納喇明珠，納喇性德之父。這書又叫《風月寶鑒》，寶玉不識書中寶玉，真乃覽鏡不自識。友人曰：「此即真寶玉不識賈寶玉」。

古人云：藝高人膽大。如此戲耍寶玉，也只有紀石雲了。《石頭記》正文中，有真假寶玉夢中相見的情形，看來作者早就算計好了，定要讓寶玉看到此書，方能成此滑稽。

作者何等人，如何想得來？金聖嘆說：「吾嘗論世人才不才之相去，真非十里、二十里之可計。」思之一嘆。

附料：（曹雪芹《紅樓夢》於高廟末年，和（和珅）以呈上，然不知其所指。高廟閱而然之，曰：「此蓋為明珠家事作也」後遂以此書為珠遺事。——《能靜居筆記》）

（賈寶玉乃書中寶玉，甄寶玉乃乾隆，乾隆讀紅樓夢，即真假寶玉夢中相見。作者在動筆時，就已運籌帷幄了。長安記。）

在那個「清風不識字，何必亂翻書」的年代，就有人逆流而上，不但要「在齊太史簡，在晉董狐筆」，而且要嬉笑怒罵，點耍活寶，（脂批曰：活寶玉）。端的是條好漢。但這些只是表面。

陸士衡曰：「余每觀才士之所作，竊有以得其用心。」《石頭記》的文心，與現實相連，賈家衰亡已是必然，夢中之人將何去何從，偌大中國又如何，是以續書難為。《石頭記》的文絡又與時間相連，而「時間永遠分岔，通向無數的未來。」是以續書難為。但偏偏就是有續書，而且是按金聖嘆的方法續的。

聖嘆最討厭續書，有過很多指責，續書正是按這些指責來寫的，是要讀者效金氏橫截水滸西廂，也來橫截紅樓。因為用金聖嘆的方法，《石頭記》不用續書也能讀。

袁子才在《隨園詩話》中提到了《紅樓夢》。聰狡如袁枚，他一面說自己沒看過紅樓，但大觀園就是自己的隨園（真是通天老狐）。然而一轉頭，他就說：「美人自古如名將，不許人間見白頭」（此真醉輒露尾）。去年在浙江圖書館，看到一本錢大昕思想研究，有一節講錢竹汀如何微言寓意的，非常有趣。「文網日以密，士節日以貶。」「四時鬼朴換匆匆，羅織爭誇告密工。」脂硯之一的錢竹汀也這樣作文，方是其本來面目。

「欲知目下興衰兆，須問旁觀冷眼人。」時局雖不至道路以目，卻已令新聲喑啞了。書中說：末世也。

獨夫之心，日益驕固。寶玉憑藉野蠻與獨裁，給自己披上盛世的外衣。「可是！」茗煙笑道：「他什麼都沒有穿啊。」大臣們聞言一笑，捧著若有若無的裙襬，繼續邁步走向未知，一直走進中國坎坷的近代史。而那個洞見興衰的旁觀冷眼人，他無力補天，唯將一把辛酸淚，化作《風月寶鑑》。

賈寶玉只有一個，但世上的真寶玉，又豈止一個呢。真寶玉覽《風月寶鑑》，未識賈寶玉，不自知可笑，而後人笑之。後人笑之若不鑒之，亦使後人而復笑後人也。這，大概就是文字獄下的中國吧。

右圖：杭州小孤山文瀾閣《四庫全書》館。

一個口吃的音韻學家

書中開篇曰：

滿紙荒唐言，一把辛酸淚。

都云作者癡，誰解其中味。

什麼是「荒唐言」？荒唐二字是疊韻。講疊韻就要提雙聲，講雙聲疊韻，就要提反切，講反切就要講音韻。所以「滿紙荒唐言」，就是滿紙聲韻學。

後兩句：「都云作者癡，誰解其中味。」《史記・韓非傳》說：「非為人口吃，不能道說，而善著書。」什麼是口吃？《說文》曰：「吃，言蹇難也。」就是結巴的意思。這裡的「都云作者癡」，恐怕非「癡」，而是吃。這個作者，為人口吃。

魯迅讀書的地方叫三味書屋，「三味」出自宋代筆記，宋人以「經史子」為三味，紅樓之味乃「經史子」。

這四句詩大意是：這本書滿紙都是音韻學，裡面有很多辛酸之淚。雖然大家都笑我口吃，可誰理解我這一腔孤憤呢。

誰云作者吃？朱珪就說過：「河間宗伯姹，口吃善著書。沉浸四庫間，提要萬卷餘。」禮部尚書被稱作大宗伯。詩中的河間宗伯，就是河間紀昀。朱珪說紀曉嵐口吃。

董曲江詩曰：「紀公起河間，天風吟蒼虬。羽然為舉首，英明動京城。余也斷羽翮，兼之多離憂。客窗時過從，青燈話幽修。狂來抵夜分，吃吃語不休。」董曲江也說紀昀口吃，這就是：都云作者吃。

紀曉嵐有個愛好，就是戲耍群僚。牛應之《雨窗消意錄》記載：「紀文達公昀，喜詼諧，朝士多遭侮弄。」朝士們難道是瓜娃子？為何多遭侮弄呢？看一則材料就知道了，不過諸位要記得，不管看到什麼，千萬不要笑出聲！

采蘅子《蟲鳴漫錄》記載：「紀文達公自言乃野怪轉身，以肉為飯，無粒米入口。日御數女，五鼓如朝一次，歸寓一次，午間一次，薄暮一次，臨臥一次，不可缺者。此外乘興而幸者，亦往往而有。」

觀之如何？沒笑的是好漢，笑了的真捉急啊。既然說「紀文達公自言」，那就是紀曉嵐自己說的。這段話是個謎語，謎底是：笑吾者豕。

江藩《漢學師承記》記載：「（紀昀）胸懷坦率，性好滑稽，有陳亞之稱。然驟聞其語，近於詼諧，過而思之，乃名言也。」諸位回思，方才的詼諧，寓何名言？很簡單，就是：「愛人者，人恆愛之。笑人者，人恆笑之。」信口拈來，隨筆成趣，寓理於諧，圓融無忌，所謂：是真才子自詼諧。

江藩說紀昀「於書無所不通，尤深漢易，又博聞強記，經史子集，醫卜詞曲，闡幽明理，識力在王仲寶（儉），阮孝緒之上，可謂通儒矣。」

紀昀是乾嘉學者之一，精通易理，是個經學家。雖被稱為第一才子，但所著《閱微草堂筆記》又講神道設教，貌似道學家。他長期擔任國史館纂修，清修正史就像魔法書，塗塗改改尋常事，所見秘史既多，篡改亦多，故於《石頭記》中多載其實，又似流言家。雖然不是革命家，但所作《石頭記》與八十回文字獄都有餘了，比革命活動還驚心動魄。

好友錢竹汀，潛研歷史與古音。住在他家的戴震，更是天文水經，勾股術數無所不究。友朋服善之益，於書中到處可見。訓詁音韻、金石曆法、典章制度、物理地理，乃至西洋科技、民間習俗、坊間瑣語，更至於醫卜算藥、酒食茶飯，布樣衣飾、陳設古玩、園林建築，更無論詩詞歌賦、誄懷詠頌。

白日垂照，青眸寫形。作者為誰，照辭如鏡。彥和曰：「夫古來知音，多賤同而思古，所謂日進前而不御，遙聞聲而相思也。」紀昀滑稽聲名太甚，聞其名者多，識其文者少。語人曰：《石頭記》乃紀昀執筆，戴震作序，錢大昕等人點評。聞者驚呼：不會吧！此所謂「日進前而不御」。而對於杳不可尋的雪芹，則「遙聞聲而相思」。

然告之以書中詼諧，恍悟者居多。可知，知音之難，難在不知。而俗鑒之迷者，往

往深廢淺售。莊周笑《折楊》，宋玉傷《白雪》，曉嵐嘆「誰解其中味」。蓋滿紙荒唐言，眾不知余之異采。

孟子曰：「人之有德慧術知者，恆存乎疢（chèn）疾。獨孤臣孽子，其操心也危，其慮患也深，故達。」

《紅樓》之所以通達，被譽為「德慧術知」的結晶，只因作者是那個「操心也危，慮患也深」的孤臣孽子。身處憂患之中，目睹興衰之兆，卻不得不做「旁觀冷眼人」。只是這「孤臣」麼，他效忠的是自己的信仰，而歷史證明他是對的。

孟子曰：「天下有道，以道殉身；天下無道，以身殉道。未聞以道殉乎人者也。」這大概是紅樓中充滿長嘆的原因吧。書意的雋永深長，令多少人反復詠嘆。而書中隱寫的歷史之鑒與時代之憂，卻依舊隔著迷津。

辭曰：

居士文心侍者因，墨池凹淺作迷津。
浮槎欲競龍門渡，試手難容鐵骨塵。
筆詠明珠通日月，心安文虎定思神。
詼諧冷眼河間子，揭得雕龍第一鱗。

說詼諧

行俠者是潑皮。（醉金剛倪二）

販馬者是短腿。（馬販子王短腿）

私會者貌似潘安。（潘又安）

開香料鋪的不是人。（卜世仁）

堆山疊石乃逸趣，正好用山子野。

清客相公撐體面的，卻是不顧羞。（卜固修）

古董行的算正常，叫程日興。

可古董行還一個冷子興，看來弄古董的都帶興。

分桃泣魚的是香憐玉愛。

卿卿我我的是鯨卿可卿。

淘氣的小廝嗜茶嗜煙。

精靈的姑娘咕咚一聲。

花兒匠叫方椿，八千歲為春，八千歲為秋，這花得開到啥時候？

寶玉養病三十三天。三十三天，離恨天最高。四百四十病，相思病最苦。

紅樓夢裡撲蝴蝶，不知是蝶是夢。

紅樓夢裡夢太虛，夢裡夢外都是夢。

賈瑞打量鳳姐，惹一身屎尿，嫂子一向可大好？

賈璉揩油三姐，驚一身酒醒，來，咱們親香親香。

馮唐老矣，其子又來。

庚黃何人，糖銀果銀。

香菱改名秋菱，又湊成秋香。

芳官叫成野驢，豈只是音韻。

欲寫眾人忙，獨有薛大傻更忙十分。

欲寫寶玉一口血，偏寫賈珍大聲嚎。

竊慕風流，將不利於孺子之心。〔脂批：詼諧得妙。〕

學名秦鐘。〔脂批曰：未嫁先名玉，來時本姓秦。〕

可卿得藥方，豈逃心自苦。

阿鳳吃猴尿，難免味終鹹。

李宮裁笑向寶釵道：「真真我們孀子的詼諧是好的。」

林黛玉道：「什麼詼諧，不過是貧嘴賤舌，討人厭惡罷了。」

連環計

託名雪芹，乃金蟬脫殼。
中山狼為織造，則射人射馬。
脂批年代作偽，是瞞天過海。
自言作者癡，是假癡不癲。
扮作批書人，是反主為客。
南巡接駕，是聲東擊西。
唐寅庚黃，是指桑罵槐。
缺中秋詩，俟雪芹。是無中生有。
秦鐘為和珅，是釜底抽薪。
修改《四松堂集》，是樹上開花。
大觀園即余之隨園也，真渾水摸魚。

茅椽蓬牖，乃空城計。
瓦灶繩床，乃苦肉計。
雪膚水骨，乃美人計。
滿紙紅香作何意？
紀曉嵐曰：「綠慘紅愁兒女情，天高地闊風雲氣。」

話諧謔

《石頭記》開宗明義「無朝代年紀可考」。不可考麼？不如換種句讀：「無朝代年紀，可考。」雖然無朝代年紀，但是可考。石頭笑答道：「我師何太癡耶！若云無朝代，可考。」一句讀一加，往往生趣。

紀曉嵐讀《涼州詞》：「黃河遠上，白雲一片，孤城萬仞山。羌笛何須怨，楊柳春風，不度玉門關。」就是一個點句讀的例子。書中有個「甘露之惠」，還一個還淚之說，雖然是神話，也可約略一考。

話說紀曉嵐初任翰林，時近年關，索春聯者絡繹不絕，紀曉嵐也是有求必應，只有一樣，這上聯吶，清一色引用高適的「聖代即今多雨露」，下聯亦用唐詩，而絕不重複。有個人剛從侍郎貶官為翰林，聽說此事後，故意來索聯刁難。紀曉嵐提筆一揮，上聯仍用「聖代即今多雨露」，下聯卻是「謫居猶得住蓬萊」。

於是乎新年伊始，上百戶的北京人家，上聯都是「聖代即今多雨露」。而下聯絕不雷同。

書中有「甘露之惠」，想來便是這「聖代即今多雨露」。這個故事記載於《清稗類鈔》，和紅樓對照，應真有此事。

《紅樓》之「茅椽蓬牖。」即曉嵐之「蓬茅下士。」

《紅樓》之「瓦灶繩床。」即曉嵐之「瓦硯線書。」

《紅樓》之「晨夕風露。」即曉嵐之「雨露滋榮。」

《紅樓》之「階柳庭花。」即曉嵐之「夙踐清華。」

一般意思，化作兩種說法，文士三窟，巧避文網。

至於「還淚」之說。要看兩個口吃的人是怎麼比喻淚的。

八大山人說：「墨點無多淚點多，山河仍是舊山河。」

紀曉嵐說：「玉蟾蜍滴相思淚。卻自區區愛硯山。」玉蟾蜍就是水注，滴水潤墨用的。這兩個人，一個以淚作畫，一個以淚為文。淚即淚墨之喻。

無論甘露，還是還淚，只是老紀的諧謔罷了。編一部《四庫全書》，這淚墨也該還盡了吧。（借言托意而已，非占黛玉之位也。黛玉乃書中人物，其所還之淚，實出作者之手。黛玉之淚，仍是湘妃哭舜，喻君。並明記。）

脂批對《石頭記》很重要，但脂評的時間，虛寫了近二十年，就是逗你玩。乾嘉時代考據之風流行，講究「無徵不信」，鳳姐說：「人家給個棒槌我就認作針。」再加學究氣太濃，不戲弄一下實在過意不去。《閱微筆記》裡，就講了個老學究夜行的故事。曉嵐之後兩百年，文字依然捉弄人。

曹學肇自紀昀，意在以假亂真。他又留下大量線索，知後人必能去偽存真，他寫道：

「嘗觀古今記載之文，真與偽參半。然偽者鋪張揚厲，震耀一時，究之天下之人有耳目，後世之人有考證，是是非非，終不可掩。其真者，無意於表暴，而天下之人有耳目，後世之人有考證，或以一二事傳，或以一二語傳，亦終不可掩也。」——選自《紀曉嵐文集・跋李杏浦年譜》

紀曉嵐篤定真相會傳後世，並一再強調考證。但章句之儒亦讀不得紀昀之書，紀昀的學生盛時彥道出了原因：

「因先生之言，以讀先生之書。如疊矩重規，毫釐不失，灼然與才子之筆分路而揚鑣。」

紅樓夢乃才子書，可以考證求之，勿以考證限之。樸學要在「追源溯本，貫蝨穿輪。」適之「置其本原而拈其末節」，其所謂大膽假設，小心考證者，徒使後生作無頭蒼蠅。本若不立，大膽何異賭徒。源即不尋，小心亦如下注。大概紀昀也想不到，後世的考證如此顛倒吧。《周書》曰：「掩雉不得，更順其風。」是故乞火不若取燧，寄汲不若鑿井。

紀曉嵐小時候特別淘氣，有一天去逛寺廟，老和尚一看紀神童來了，趕緊寫副對聯唄。小紀壞水一冒，就寫道：

日落香殘，了卻凡心一點。

爐寒火滅，須將意馬牢拴。

老和尚很高興，貼在廟門上。這天來了個秀才，一看對聯哈哈大笑。老和尚很奇怪，你笑啥？秀才說：「這明明是個謎語，上聯是個禿，下聯是個驢。」

所以日落香殘之時，秦鐘馳騁意馬，就去找智能兒了。原文道：

誰想秦鐘趁黑無人，來尋智能。剛至後面房中，只見智能獨在房中洗茶碗茶鍾，跑來便摟著親嘴〔脂批：實表姦淫尼庵之事如此。〕……秦鐘求道：「好人」……說著一口吹了燈，滿屋漆黑，將智能抱到炕上，就雲雨起來。〔脂批：誰知爲小秦伏線，大有根處。〕

正在得趣，只見一人進來，將他二人按住，也不則聲。二人不知是誰，唬的不敢動一動。

皆知來者是寶玉，為何寶玉只是按住，而不則聲呢？

原來「雙禿傍地走，不能辨雌雄。」滿屋漆黑，和大人與小尼傍在一起，寶玉也分不清楚，所以只先按住，就看和尚先開口，還是尼姑先開口。誰知這兩人早被唬住了，別說開口了，連動也不敢動。

於是原文道：（只聽那人嗤的一聲撐不住笑了。二人聽聲，方知是寶玉。）妙筆戲謔，若二人先開口，成何章法？不只寶玉笑，作者行文至此，只怕也笑的撐不住了。

（秦鐘連忙起身抱怨道：「這算什麼？」寶玉笑道：「你倒不依，咱們就叫喊起來。」羞的智能趁黑地跑了。）

小尼跑了，和大人很生氣：這算什麼！

（寶玉拉了秦鐘出來道：「你可還和我強？」秦鐘笑道：「好人，（脂批：前以此二字稱智能，今又稱玉兄，看官細思。）你只別嚷的眾人知道，你要怎樣，我都依你。」）

怎麼個依法？脂硯評秦鐘：「古詩云：未嫁先名玉，來時本姓秦。」這詩還有兩句：「上客徒留目，不見正橫陳。」

（寶玉笑道：「這會子也不用說，等一會睡下，再細細的算帳。」……寶玉不知與秦鐘算何帳目，未見真切，未曾記得，此系疑案，不敢纂創。）

秦鯨卿得趣饅頭庵，就是這麼一段，作者稱不敢纂創，卻早寫出底細，二人初次相會的情形，便是和珅俏模樣。

第七回：果然出去帶進一個小後生來，較寶玉略瘦些，眉清目秀，粉面朱唇，身材俊俏，舉止風流，似在寶玉之上。只是怯怯羞羞，有女兒之態，靦腆含糊，慢向鳳姐作揖問好。

那寶玉自見了秦鐘的人品出眾，心中若有所失，癡了半日。自己心中又起了呆意，乃自思道：「天下竟有這等的人物，如今看來，我竟成了泥豬癩狗了。」

作者寫二人相見，筆墨豔恣，真是「人生若只如初見」。此與身份地位無關，就是投緣怎麼辦。和珅年輕時長什麼樣，恭王府的畫像不是很寫實，但從紀曉嵐的筆下來看，大約就是秦鐘的樣子。

秦鐘出場時，有一條甲戌本脂批。甲戌者，假虛也。

甲戌脂批曰：「設云秦鐘，古詩云：『未嫁先名玉，來時本姓秦。』二語便是此書大綱目、大比托、大諷刺處。」

來時本姓秦，《說文》曰：「秦，禾名。」隱和。

未嫁先名玉，《集韻》曰：「珅，玉名。」隱珅。故此，秦鐘乃是和珅。

右圖：虎丘乾隆對聯，後人補寫。《四庫全書·欽定南巡盛典·卷八十五》：御書聯日「雁塔影標霄漢表，鯨鐘聲度石泉間。壬午御書。」

紀昀《仲春上丁習舞賦》曰：「聲以鯨鐘，警以鼉鼓。」

秦鐘表字「鯨卿」。取自「鯨魚擊蒲牢」的典故。楊慎曰：「蒲牢形似龍而小，性好叫吼，今鐘上鈕是也。」李東陽則曰「鐘上獸鈕」。是以「鯨鐘」射「鐘鈕」之鈕。

秦鐘道：「還須立志功名，榮耀顯達為是。」即立志於「祜祿」也。《說文》曰：「祜，福也。」

是為「鈕祜祿．和珅」。

甲戌本曰：「至脂硯齋甲戌抄閱再評。」甲戌讀作假虛。和假語村言，真事隱去，如出一轍。假作真時真亦假，這個本子晚於一七七三年四庫全書編纂的時間。其所隱寓，即「此書大綱目、大比托，大諷刺處。」

凡假虛，庚辰（更辰，更改時間），己卯（陶洙整理）等字眼，皆為瞞天過海（逗你玩兒）。《石頭記》成書時間是與《四庫全書》開館前期相重疊的。約一七五五至一七七七年之間成稿。成稿時間是按錢、戴、紀三人相識，及懷戴震（棠村）的批語來推測的，屬於估算。

開篇女媧補天的楔子約構思於一七六八至一七七一年之間。《石頭記》初稿可能更早。江藩《漢學師承記》說，紀昀「少年間有撰述，今藏於家，是以世無傳者。」故石頭記初稿或為紀昀少年間之撰述，並由戴震作序。後來增刪修改而成《石頭記》。

再說秦鐘，與寶玉相見恨晚後，二人就要各自努力了。寶玉自恨生在這侯門公府之家，不能早與秦鐘交接。秦鐘自恨生於清寒之家，不能與他耳鬢交結。書中原文道：

二人一樣胡思亂想，忽然寶玉問他讀什麼書。秦鐘見問他，因而答以實話。二人你言我語，十來句後越覺親密起來。

野史記載，和珅當年做侍衛的時候，乾隆接到邊報，有要犯逃脫，乾隆自語：「虎兕出於柙，龜玉毀於櫝中，是誰之過歟？」眾人皆不曉何意。和珅說：「爺謂典守者不得辭其責耳。」乾隆大悅，從此和珅平步青雲。

但如果和珅是秦鐘，恐怕他倆早就相識。寶玉早問過秦鐘讀什麼書，所以他知道和珅能答上來，只因和珅太年輕，沒法提攜而已，只能先來當侍衛。書中第九回說：「或設言托意，或詠桑喻柳，遙以心照，卻外面自為避人耳目。」即便是寶玉，也不能公然示人以王爾德之好。

有人問：「寶玉為什麼叫秦鐘『鯨卿』？」

書中說：「當不得寶玉不依，只叫他『兄弟』，或叫他的表字『鯨卿』，秦鐘也只得混著亂叫起來。」

「鯨卿」二字疊韻。叫多了會與「卿卿」不分。《世說新語》曰：「親卿愛卿，是以卿卿，我不卿卿，誰當卿卿。」而秦鯨卿的姐姐，又是秦可卿，寶玉在太虛幻鏡中，與「可卿」軟語溫存，也是難解難分。可卿鯨卿都與寶玉卿卿我我，若鯨卿是和珅，那可卿又是誰呢？

賈政說寶玉「淫辱母婢」，這裡的「母婢」可指比皇后地位低的人，比如嬪妃之類。而政老這樣的漢子，居然這樣說寶玉，為什麼呢？

野史說乾隆小時候與雍正的一個妃子關係叵測，導致這個妃子被賜自縊，乾隆很難過，咬破指頭在妃子額頭點一下，發願來世相會。後來這個妃子轉世，面帶胭脂記，就是和珅。

和珅襲爵「三等輕車都尉」，充任御前侍衛。而秦可卿呢，回目裡有「秦可卿死封龍禁尉」。本是賈蓉的職位，回目裡卻移花接木，變成秦可卿的，還是可卿死後封的。難道可卿轉世之後會變成龍禁尉？龍禁尉不就是御前侍衛麼。全稱是：「防護內廷紫禁道御前侍值龍禁尉。」所以「龍禁尉」就是紫禁城的御前侍衛。

為何姓秦？《說文》曰：「秦，禾名。」和大人不姓和，和珅是名。《閱微筆記》常談轉世，雖然紀曉嵐不一定信，但他就是喜歡這類故事。「千金難買我喜歡」，萬一寫可卿鯨卿的時候，老紀引用了民間傳說，那可怎麼辦呢，人家寫小說的，引用個傳說不過分吧。（賈蓉買官是明修棧道，順手給了可卿，暗度陳倉也罷了，還寫成回目招搖過市，是欺負讀者無眼睛。並明記。）

傳說並非一定是假。和珅是真實的，母婢也是真實的，轉世的迷信是假的。打個比方，雍正弒君殺父是真實的麼？不一定。但這種說法是真實存在並且流傳的。傳說可以是假的，但傳說所依附的本體，卻是真實的。假如紀曉嵐真的引用了傳說，也並非讓人去相信轉世，而是通過這條線索，找到傳說所依附的那個人。這正是：假作真時真亦假，無為有處有還無。

兩廂意合的時候，秦鐘卻在書中領了便當。有兩種可能，秦鐘是後來補寫的人物，會影響寫好的後文，所以早早地打發掉了。另一種可能，是作者發了慈悲，早給和珅下了判詞。這紅塵中本是「好事多魔」，古人云：「大凡以色示人者，色衰而愛馳，愛馳而恩絕。」即便秦鐘能被寶玉寵到最後一刻，那寶玉之後又將如何呢？古代的銅山斷袖，分桃泣魚，除了龍陽君之外，結局都不好。秦鐘能逃出這個限制麼？

寶玉意欲回了賈母去望候秦鐘，忽見茗煙在二門照壁前探頭縮腦。寶玉忙出來問他作什麼。茗煙道：「秦相公不中用了。」寶玉聽說，嚇了一跳。

男子以色侍女，古代稱面首。男子以色侍男，清代稱相公。偏是茗煙說的。寶玉去看望秦鐘時，秦鐘的魂魄正被鬼判捉著，哪裡肯放他回去。秦鐘道：「不瞞列位，就是榮國公的孫子，小名寶玉。」鬼判聞言慌道：「天下官管天下事」，這才放秦鐘回去說兩句話。秦鐘見了寶玉，只囑咐了兩句，便長嘆一聲，蕭然而逝了。當年和珅將《紅樓夢》呈給高廟（乾隆）時，定不知自己也是書中之人，而紀曉嵐在書中預先給他的結局，比起和珅後來的下場，已是一片慈悲了。

紅樓夢曲曰：「畫梁春盡落香塵，擅風情，秉月貌，便是敗家根本。箕裘頹墮皆從敬，家事消亡首罪寧，宿孽總因情。」

寶玉去後，嘉慶宣佈和珅二十大罪，廷議淩遲。因劉墉等人諫言，改賜自盡。

成由顏色敗由爭，萬兩黃金廿罪成。

轉世紅塵還宿孽，前生白練葬今生。

宿孽總因情。

江之永矣

北靜郡王水溶，是永瑢麼？

溶與瑢是同音字，在《廣韻》裡皆為：上平、三鍾、容小韻，餘封切。是以溶瑢為同音字。

《說文》曰：「永，長也。象水巠理之長。《詩》曰：『江之永矣。』凡永之屬皆从永。于憬切。」

段玉裁注：「永，水長也。引申之，凡長皆曰永。象水巠理之長永也。巠者，水脈。理者，水文。詩曰，江之永矣，周南漢廣文。」

永是水脈與水文連延之狀，象形。所以詩經感嘆大江又寬又長，波浪連綿之時，用了一個永字。他說：「江之永矣。」永是水之象，寫永字，是畫水。所以永瑢，即水溶。

北靜王說：「小王雖不才，卻多蒙海上眾名士凡至都者，未有不另垂

右圖：永瑢印。

青目，是以寒第高人頗聚……。」為何眾名士垂青水溶？因為永瑢任四庫全書館總裁。

所以說，劉心武先生關於水溶的推斷，是正確的。至於脂本成書時間，前文已經講過了。

右圖：章太炎千字文「水、永」。

秦可卿

紀曉嵐說：「學宜苦，而行文需樂。」嘔心瀝血是寫不出紅樓夢的。才富力足，意氣充盈時，自然運文自如，神思一倦，即當擱筆，這是《文心雕龍》的養氣之法。

有人說紅樓是很純粹的作品，可脂硯為何指出那麼多文法呢？

金聖嘆評《祭十二郎文》時，早道出緣由：「須要看其通篇，凡作無數文法，忽然煙波窅渺，忽然山徑盤纖，論事情只是一直說話，卻偏有許多文法者，由其平日戛戛乎難，汩汩乎來，實自有其素也。」

這都是平日的功夫，以一瓢之學，欲作一瓢之文，太難。以江海之學，欲就滔滔之章，也不難。書中隱藏的秘密，在文人眼中是不可思議，在才子手中，也許是信手拈來罷了。

可卿與香菱模樣相仿。第七回周瑞家的說：「倒好個模樣兒！竟有些像咱們東府裡蓉大奶奶的品格兒。」

蓉大奶奶就是可卿，香菱與之品格相像。「品格」是指品德與性格，還是品貌與體格呢？比如鳳姐就「體格風騷」。如果是後一種，那可卿的眉心也有胭脂記。香菱的模樣書中提過幾次。

小時候生的「粉妝玉琢」，門子說「出脫的齊整好些，況且眉心中原有米粒大小的一點胭脂記，從胎裡帶來的。」周瑞家的看到「留了頭的小女孩兒。」賈璉眼中是「好齊整模樣」。

香菱的外貌描寫，只有胭脂記是具體的，其他皆含糊其辭。要說可卿像香菱，也只有眉心胭脂記了，因為沒有其他選擇。而可卿的胭脂記，大概就是和珅那一顆。（脂批曰：「秦可卿淫喪天香樓。」妃子轉世和珅之說，小說家記之以為戲。經學才子亦作道學流言，豈有門戶之見。並明記。）

可卿喪葬的規格很特別。最奇特的是北靜王的裝扮，來自於阮大鋮。

原文道：「話說寶玉，舉目見北靜王水溶頭上戴著潔白簪纓銀翅王帽，穿著江牙海水五爪坐龍白蟒袍，系著碧玉紅鞓帶。」南明的權臣阮圓海誓師江上，「衣素蟒，圍碧玉，見者叱為梨園裝束。——《續幸存錄》」

阮大鋮確實精通戲劇，有《春燈謎》、《燕子箋》傳世。他是來唱戲的也罷，來誓師的也罷，南明終是被葬送了。

《桃花扇》云：「白骨青灰長艾蕭，桃花扇底送南朝。不因重做興亡夢，兒女濃情何處消。」白蟒碧玉，已葬送南朝，北靜王又是如此打扮，可卿之喪又是葬送的哪一朝呢？這要看北靜郡王水溶是誰了。

的區別。

《四庫提要》寫著：永瑢等著。永瑢過繼給「慎靖郡王」，劉先生說「靖」與「靜」音同。《說文》曰：「靖，疾郢切。靜，疾郢切。」這倆是同音字。

靖靜同音的話，「慎靖郡王」與「北靜郡王」便只差一個字了，就是「慎」與「北」的區別。

錢牧齋說：黑水靺鞨又名肅慎。來自北方，因此慎靖郡王，就是北靜郡王。而承嗣者就是永瑢。永瑢身穿阮大鋮的行頭，難道要葬送大清？

在可卿的臥室裡，寶玉做了一個夢（不因重做興亡夢），警幻仙子說：「偶遇寧榮二公之靈，囑吾云：『吾家自國朝定鼎以來，功名奕世，富貴流傳雖歷百年，奈運終數盡不可挽回者。』」

文中的「百年運終」，典出明太祖《諭中原檄》，檄文曰：「古云『胡虜無百年之運』，驗之今日，信乎不謬！」

故秦可卿之喪乃是葬大清。如果說明亡於萬曆，那清則亡於寶玉。書中說「末世」，非惟明之末世，亦為清之末世。

作者像《桃花扇》中的老贊禮——「兩度旁觀者，天留冷眼人。」文學本源於生活，追求純粹者欲將紅樓比作無根之水，但脂硯齋說「作人要老成，作文要狡猾」。水停以鑒，火明而朗，唯純粹之人，方寫得這狡猾之書。

虎兔相逢

虎兔相逢—猜一個年份。

虎兕相逢—也猜一個年份。

學究見此謎，必然猜寅卯，如此，便上了紀曉嵐的當。這句話出現在太虛幻境中，是元春的判詞。寶玉入睡前，「秦氏便分咐小丫鬟們，好生在廊簷下看著貓兒狗兒打架。〔脂批：文至此，不知從何處想來。〕」

寶玉醒之後，大喊可卿救我。「卻說秦氏，正在房外囑咐小丫頭們好生看著貓兒狗兒打架。忽聽寶玉在夢裡喚他小名〔脂批：細，又是照應前文。〕」

秦氏兩次說「看貓狗打架」，中間夾著一個「虎兔相逢」。有的版本作虎兕，兕就是犀牛。欲知虎兕相逢，看貓狗打架就行了。這是貓科動物獨有的生理特性，只在出招時顯露，所謂貓之利器，不可輕示於人。但見：

小小於菟本領真，難容惡犬勢欺人。

精神抖擻扶微弱，虎兕相逢利甲伸。

金聖嘆說：「憶大雄氏有言：獅子搏象用全力，搏兔亦用全力。」故此，虎搏兕用全力，搏兔亦用全力。貓撓狗用全力，貓撓你亦用全力。不管虎兕相逢，還是虎兔相逢，都是一個道理。講到這裡，養過貓的同學，可能已猜出謎底了。沒見過貓的怎麼辦？不打緊，掃書喵講了個故事，源自鈕秀的《觚賸》：

紹興樵夫宋廿一，家貧，每天早上進山砍柴，換回吃的給母親。一天家裡來了客，只好陪著用早飯，直等到中午才得進山。走了一裡來路，遇到個老和尚坐在路邊，對廿一說：「我等你好久了，來的咋這麼晚？你可吃飽了，我還餓著呢！」廿一不懂他說啥，問道：「我和師父未有約，責備我做什麼？」老僧道：「我約你就是你約我，你咋忘了呢？我累得慌，拿你當拐棍吧，行不？」不由分說，就撲到廿一背上。

廿一沒辦法，只好背著他走，感覺越走越沉，就開玩笑說：「黃臉和尚，你吃啥長得這麼肥？」老僧道：「四大皆空，我和你都解脫不了，別光笑話老衲嘛。」

走了一會，山中有群人在砍竹子，從坡上望見他們，驚道：那不是宋廿一麼？怎麼背著個老虎走路呢？一齊敲著竹子發喊，老虎從廿一背上跳下，躍澗而逃了。

廿一嚇得跌在澗水裡。眾人跑來問緣故，廿一道：「我以為是個老和尚，哪知是老虎變的，要不是你們，恐怕早被虎吃了。」

大家看廿一的棉襖，左肩頭有黃土五點，梅花爪印。右肩頭被撕破衣服，利爪已入三分了。

這個故事說明了（　）

A：不要背對貓科動物。　B：《太平廣記》裡的僧虎。

C：貓科動物的爪甲可伸縮。　D：海老人。

很明顯選C嘛。貓科動物有爪鞘，爪子能自由伸縮。左肩的爪子縮著，只留下梅花掌印。右肩頭利甲伸出，衣服都抓破了。

觀畫家畫虎，需看虎掌。閑恬之虎，利爪必縮於肉掌之內。搏物之虎，利甲必伸出肉掌之外。畫貓亦然，宋人的工筆貓，明宣宗繪的狸奴圖，都很注意貓爪。所以，不管是虎兔相逢，還是虎兕相逢，都是甲申。

王荊公曰：「古人之觀天地山川、草木魚蟲鳥獸、往往有得。」脂硯說：「魚鳥昆蟲皆妙文。」觀虎兔之謎可知矣。

接著看元春判詞：

「遂又往後看時，只見畫著一張弓，弓上掛著香櫞。也有一首歌詞云：二十年來辨是非，榴花開處照宮闈。三春爭及初春景，虎兔相逢大夢歸。」

「畫著一張弓」。元春姓張。

「弓上掛著香櫞」。元春名嫣。櫞為合口呼，嫣為開口呼，張弓為開，櫞讀開口時為嫣。

「二十年來辨是非」。從天啟元年到崇禎十七年，二十餘年。

「榴花開處照宮闈」。原來姹紫嫣紅開遍，似這般，都付與斷井頹垣。

「三春爭及初春景」。景春反切，乃君字。桂王，唐王，魯王，是為三春。

「虎兔相逢大夢歸」。甲申。

有一篇《明懿安皇后外傳》，署名紀昀，收入《紀曉嵐文集》。有人說不是紀曉嵐所作，首先序言可疑，文字風格也不像。不過江藩《漢學師承記》說，紀昀「少年間有撰述，今藏於家，是以世無傳者。」

紀曉嵐小時候可是個調皮的，清人筆記裡說「曉嵐少年紈絝，無惡不作。」惡作劇要是太有名，肯定有人看不慣的。不知這篇外傳，是否其少年間「藏於家」者，寫的神話豔麗，生動瑣碎，的確不像其官樣文章。然而這風格卻很像紅樓夢，比如這一段：

「此女在兜率天宮為司花仙女，因塵心未淨，歷數百年一劫，謫墮人間。昔在西漢之初曾降世，為宣平侯張敖之女，孝惠帝娶以為后，稚年守寡，幽閉空宮，年四十一而薨；及南北朝時又降為北齊文宣李皇后，身遭冤辱磨折猶多，年五十四而薨。南宋時復降為士人妻，年二十七殉金人之難。今又偶動塵心，將使飽經憂患，多受誣謗，他日譴期既滿，即歸真耳。」異僧語畢，行數步，忽不見。國紀乃取女歸，育之於家。時萬曆三十五年十月初六日。其女即懿安皇后也。

這是寫懿安皇后麼？簡直是警幻仙子。「司花仙女，謫墮人間，偶動塵心，期滿歸真」這和《紅樓》裡的「凡心偶熾、造歷幻緣」也沒什麼區別，都是紀昀少年間喜用的題材。

秦可卿屋裡有秦太虛的對聯，秦觀，字太虛。所以大觀，就是太虛。元春說：「芳園應賜大觀名。」元春之於大觀，很像警幻之於太虛。元春很像警幻，警幻很像懿安，所以元春很像懿安皇后。

蘭陵笑笑生

啊嗚的案頭書，就是琅嬛文集，作者是張陶庵。陶庵在夢憶裡說，有個人拿紫檀界尺，用北調說《金瓶梅》，聽者絕倒。

《金瓶梅》裡的應伯爵講了個笑話。「孔夫子西狩得麟，不能夠見，在家裡日夜啼哭。弟子恐怕哭壞了，尋了個牯牛，滿身掛了銅錢哄他。那孔子一見便識破，道：『這分明是有錢的牛，卻怎的做得麟！』」

「有錢的牛」是應伯爵調侃西門慶的。西門慶的特點就是有錢。若按山東音，「有錢」反切為「嚴」一字。西門慶的原型，可能是嚴閣老，也有人說是小閣老。

金瓶人物的對話，主要是明代山東方言，很多詞彙能在現存口語中找到。而對話之外的白描，又像是官話。個別人物，某些曲子，並不使用山東話。書中出現的外地人，也不說山東話。這個蘭陵笑笑生，一定遊歷頗廣。

啊嗚笑問：照這樣說，笑笑生是哪一位？

「笑笑生」射「中麓子」。《說文》曰：「笑，从竹从犬。」笑是竹下犬，麓是林下鹿。

「那欣欣子呢？」

「欣欣子」射李開先。陶淵明曰：「木欣欣以向榮」，欣欣者為木，加子，為李。欣，笑喜也。就是開心。按戲曲音，李開心〔**sin**〕讀若李開先〔**sien**〕，畢竟他是戲曲大家。「蘭陵」射章丘。古詩曰：「蘭章忽有贈，持用慰所思。」蘭是蘭章，陵是丘。

啊嗚笑道：原來這蘭陵笑笑生，是章丘中麓子。

你猜這中麓子為何叫笑笑生？

啊嗚笑道：「太白說，且放白鹿青崖間，須行即騎訪名山，安能摧眉折腰事權貴，使我不得開心顏。」既然叫笑笑生，說明他開心顏，不必折腰權貴，早已騎鹿訪山。這不是罷官歸隱的李中麓麼。

「在金瓶中，出身清河縣本地的人物，對話時沒有兒化音。比如『兒、而、二』，在山東口語裡念：兒〔**rì**〕而〔**rì**〕二〔**rì**〕。此皆方言，至今依然。」

啊嗚忙問：那「二」和「日」有區別麼？

「二和日，山東都一個讀法，只是日字有塞音。不注意聽的話，可能覺得沒區別。今天的濟南，淄博，以及蒲松齡故居等地，二和日讀起來差不多。最重要的是，二和日的中古聲母都是日，區別在韻母脂質。蘇州話一般說『兩』，但讀二的時候像北方的日，

讀日又與娘紐相似，後來章太炎說……」正說著，忽見啊嗚攢眉蹙目，眼睛裡閃閃地泛上淚來，嘴巴張了張想說什麼，卻哇的一聲大哭起來。

淚巾頻遞手生麻，庭哭包胥為那嗟。

三楚有才參不透，風停雲落一江霞。

不知過了多久，這才慢慢止住悲聲。結結問時，卻不言語。過了一會，自笑道：無他事，只是傷心蔡孑民。蔡先生說，這葫蘆廟大火是甲申之難，而剛才你說，日讀若二，以此哭之。

「唉，在下愚鈍，不能悉究原委，啊嗚大人能否指點混沌？」

啊嗚嘆道：欸！還不是書中文字？記得葫蘆廟那回吧。原文是：

不想這日三月十五，葫蘆廟中炸供，那些和尚不加小心，致使油鍋火逸，便燒著窗紙。此方人家多用竹籬木壁，大抵也因劫數，於是接二連三，牽五掛四，將一條街燒得如火焰山一般。

你看此句「這日三月十五」，日和三是連著的，剛才說日讀若二，便是「接二連三」。後面還一個「牽五掛四」，所以「十五」後面還要再加個四。三月十五，再加四，乃是三月十九。三月十九，正是甲申之難。原來伏言千里，有時只似「隔花人遠天涯近」。

八大山人

世上有三樣尋常事最難得，曰：英雄一諾，傾城一笑，知音一嘆。

這次訪南昌青雲譜，只為見一些真跡。繪畫技巧與八大身世，說的人已經很多了。而畫作本身的含義，卻言者寥寥。如果文有文心，那畫應有畫外之音吧。尤其是八大以畫寫心，不為解釋，恐觀者失其本意。

八大山人有幾枚印章，俗稱屐形印。非也，乃「廿日」二字。倒過來看就是 。廿日即二十日，乃三月十九之翌日。

《說文》曰：「朚，翌也。从明亡聲。」故「廿日」者，朚也。

世所謂屐形，乃八大之明亡。曉得這枚印，就知道了紅樓夢的餞花神。

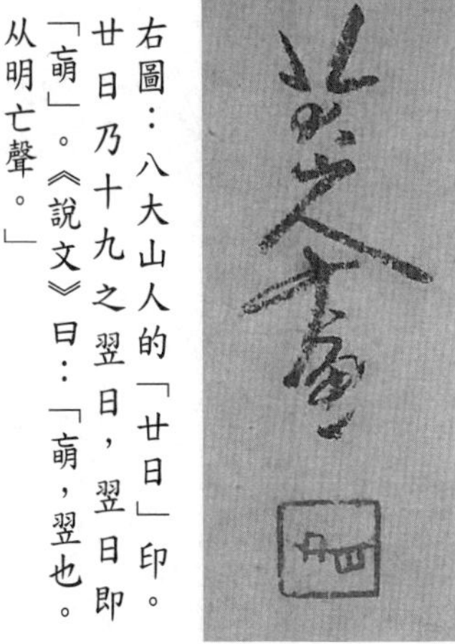

右圖：八大山人的「廿日」印。廿日乃十九之翌日，翌日即「朚」。《說文》曰：「朚，翌也。从明亡聲。」

青雲譜在南昌城南，四面環水，穿過一條水中堤，就來到觀門。門票憑證件領取，票面印了一幅山人畫，用作書簽很好看。

進得展廳，有兩幅鶴很顯眼。八大的畫多白眼步兵。但這兩隻鶴不僅是白眼，還是一個「明」字。青眸為日，眼瞼為月，合為明字。在金石鼎文中，會經常看到這種字形。不僅這兩幅，幾乎半數的白眼畫作，都是一個明字。

再細看鶴首，是用墨點成的輪廓，內外兩圈。外圈用了十筆，內圈用了九筆，便是「十九」。鶴喙用三筆畫成，為「三」。再加瞼眸的「日月」，合是三月十九日。

山人的畫，好比陶庵的夢，左右不

左圖：鶴首隱「三月十九日」

離故國，晚年尤好畫雁，蓋隱「舊國霜前白雁來」。畫鳥畫貓，筆劃也常用十九。比如這只飛鳥的翅羽，後用十筆，前用九筆。翅根有四道彎，三彎為三，一彎作月，合是三月十九。

三月十九的花押，很早就有人認出的，廣為人知。另一個，是三月十九拼成的「寫」字。裡面的「九」字，要從鏡像裡看。

弱冠之前，山人「善詼諧，喜議論，娓娓不倦，常傾倒四座。」三月十九之後，口吃不能言。一日，忽大書「啞」字於門，從此不和人說話，客來問訊，只以笑對而已。山人喜猜拳賭酒，贏了則笑啞啞，輸多了就拿拳頭笑捶贏者之背。喝醉之後卻常常嘆息落淚。邵長衡見過山人，他覺得山人的詩文，如晉朝人語。

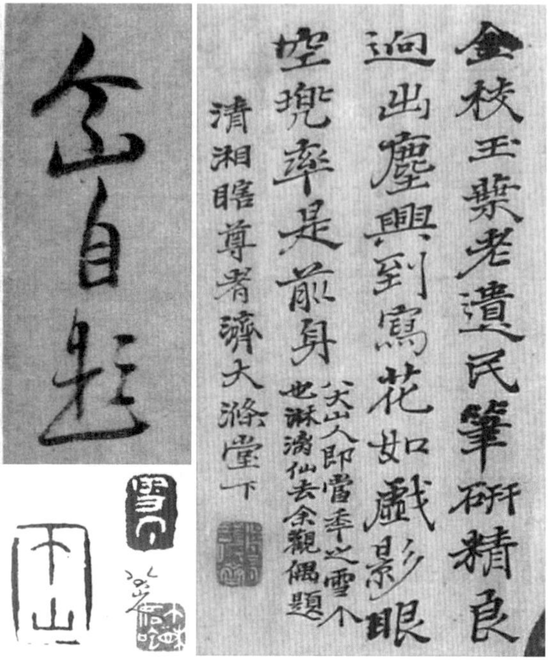

左圖：山人號「个山、雪个。」印章「个相如吃。」石濤說：「八大山人即當年之雪个也，淋漓仙去，余觀偶題。」落款：清湘瞎尊者濟大滌堂下。圖中「个山自題」的「題」字，是用「三月十九」拼成的。

山人號「个山」。「个」是古字，象形，竹子一枝。比如揚州的个園，就叫半竹園。「个山」二字書寫時，个與山字相連，象一枝孤竹，生於山上。孤竹君有兩個兒子，就是伯夷和叔齊，他們隱於首陽山，采薇而食。山人詩曰：「得本還時未也非，曾無地瘦與天肥。梅花畫裡思思肖，和尚如何如采薇。」所以，个山就是孤竹，他有枚「个相如吃」印，印文的个字，就刻成孤竹之形。

山人又號「个山驢」。曾自摩其頂曰：吾為僧矣，何可不以驢名？遂自號个山驢。蓋以禿驢自嘲。山人題畫曰：「沒毛驢，初生兔，劈破門面，手足無措。莫是悲他世上人，到頭不識來時路。」同是四畫僧之一的髡殘，想必最能體會山人此意。

石濤與山人合作過一幅竹石圖。八大畫蘭，大滌子畫竹。大滌子題曰：「金枝玉葉老遺民，筆硯精良迥出塵。興到寫花如戲影，眼空兜率是前身。」又注解道：「八大山人即當年之雪个也。」个是竹子。「雪个」是雪壓竹子，來自明太祖《詠竹詩》：「雪壓枝頭低，雖低不著泥。一朝紅日出，依舊與天齊。」

至於「八大」二字，只能猜測一下了。大概是山人作畫時用的筆法。八畫竹葉，大狀山河，是為孤竹之喻，而山人喻首陽，是為首陽孤竹。聊作一說。

左圖：青雲譜的孤竹。

《崇禎曆書》與錢花神

此篇用「萌」字，講「錢花神」乃三月十九日

方以智是非常聰明的人，不光音韻厲害，物理也了得。

（一）崇禎曆書

他說：「相傳地浮水上，天包水外，謬矣。地形如胡桃肉，凸山凹海。」真是妙喻。

他又講：「自徐玄扈奏立曆局，而《崇禎曆書》今成矣。」

徐玄扈就是徐光啟。他申請成立天文局，編纂新曆法的時候，伽利略正跪在羅馬教廷冰冷的石板上，被判終身監禁，著作也被禁止出版與重印。

而萬里之遙的中國，徐氏主持的這部《崇禎曆書》，用的正是西洋曆法。方以智對此書興致很高。對天文，他有著自己的理解。《物理小識》中，他從赤道、九重、歲差、地周、曆元、南北溫差諸多方面論證己意。有對也有錯，畢竟以智是地心說。而《崇禎曆書》包含了日心說。

《四庫全書》中，收錄了以智的《物理小識》，還有利瑪竇、徐光啟等人的著作。

其中《新法算書》一條中，紀昀寫道：「明大學士徐光啟，太僕寺少卿李之藻，光祿大夫李天經及西洋人龍華民，鄧玉函，羅雅谷，湯若望等所修西洋新曆也……光啟督成《曆書》數十卷，次第奏進。光啟病卒，李天經代董其事，又續以所作《曆書》及儀器上進……書末《曆法西傳》《新法表異》二種，則湯若望入本朝後所作，而附刻以行者。」《四庫簡目》又說：「其法實密於舊法，而格於門戶，不得立。入國朝後，乃用以布授時之典焉。」

方以智提到徐光啟編纂《崇禎曆書》，而四庫收錄的這本，已改叫《新法算書》。《崇禎曆書》用十年編成，經過八次測試，準確度勝過舊曆，準備明年頒行時，第二年三月十九日，明亡。湯若望改《崇禎曆書》為《西洋新法曆書》獻之新朝，又變換體格，演化出《時憲曆》。

康熙四年，鼇拜授意楊光先上《請誅邪教書》，興起「曆案」。湯若望入獄。欽天監李祖白、宋可成等中國官員被斬。殺頭的殺頭，流放的流放，有明一代積攢與培養的科學家損失殆盡。

後因楊光先所用回回曆錯誤頻出，才重新啟用《時憲曆》，也就是湘雲所說的《時憲書》。後來紫金山天文臺使用現代演算法，同時保留原曆特點，在此基礎上推出的新曆，俗稱農曆。西曆又稱公曆，以耶穌紀年，明清的傳教士在北京很活躍。《四庫提要》

也約略記載了一下曆法演變。既然有兩套曆法，那紅樓夢中的餞花神，是哪一天呢？

（二）餞花神

「國破山河在，城春草木深。感時花濺淚，恨別鳥驚心。」林黛玉這一哭，「那附近柳枝花朵上的宿鳥棲鴉，一聞此聲，俱忒楞楞飛起遠避，不忍再聽。」

至次日，乃是四月二十六日，原來這日未時交芒種節，尚古、風俗，凡交芒種節的這日，都要設擺各色禮物，祭餞花神。—第二十七回。這裡說「四月」。

只聽山坡那邊有嗚咽之聲，一行數落著，哭的好不傷感。聽他哭道：「三月香巢已壘成，梁間燕子太無情。——第二十七回」這一段又說「三月」。

長安道：怪哉！餞花神這天，前面說四月二十六日，後面又說三月香巢，到底是三月呢？還是四月呢？

脂硯齋道：「餞花神不論典與不典，只取其韻致生趣耳。」脂批又在諧謔。若無典，只說韻致生趣可也，何必說典與不典呢？此乃曆典。這餞花神，既是三月，又是四月。一個農曆，一個西曆。西元一六四四年四月二十六日，乃農曆三月二十日。

長安道：「好像比三月十九多了一天。」

多一天才是最神奇的，無錫博物館有一副對聯，出自錢大昕之侄錢坫之手。聯曰：

能消朚事成閒事，不薄今人愛古人。

長安道：「上聯有個字不易讀。」

「朚」同「忙」。《說文》無「忙」字，篆書忙字皆作朚。朚，从明亡聲。讀作忙。在《廣韻》中，「忙、朚、芒」三字同音，皆為茫小韻，莫郎切。故此，芒種節，就是朚種節。

朚，俗作忙，是為「風俗」。

《說文》曰：「朚，翌也」，是為「尚古」。

合起來就是「交芒種節，尚古，風俗。」這是作者的小提示，很貼心了已經。

朚，翌也，就是「明日」。書中說「至次日乃是四月二十六日，原來這日未時，交芒（朚）種節。」「次日」即明日，再加朚之翌日，就是「明日復明日」乃是四月二十六日，這裡多了一天。

「這日未時」交芒種節。即未到之時。那麼餞花神之日，應當減去一天，乃是四月二十五日。

西元一六四四年四月二十五日，乃是農曆三月十九。

若不減一天，亦是廿日，廿日乃八大之明亡。圖為八大山人「廿日」印，十九之翌日，乃「崩」也。

林黛玉舉止皆是詩。

眾人作餞花會時，獨有黛玉因夜間失寐，故懶起梳妝，卻說「看那大燕子回來，把簾子放下來，拿獅子倚住。」這是晏殊的「無可奈何花落去，似曾相識燕歸來」。

黛玉來到沁芳橋，看各色水禽池中浴水，認不出名色，站住看了一回。這是「相親相近水中鷗」。

黛玉來尋寶玉，卻見寶釵進了怡紅院，過了會子來叩門，這是「金闕西廂叩玉扃」。晴雯也不問來者誰，偏不通報，又反用了「轉教小玉報雙成」。

黛玉生氣了，待要高聲問他逗起氣來，又回思自己無依無靠，現在他家依棲。這是「誰見幽人獨往來，縹緲孤鴻影」。

正是回去不是，站著不是，只聽裡面一陣笑語之聲。細聽一聽，竟是寶玉寶釵二人。林黛玉心中亦發動了氣。這是「牆外行人，牆裡佳人笑，多情反被無情惱」。

越想越傷感，也不顧蒼苔露冷，花徑風寒。這是「點蒼苔白露泠泠。」

獨立牆角邊花陰之下，悲悲戚戚，嗚咽起來。射宋詞「獨立花陰寶砌。」諧音格，被寶砌（氣）的。

原來這林黛玉秉絕代姿容，具稀世俊美，不期這一哭，那附近柳枝花朵上的宿鳥棲鴉，一聞此聲，俱忒楞楞飛起遠避，不忍再聽。這是「感時花濺淚，恨別鳥驚心」。

那林黛玉倚著床欄杆，兩手抱著膝，眼睛含著淚，好似木雕泥塑的一般，直坐到二更多天方才睡了。這是「美人捲珠簾，深坐顰蛾眉。但見淚痕濕，不知心恨誰。」

五十五回：時屆孟春，黛玉又犯了咳症。真是「乍暖還寒時候，最難將息」。

四十五回，黛玉作《秋窗秋雨夕》，好似李易安的「守著窗兒，獨自怎生得黑！梧桐更兼細雨，到黃昏、點點滴滴」。

關於化用詩句，脂批也有點評。第二十五回：黛玉便倚著房門出了一回神〔甲側：所謂「閑倚繡房吹柳絮」是也。〕信步出來看階下新迸出的稚筍〔甲側：妙妙，「筍根稚子無人見」，今顰兒一見，何幸如之。〕

《幽夢影》說：「美人者，以花為貌，以鳥為聲，以月為神，以柳為態，以玉為骨，以冰雪為膚，以秋水為姿，以詩詞為心，吾無間然矣。」

以花為貌：黛玉「閒靜時如嬌花照水」。

以鳥為聲：那鸚哥便長嘆一聲，竟大似林黛玉素日吁嗟音韻。

以月為神：月明林下美人來。

以柳為態：黛玉「行動時似弱柳扶風」。

以玉為骨：乳名黛玉。

以冰雪為膚：偷得李蕊三分白，借得梅花一縷魂。

以秋水為姿：「病如西子勝三分。」欲把西湖比西子。

以詩詞為心：詩社中，瀟湘妃子為第一。

吾無間然矣。

冒辟疆曰：「合今古靈秀之氣，庶幾鑄此一人。」

林黛玉一舉一動，一笑一顰，都是從古代詩詞中化來的。幽夢影所言之美人，唯林黛玉可當之。作者寫黛玉，筆筆皆精，真正下了筆力，用了功夫，費了神思，遠勝其他人物。黛玉不使小性子時，說的話都是金口玉言，都是書中線索，一反駁便違了作者的意。

黛玉有三次獨立。兩次獨立花陰，還一次是「鼇背三山獨立名」。「獨立」是黛玉

特有的詞彙，所謂「北方有佳人，絕世而獨立。」

楚辭有香草美人，三生石畔有絳珠草一株，脫卻草胎木質，修成女體。這是「惟草木之零落兮，恐美人之遲暮。」

小孩子看紅樓，遇到詩詞皆跳過，其實書中的白話，也是從詩中得來的。

書中第八回：（因問：「下雪了麼？」地上婆娘們道：「下了這半日雪珠兒了。」……可巧，黛玉的小丫鬟雪雁走來，與黛玉送小手爐。）

寶玉問下雪，對方說是雪珠兒。雪珠不是雪，而是霰。唐詩云：「月照花林皆似霰，空裡流霜不覺飛。」這裡以雪珠兒射「霜」字。

書中說「雪雁走來」，又得「雁、來」二字。雪雁，即「白雁」。

（黛玉因含笑問他：「誰叫你送來的？難為他費心，那裡就冷死我了。」雪雁道：「紫鵑姐姐怕姑娘冷，使我送來的。」）

紀曉嵐曰：漁洋評陳元孝詩有「江晚多芳草，山春有杜鵑」句，以「江晚」比明末，「山春」比本朝，以「芳草、杜鵑」比遺老。——《瀛奎律髓刊誤》

在紀昀筆下，紫鵑乃是故國之人。再加前文中的「霜、白雁、來」等字，雪雁送手爐，就變成了「故國霜前白雁來」。

老杜詩：「殊方日落玄猿哭，舊國霜前白雁來。」沈夢溪《筆談》引作「故國」，而原詩為「舊國」。蓋上句已有「殊、哭」二字，故下句不用「故」，以諧韻律。沈括單引一句，所以改作「故」。

作者寫黛玉，句句都是詩，縱使尋常白描，也是好看煞人。素辭雅意，好似才人口中的「澹懷如雪，奇致若雲」。

古今人物通考

「江山終似負心人，離朕去兮遙不返。」

《古今人物通考》出現在第三回。

黛玉道：「無字。」寶玉笑道：「我送妹妹一妙字，莫若『顰顰』二字極妙。」探春便問何出。寶玉道：「《古今人物通考》上說『西方有石名黛，可代畫眉之墨。』」

「黛與顰」寫在一起的，如《西廂記》中：「眉黛青顰」。如唐伯虎的：「狼藉桃花病酒身，黛筆難描滿額顰。」而將「顰黛」與故國聯繫起來的，則是唐代李群玉的《黃陵廟》：

小姑洲北浦雲邊，兒女啼妝自儼然。
野廟向江春寂寂，古碑無字草芊芊。
風回日暮吹芳芷，月落深山哭杜鵑。
猶似含顰望巡狩，九嶷如黛隔湘川。

紀曉嵐應看過這首詩，他寫黛玉從不離湘江二妃。古碑無字，黛玉也無字。妃子哭，黛玉也哭。深山哭杜鵑，黛玉丫鬟就叫紫鵑。舜命夔奏樂時「鳳凰來儀」，而黛玉居所叫「有鳳來儀」。舜南巡不歸，葬於蒼梧之野，蒼梧在瀟湘九嶷，故「有鳳來儀」改名為：「瀟湘館」。

寫黛玉就是寫瀟湘二妃，寫瀟湘二妃就是寫舜，天啟帝曰：「吾弟當為堯舜」。

如何寫一個歷史人物？寫其喜，寫其憂，寫其愛，寫其憎。寫其善，寫其乏。

黛玉是蘇州人，卻隨父在揚州。蘇揚二州對黛玉太重要了，每思念家鄉，睹故里風物，便黯然神傷。所以這瀟湘二妃，是來自蘇揚之人。是誰呢？

周皇后是蘇州人，田貴妃是揚州人。

好理解麼？打個比方，寫朝雲而知蘇軾，寫桃葉而知獻之，寫芸娘而知沈復。寫湘妃而知帝舜。寫一個人，不必直書其名，可以轉寫其情之所鍾。這種方法，就是劉彥和的「附會」之法。凡夫見附會二字，如洪水猛獸，避之不及。老紀偏用附會之法，點化出一個絕代人物，是以，才士運筆，俗規告退。

子建看子桓，只是「陛下臨軒笑」，曾經兄弟，遙望難及。熹宗初即位，信王尚年幼，忽問：「皇帝這個官兒我可做得否？」熹宗說：「我做幾年時，當與汝做。」天啟七年，熹宗病篤，招信王榻前曰：「來，吾弟當為堯舜」。

寫黛玉頻寫瀟湘二妃，寫二妃只為寫周后田妃，寫周后田妃，便是當年那句「吾弟當為堯舜」。

前八十回中，黛玉私祭，用了一張小琴桌，有琴桌必有琴。

欲寫和靖，可以寫梅鶴。欲寫顏淵，可以寫簞瓢。欲寫諸葛，可以寫《梁甫吟》。欲寫黛玉，可以寫琴。「甲申春，烈皇帝宴坐便殿，鼓翔鳳之琴，中曲而七弦俱絕，龍顏不怡良久。未逾月而有煤山之變，其琴流落人間，濟南李家購藏之。－陳恭尹《烈皇帝御琴歌序》」

黛玉十七年憂國如病，常食用燕窩粥。書中說：「你方才說叫我吃燕窩粥的話，雖然燕窩易得，但只我因身上不好了，每年犯這個病，也沒什麼要緊的去處……」

欲寫季鷹，可以寫蓴鱸。欲寫陸績，可以寫懷橘。欲寫聖嘆，可以寫花生與豆干。欲寫黛玉，可以寫燕窩粥。《崇禎宮詞》曰：「淩晨催進燕窩湯，佩欓鳴薑出膳房。為是酸鹹要調劑，上方滋味許先嘗。」

五十五回：時屆孟春，黛玉又犯了咳症。

欲寫大禹，就寫禹步。欲寫西子，就寫掩心。欲寫相如，就寫病酒。欲寫黛玉，就寫咳症。蔣德璟《愨書》載：「上連日苦咳，一發輒數十聲，面赤氣逆，太醫諸方不效。

因召對議邊事。」

第四十回：黛玉笑道：「當日聖樂一奏，百獸率舞，如今才一牛耳。」眾姐妹都笑了。

第四十一回：林黛玉忙笑道：「可是呢，都是他一句話。他是那一門子的姥姥，直叫他是個『母蝗蟲』就是了。」說著大家都笑起來。

欲寫武穆，就直搗黃龍府。欲寫放翁，有鐵馬冰河夢。欲寫霍將軍，卻道：匈奴未滅，何以家為。是黛玉刻薄了母蝗，還是母蝗原本可憎呢。書中寫劉姥姥，明裡是惹人笑的莊稼人，求門叩府狀似可憐。卻暗用金聖嘆草蛇灰線法，斷斷續續，總有「笑、莊」二字與老劉黏連相隨。何謂笑莊？就是給洪經略送參湯的那個笑莊。貌似母蝗蟲，實為黃龍府。搗之猶可，豈避譏之。

黛玉說迎春是「虎狼屯於階陛尚談因果。」黛玉說探春是「用兵最精的。」黛玉湘雲誇妙玉是「詩仙」。這是作者借黛玉抒發己見，乃書中之定論。黛玉誇過的，一定是好人。黛玉厭惡的，一定不是好貨。黛玉在書中就是金口玉言。黛玉是作者傾力書寫的人物，定要明白他在書中的位置，才能明白黛玉的話。

若無鹽課林老爺，便寫不得蘇州與揚州，不寫蘇揚，便寫不得周后與田妃，不寫二妃，便寫不得瀟湘，不寫瀟湘，就寫不得瀟湘妃子，瀟湘妃子就是黛玉，黛玉就是瀟湘妃子。作者一開始就將答案說出來了，需要的只是恍悟罷了。這便似阿寶他爹說的：「最

大的秘密，就是沒有秘密。」那為何黛玉姓林呢？《爾雅》曰：「林，君也。」

雖然六下罪己詔，可這江山竟像負心人，去而不返了。黛玉為何自幼多病？《桃花扇》云：「十七年憂國如病，傷心煞煤山私幸，白練無情，送君王一命。」兩株枯木為林。林，君也。玉帶林中掛，金簪雪裡埋。

黛玉寫字時避諱「敏」字。這是正文唯一提到的避諱。或曰：因其母叫賈敏，所以避諱，正如老杜不詠海棠。然《說文》九千餘字，賈敏為何名「敏」，而不名以其他呢？《說文》徐鉉反切曰：「敏，眉殞切。愍，眉殞切。」敏讀作愍，眉殞即煤殞，愍帝殞於煤山。敏比愍少兩筆。故雨村說：「遇著敏字，又減一二筆。」敏字，已經被減一二筆了。

煤山之煤與眉字相諧。「《古今人物通考》上說西方有石名黛，可代畫眉之墨。」出自那裡呢？《說文》曰：「黱，畫眉也。从黑朕聲，徒耐切。」段玉裁注：「畫眉墨也，依小徐有墨字，玉篇作黑。黱者，婦人畫眉之黑物也。釋名曰：黛，代也，滅眉毛去之，以此畫代其處也。服虔、劉熙字皆作黛，不與許同，漢人用字不同之徵也。黛者，黱之俗。」

黱的俗字為黛，畫眉之物，出自《說文》。既出自《說文》，為何又說出自《古今「人物」通考》呢？

「物人」反切為「文」。《說文》序曰：「倉頡之初作書，蓋依類象形，故謂之文。其後形聲相益，即謂之字。」文與字本是同源。因此《古今「人物」通考》即《古今「文字」通考》，俗稱《說文解字》，漢太尉南閣祭酒許慎撰。

漯河市許南閣祠有副對聯，是語言學家周祖謨所題，聯曰：

考文字之本源，存古留真，誠乃儒林楷式。

標詁訓之旨趣，探微索隱，允推漢學宗師。

回思上世紀周先生參加陳寅恪對對子考試的情形，再看此聯，真是有趣得很吶。

附註：

林既為君，為何林之孝家的也帶林字？寶玉道：「憑他是誰，除了林妹妹，都不許姓林。」是以，紅樓一書，唯有黛玉姓真林。

十七年憂國如病

桃花扇云：「十七年憂國如病。」第四十五回，黛玉說自己十五歲，到第八十回時，黛玉是十七歲。此將時間點列出。

四十五回：黛玉嘆道：「我長了今年十五歲。」脂批：「黛玉才十五歲，記清。」

四十八回：書曰：（展眼已到十月。）十月。

第五十回：蘆雪广爭聯即景詩。雪季。

五十三回：寧國府除夕祭宗祠。黛玉十六歲矣。

五十五回：（時屆孟春，黛玉又犯了咳症。）孟春。

五十八回：（可巧這日乃是清明之日，賈璉已備下年例祭祀。）清明。

六十二回：湘雲醉臥，芍藥花開之月。

六十四回：黛玉七月私祭，「春秋薦其時食」。七月。

黛玉祭祖，乃用「龍文鼒」。《周頌・絲衣》曰：「鼐鼎及鼒。」此為宗廟之器。

六十六回：（誰知八月內湘蓮方進了京。）八月。

六十九回：（那日已是臘月十二日，賈珍起身。）臘月。

第七十回：桃花社，柳絮詞。此時黛玉已十七歲。

七十一回：（因今歲八月初三日乃賈母八旬之慶。）三十九回時，劉姥姥自稱「我今年七十五了」。賈母向眾人道：「比我大好幾歲呢。」彼時賈母剛過七旬，此回賈母已八旬，這三十回之間，數年已過。此一回，已至八月。

七十六回：（中秋夜大觀園即景聯句三十五韻。）中秋。

七十九回：迎春出嫁，金桂入薛，寶玉養病百日。已過冬至。之後又是三日，又是兩日，轉眼一年將盡矣，黛玉將過十七歲，行文已至八十回。

你的名字

古人有名也有字，「名以正體，字以表德。」字，往往是名的延伸，或進一步解釋。例如：

紀昀，字曉嵐。昀者，日光也。曉者，明也，日出也。都與太陽有關。

錢大昕，字曉徵。《說文》：「昕，旦明，日將出也。」所以他字曉徵。徵者，證驗也。

戴震，字東原，見於易經。《說卦》：「萬物出乎震。震，東方也。」

字與名有關，近代毛潤之，蔣介石，亦是如此。在紅樓夢中，大觀園即太虛幻境，寶玉在可卿榻上夢太虛，而可卿臥房有秦太虛的對聯。《宋史》曰：「秦觀，字少游，一字太虛，揚州高郵人。」

秦觀雙字，若作「觀國之光」講，為少游。若作「大觀在上，中正以觀天下」講，為太虛。太虛者，天也，宇宙也。秦觀字太虛，所以大觀園即太虛幻境。

林黛玉，字顰顰。黛字古作騰，《說文》：「騰，畫眉也。」《說文》：「顰，涉水顰蹙。」涉水之時有難色，顰眉蹙頞，曰顰。黛玉為何涉水皺眉？化自李易安詩：「至今思項羽，不肯過江東。」前文說過，黛玉是明思宗。思宗不肯過江遷都，因為面子。項羽不肯過江，亦是面子。霸王曰：「縱江東父老憐而王我，我何面目見之。」遂自刎烏江。一個顰字，是借李易安詩喻思宗殉國。

思宗諡號愍，黛玉避諱寫作敏，比愍少兩筆。諡號本不用避諱，但要避禍，所以紅樓不會明寫愍字。再者，紀曉嵐任福建學政時，突然上書，請求諡號也避諱。當然不可能，他自己也知不可能，可他為何這樣做呢？這就知不道了。

吾弟當為堯舜

本書多次引用「吾弟當為堯舜」，這句話有兩個來源，一是明末遺臣筆記，再是《紀曉嵐文集》。

紀昀《明懿安皇后外傳》：「熹宗方悟，召信王入受遺命。信王欲辭，忽見皇后淡妝靚服，出自屏後，遽白信王曰：『皇叔義不容讓，且事急矣，恐有變，宜遂謝恩。』王乃拜命。帝勉以當為堯舜之君，且言魏忠賢可大任……」

紀曉嵐無書不讀，尤好稗官小說，不僅喜歡看，還自己動手寫。因文字獄毀書，有些史料大概只有紀石雲看過，紅樓夢正反皆可讀，脂批曰：「非石兄斷無是章法行文，愧煞古今小說家矣。」這是紅樓不同於其他稗史的地方。若將黛玉比堯舜，很多情節即可貫通。

一、黛玉私祭用龍紋鼒。

二、黛玉喝茶用堯舜寶甕。

三、黛玉的書房在劉姥姥眼裡，「竟比那上等的書房還好。」就是比「上書房」還好。

四、黛玉號瀟湘妃子，隱舜。

五、瀟湘館，又名「有鳳來儀」。化自「鳳凰來儀」，出自《尚書．益稷》，舜命夔奏樂時的情形。

六、黛玉道：「當日聖樂一奏，百獸率舞。」出自《史記．夏本紀》：「鳥獸翔舞，簫韶九成，鳳皇來儀，百獸率舞。」紀昀《仲春上丁習舞賦》：「皇取象於鳳儀，施寓形於獸舞。」

七、黛玉說：「平章」，出自《堯典》。

作者寫黛玉，時時寫堯舜，只因熹宗說：「吾弟當為堯舜」。董老師說：「不管讀者怎麼看黛玉，他都是作者傾力書寫的花中之蕊。」黛玉乃閬苑仙姝，而靈修美人，以媲於君。

鳳姐兒

可卿爬灰心自苦，阿鳳食尿味終鹹。

很多人喜歡假設，但歷史沒有假設，除非是平行世界。於是有人問：「有機會，你給崇禎說什麼話？」

于先生答：「會有很多人勸你別抓魏忠賢，別聽他們的。」

崇禎上臺第一個收拾的，就是魏忠賢。前文講了，黛玉是明思宗，那賈府中誰是魏公公呢？當年大禹在塗山會盟諸侯，防風氏後至，禹殺而戮之，其骨節專車。而黛玉初至榮府，諸姊妹皆至，最後來的那一個，就是魏忠賢。所謂：

「我來遲了，不曾迎接遠客。」

防風後至，殺／其骨節專車。

鳳姐遲到了，這正是：莫學防風隨後到，蠷兒榮府會諸侯。何謂「蠷兒」？「猶似含蠷望巡狩」，「吾弟當為堯舜」也。所謂「哭向金陵事更哀」，從阿鳳一出場就結局已定。

曹操令人造園子，造成後，曹操往觀，也不置褒貶，只取筆於門上書一「活」字而去。人皆不曉其意。楊修說：「門內添活，乃『闊』字也，丞相嫌園門闊耳。」

寶玉飯後閒逛，看到鳳姐蹬著門檻子，拿耳挖子剔牙。——猜一個字。

（非博物館中牙籤耳挖一體者，原文是耳挖。）

耳挖子本應掏耳髓，拿來剔牙，乃是腌臢。腌臢之人蹬門檻子，乃一個「閹」字。

腌的偏旁月（肉）哪去了？可以猜一猜。

鳳姐拗造型，擺了一個字謎，六書之中屬「會意」。這寶玉無事閒逛，就遇到了一個大宦官。

鳳姐娘家人是王子騰，《說文》曰：「騰，犗馬也。」故王子騰也是璫黨羽翼。這王家可謂宦官世家。

判詞曰：「凡鳥偏從末世來，都知愛慕此生才。一從二令三人木，哭向金陵事更哀。」

這判詞怎麼解？先要看紀曉嵐的故事。

話說紀曉嵐做翰林時，有個小內豎讓他講笑話，紀昀道：「從前有個人。」然後不吭聲，盯著小門豎看。小宦官納悶，問道：「下面呢？」紀曉嵐道：「下面沒有了。」

大內的老總管聽說了，正巧遇著紀曉嵐，就出上聯道：「小翰林，穿冬衣，執夏扇，一部春秋曾讀否？」紀曉嵐道：「老總管，生南國，來北方，那個東西還在麼？」

「鳳」無鳥為「凡」，下面沒有了。故「凡鳥」者，諧謔也，借嵇喜之事而藏新謎。《說文》曰：「賢，多才也。」故「都知愛慕此生才」隱「賢」字，喻群臣附璫。「一從二令三人木」乃「檢」字，抄檢之檢。許多人這樣說。但最早是一九四七年《北平日報》譏盧講的。一九八二年政法系學生張儉亦執檢說。

護官符注：「都太尉統制縣伯王公之後。」「都太」反切為代，書中說「早有大明宮掌宮內相戴權。」即「代權」。脂批曰：「大權」。「制統」反切為忠。故「尉統制縣」即「尉忠縣」。將阿鳳比作曹操者，以阿瞞封「魏公」之故。乃影射。阿鳳不僅影寫一人，亦兼寫魏武，故阿鳳時有英雄氣。作者寫阿鳳，不只為諷刺，亦借阿鳳抒發己意，故阿鳳時常詼諧。

寫阿鳳又用反主為客法，故阿鳳反被夏太監勒索，不得已當了金項圈，借賈璉鳳姐之口道出閹黨之惡。寫阿鳳又寫其治事之能，頗有張居正等人風範。鳳姐並非一人，乃是秉正邪二氣之人物，應運劫而生者。故其人亦正亦邪，奸雄而能臣。

古人評三國：恨曹操，罵曹操，曹操死了，想曹操。

王昆侖評紅樓：恨鳳姐，罵鳳姐，不見鳳姐，想鳳姐。

鳳姐和曹操一樣，都有頭風病。晴雯病了，寶玉命麝月從璉二奶奶那裡討了西洋貼頭疼的膏子藥，叫作「依弗那」，貼在兩太陽上。麝月笑道：「病的蓬頭鬼一樣，如今貼了這個，倒俏皮了。二奶奶貼慣了，倒不大顯。」二奶奶就是阿鳳，阿鳳貼慣了頭疼藥膏子的，只是未逢華佗。

曹操也像鳳姐。陳琳《為袁紹檄豫州文》曰：「操贅閹遺醜，本無懿德。」阿瞞之父曹嵩，過繼給了宦官曹騰。故陳琳指陳其事。孟德時患頭風，覽檄文後被文辭震撼，一身冷汗，頭痛居然好了。後來冀州城破，陳琳被捉，操問：「汝前為本初作檄，但罪狀孤可也，何乃辱及祖耶？」琳答曰：「箭在弦上，不得不發耳。」操憐其才，乃赦之，命為從事。

鳳姐娘家人叫王子騰，阿瞞祖父是曹騰。定是老紀有意為之。只是阿瞞有容才之量，阿鳳多妒賢之能。當然了，和夏金桂的妒意是沒法比的。

說一千，道一萬，阿鳳一角，非為一人而作也。讀的是鳳姐，其實是阿瞞吶，其實是張居正，其實是作者，其實是代權，其實是魏公公，其實是福王。

護官符曰：「東海少了白玉床，龍王來請金陵王。」古文玉字無點，形似王，故白玉為皇。福如東海，又金陵王，此為福王。

「哭向金陵事更哀」，乃言魏黨餘孽，葬送南明。一個朝代至此已完結。《桃花扇》云：「建帝飄零烈帝慘，英宗困頓武宗荒，哪知還有福王一，臨去秋波淚數行。」哭向金陵之哭，不僅為鳳姐之哭，亦為作者歷史之嘆。

賈母說：一家子十個兒子，娶了十房媳婦。唯有第十個媳婦聰明伶俐，心巧嘴乖，公婆最疼。剩下九個委屈啊，去閻王廟燒香，問「為什麼單單的給那小蹄子一張乖嘴，我們都是笨的。」正巧孫行者路過，道出原委，「那日你們妯娌十個托生時，可巧我到閻王那裡去的，因為撒了泡尿在地上，你那小嬸子便吃了。你們如今要伶俐嘴乖，有的是尿，再撒泡你們吃了就是了。」說畢，大家都笑起來。鳳姐道：「幸而我們都是笨嘴笨腮的，不然也吃了猴尿了。」

賈母曾管阿鳳叫猴兒，「吃了猴尿」射「味終鹹」。《本草綱目》曰：尿，味鹹。

十個媳婦的嘴，都不如一個人。鳳姐能者多勞，飾演歷代掌權者。一人飾十角，一個內璫一福王，其餘若非閹老，亦是代權。冰山雌鳳化自楊國忠之典，這正是：炙手可熱勢絕倫，冰山易融事更哀。福王欲效此間樂，梟鳥已棲鳳凰臺。

李白道：「我本楚狂人，鳳歌笑孔丘。」鳳姐小名「鳳哥兒」，即「鳳歌」。熙鳳者，鳳兮也。《鳳歌》曰：「鳳兮鳳兮，何德之衰，往者不可諫，來者猶可追。已而已而，今之從政者殆而！」

世之從政者，庶幾可以熙鳳為鑒也。

〈寒食帖〉

妙玉的茶具上，有一行小真字「宋元豐五年四月眉山蘇軾見於秘府。」

蘇軾，號東坡。東坡這個號，來源於湖北黃州。宋元豐五年的時候，蘇東坡在黃州任團練副使，寫了首《寒食詩》，後來書寫成帖，就是有名的《寒食帖》。帖子曾收藏於紫禁城三希堂，現存於臺北故宮博物院。

元豐五年的時候，蘇東坡還在黃州呢，不可能跑到秘府裡去鑒賞一件茶具。倒是紀曉嵐有可能在秘府裡看過蘇軾的帖子。所以說，這裡要有個句讀，應是：

「宋元豐五年四月眉山蘇軾，（句讀）見於秘府。」

見於秘府的是紀曉嵐，他見到的是「宋元豐五年四月眉山蘇軾」的《寒食帖》。

「宋元」之後隱「明」字。

簡體字「丰」是個古字，與繁體字「豐」在古代相通，段玉裁說：「丰、艸盛豐豐也，與豐音義皆同。」「丰」拆字為十二，再加「五年」，就是十七年。四月同餞花神之四月，乃是西曆，合農曆三月。是以「宋元豐五年四月眉山蘇軾」，即為：明十七年三月煤山東坡。

煤山東坡乃明思宗殉國處。

在《交叉小徑的花園》中，間諜余准為了傳遞「亞伯特城」的消息，槍殺了漢學家「斯蒂芬．亞伯特」。因此柏林轟炸了亞伯特城。「柏林的頭頭破了這個謎。他知道在戰火紛飛的時候我難以通報那個叫亞伯特的城市的名稱，除了殺掉一個叫那名字的人之外，找不出別的辦法。」

這也是妙玉茶具上出現「眉山蘇軾」的原因。在那個文罟遍地的時代，我難以通報那個叫煤山東坡的地方，除了寫下一個叫那名號的人之外，找不出別的辦法。

右圖：集東坡筆帖成紅樓句。

東坡說：「書畫於人如過眼雲煙」。三希堂的畫，今天已流散各地。紀曉嵐擅長考據，當他寫下寶玉奇特的裝扮時，他定知畫像流傳之後，寶玉的服飾是可考的。同樣，《中秋帖》上的「至寶」，《寒食帖》記載的時間，也會流傳世間，有緣得見，即知紅樓。

絳珠生魂

《閱微草堂筆記》有一則獨立花陰的故事，用詞習慣與紅樓相同，錄之於此，以相比看。

舅氏張公健亭言，滄州牧王某，有愛女嬰疾沉困，家人夜入書齋，忽見其對月獨立花陰下，悚然而返，疑為狐魅托形，嗾犬撲之，倏然滅跡。俄室中病者曰：頃夢至書齋看月，意殊爽適，不虞犬至，幾不得免。至今猶悸汗。知所見乃其生魂也。醫者聞之，曰：是形神已離，雖盧扁莫措矣。不久果卒。——《如是我聞》

故事裡有兩個詞語，一是「獨立花陰」，二是「生魂」。這兩個詞，在紅樓夢裡都是用來寫黛玉的。

獨立花陰有兩次，一是第三十四回：「可巧遇見林黛玉獨立在花陰之下。」另一次是餞花神的前一天，第二十六回：「也不顧蒼苔露冷，花徑風寒，獨立牆角邊花陰之下，悲悲戚戚，嗚咽起來。」「獨立花陰」化自宋詞的「獨立花陰寶砌」，獨立是黛玉的特徵。

閱微的用詞「生魂」，也用來寫過黛玉。

第五回：「一見了寶玉，都怨謗警幻道：『我們不知系何貴客，忙的接了出來。姐

姐曾說，今日今時必有絳珠妹子的「生魂」前來遊玩，故我等久待，何故反引這濁物，來污染這清淨女兒之境？』」

絳珠妹子就是黛玉，生魂前往的地方是太虛幻境，卻是個夢境。前文講過，入夢的臥室有秦太虛的對聯，秦觀，字太虛。所以這太虛夢境就是大觀園。換句話說，這些歷史人物能夠跨越時空，跨越地域交織在這大觀園中，全都是夢的作用。

夢是寫作手法，不用夢境的話，就無法打破時間與空間的界限。夢在這裡就是神思，所謂「寂然凝慮，思接千載。悄焉動容，視通萬里。」不必拘於一家一園、一圃一苑，這些都可以是象徵，在歷史中本有各自的歸屬，但作者卻將其聚於一家一園之中，使之互相交織，彼此聯繫，寫作目的就很明顯了，這是要「網羅天下放失舊文，原始察終，見盛觀衰。」而書中包羅萬象，以至今人嘆為古代百科全書，這又是「以拾遺補藝，成一家之言。厥協六經異傳，整齊百家雜語。」雖是作小說，卻是與龍門爭勝，不必藏之名山，自能流傳市井。

聖嘆說：「文章最妙，如獅子滾繡球。獅子放出渾身解數，滿棚人看獅子，眼都看花了，獅子眼自射球。左盤右旋，如此滾，如彼滾，實都為球也。《左轉》《史記》純是此法。」《石頭記》亦純是此法。

滿棚人看石頭記，眼都看花了，卻不識作者是一代通儒，他是要「究天人之際，通古今之變，成一家之言。」

很難將此書歸於哪一家，因為境界沒有門戶之分。諸葛臥隆中，乃是隱士。及其辭廬匡劉，縱橫，點兵，守城，善辯，不拘一格。後至蜀地，令嚴如法，懷遠若儒，陣通陰陽，論事原道，神乎其德，而赤子其誠。這種天下至誠實在難得，而頑石卻更像普通人。

頑石與悟空相似。猴王未修道之前，祖師問：「既是逐漸行來的也罷，你姓什麼？」猴王又道：「我無性，人若罵我，我也不惱，若打我，我也不嗔，一生無性。」等到學會七十二變，上天入地無所不能時，偏又遭弼馬之辱。自以為跳出五行外，及其大鬧了天宮，又囿於五行之山。妖怪一喊「弼馬溫」，必然暴跳掣棒，一決雌雄。

人之初，本赤子，而「人生識字憂患始」。調和心猿，談何容易。韓非孤憤而著書，紅樓夢著書之端，應在那首荒唐詩裡。其詩曰：

女媧煉石已荒唐，（世實需才，亦實憎才。）
又向荒唐演大荒。（此地有唐代北庭都護府遺址。）
失去幽靈真境界，（紀昀幼年夜能視物，人言火精下凡。）
幻來親就臭皮囊。（紀昀曰：蓋嗜欲日增，則神明日減。）

好知運敗金無彩，（金者，運也。玉者，時也。）

堪嘆時乖玉不光。（柳敬亭云：「運去黃金減價，時來頑鐵生光。」此句反用其意。

紀曉嵐詩曰：「地爐松火消長夜，且喚詼諧柳敬亭。」）

白骨如山忘姓氏，（懷金悼玉者，傷時閔世也。）

無非公子與紅妝。（紀昀詩曰：「萬古青山終泐盡，只應鐵骨不成塵。」）

紅樓夢之中，最不掩飾情感的果然還是詩。在世事歷練之中，頑石由質樸通靈到博觀精思，終成圓照之象，又化作了這本《石頭記》。

詩裡藏詩

紅樓夢一書，詩裡藏詩，聯裡藏聯，比如書中第五回。（寶玉）正胡思之間，忽聽山后有人作歌曰：

春夢隨雲散，〔脂批：開口拿春字，最要緊。〕

飛花逐水流。〔脂批：二句比也。〕

寄言眾兒女，

何必覓閒愁。〔脂批：將通部人一喝。〕

詩很一般，脂硯卻連下三條評語，且說「拿春字最要緊」。此詩既不藏頭，又不藏尾，「拿春字」做什麼？批語的關鍵，不在「春」字，而在「拿」字。《說文》曰：「拿，牽引也。」五言詩若牽引，必然詩裡藏詩。「流愁」二韻不動，二仄尾亦不動。兩句為一比〔脂批：二句比也。〕，依律索之，另得一首七言詩：

春夢飛花隨水散，水隨花夢逐雲流。

覓愁何必言兒女，眾女閑兒必寄愁。

前兩句不打緊，關鍵是後兩句：「覓愁／何必／言兒女，眾女／閑兒／必寄愁。」若要覓恨尋愁，何必去寫兒女之事呢？既寫眾多女子，又寫無所事事的閑兒（寶玉），必然寄託深意。脂硯說：「此書不要看正面。」料看脂批亦如是。

作者所寄何愁？《紀曉嵐文集》中有些貞女烈婦之詩。縱覽紀文可見，無論男女之烈，紀昀都會讚頌。如史可法，黃淳耀，孫傳庭，熊廷弼、孫承宗等，面對他們的氣節，紀昀是五體投地的。只因時局艱難，難以歌頌英雄，這種心情就反應在這些貞烈詩中。袁枚說「美人自古如名將」，如果不能歌詠名將，那就讚揚美人吧，這也是石頭記的寫作手法。《石頭記》提到三生石畔絳珠仙草，紀曉嵐五次用「三生」典故作詩賦。試舉一例：《吳烈婦詩》紀昀

江南吳孝廉承紱室

三生誰更問前因，一念纏綿泣鬼神。

緣盡猶尋泉下路，魂歸宛見夢中人。

城烏啼夜傳幽怨，塚樹連枝認化身。

萬古青山終泐盡，只應鐵骨不成塵。

紀昀評《錦瑟》時說：「以『思華年』領起，以『此情』二字總承。蓋始有所歡，

中有所恨，故追憶之而作。中四句迷離惝恍，所謂『惘然』也。」

《吳烈婦詩》，尾句是其骨鯁。以「一念」領起，以「因緣」二字總承。中四句鋪幽疊怨，所謂「纏綿」也。結句忽起驚濤，熔鑄偉辭，乃明前六句情深，正因末二句意摯。

咋看時，晦澀如李義山，詭譎似李賀，實源自楚辭。前六句沉摯效《九歌》，後二句果毅追《懷沙》，又用「青山、鐵骨」寄託文心。遂使幽咽冰泉，翻作壯志煙高，雖詠男女之情，亦別具深意。

六句纏綿，引出兩句「青山鐵骨」，這種以柔寫剛的習慣，恰如《石頭記》。《石頭記》有八十回，紀昀詩有八句，每句可對應十個章回。

首聯：「三生誰更問前因，一念纏綿泣鬼神。」三生石畔絳珠草下凡，是其前因。因還淚一念，引出多少纏綿之事。

頷聯：「緣盡猶尋泉下路，魂歸宛見夢中人。」嘆西廂，泣牡丹，葬花詞，白首雙星，因緣聚散，鳥魄花魂，不能一言以蔽之。

頸聯：「城烏啼夜傳幽怨，塚樹連枝認化身。」秋窗風雨辭，琉璃白雪詩。只看鬟兒兩個丫頭，一個故國白雁，一個杜鵑啼血。「塚樹連枝」，似兩株枯木，乃化身一個「林」字。

尾聯：湘雲眠芍，顰思故里，尤三姐自刎，冷二郎空門。抄檢大觀園，誤嫁中山狼。優伶歸水月，呆雁誄芙蓉。聯詩悲寂寞，冷月葬花魂。真是：「萬古青山終泐盡，只應鐵骨不成塵。」

此詩雖詠吳氏，卻與石頭記契合。可知十年辛苦，不只是人著書，亦是書鑄人。

整部《石頭記》的結構亦像首詩，按起、承、轉、合，統領著全篇。

香菱學詩

齊魯諺云：熟讀唐詩三百首，不會作詩也會謅。

香菱學詩，就化用此法。黛玉教他道：「你若真心要學，我這裡有《王摩詰全集》，你且把他的五言律讀一百首，細心揣摩透熟了，然後再讀一二百首老杜的七言律，次再李青蓮的七言絕句讀一二百首，肚子裡先有了這三個人作了底子。」

欲學作詩，讀三百首在肚裡，也只是作底子。真想學會，還需要：「再把陶淵明，應瑒、謝、阮、庾、鮑等人的一看，你又是這樣一個極聰明伶俐的人，不用一年的功夫，不愁不是詩翁了。」

黛玉教香菱，用的正是諺語之法，可這條山東諺語，後來卻被人改掉了。蘅塘退士輯《唐詩三百首》，他在序中說：「諺云：熟讀唐詩三百首，不會吟詩也會吟。」讀三百首就能吟，那得聰明如駱賓王。況且黛玉說三百首只是「作底子」，要想學會，還需讀更多。

觀蘅塘生平，歷任直隸盧龍縣知縣、山東鄒平縣知縣、山東鄉試同考官，爾後乃輯《唐詩三百首》。其序中也說「諺云」，可知此句采自民間。而民間說「謅」不說「吟」，

舉紅樓為證：

第四十八回：（香菱）又央告黛玉、探春二人：「出個題目讓我謅去，謅了來替我改正。」黛玉道：「昨夜的月最好，我正要謅一首，竟未謅成，你竟作他一首來，十四寒的韻，由你愛用那幾個字去。」

香菱說了兩個謅，黛玉也說了兩個謅，然後才說「作他一首來」。可見當時學作詩，就是先從謅開始。如果黛玉真化用了民諺，那一定是：「熟讀唐詩三百首，不會作詩也會謅。」

是蘅塘改諺欲使之雅，而諺失本色反成俗矣。

香菱笑道：「果然這樣，我就拜你為師，你可不許膩煩的。」

黛玉道：「什麼難事，也值得去學？不過是起、承、轉、合，當中承、轉是兩副對子，平聲的對仄聲，虛的對實的，實的對虛的。若是果有了奇句，連平仄虛實不對都使得的。」

香菱笑道：「怪道我常弄本舊詩，偷空兒看一兩首，也有對的極工的，又有不對的。又聽見說，『一三五不論，二四六分明。』看古人的詩上，亦有順的，亦有二四六上錯了的。所以天天疑惑。如今聽你一說，原來這些規矩，竟是沒事的，只要詞句新奇為上。」

案紀曉嵐言：「考一三五不論，二四六分明，乃康熙中遊藝詩法入門之謬論，古無是例。又近人依託之明證。」——《紀曉嵐文集．左氏墓諸詩文》

黛玉道：「正是這個道理，詞句究竟還是末事，第一立意要緊，若意趣真了，連詞句不用修飾，自是好的，這叫不以詞害意。」

案紀曉嵐《唐人試律說序》：「先辨體，次審題，次命意，次布格，次琢句，而終之以煉氣煉神。氣不煉，則雕鏤工麗，僅為土偶之衣冠。神不煉，則意言並盡，興象不遠。雖不失尺寸，猶凡筆也。大抵始於有法，而終於以無法為法。始於用巧，而終於以不巧為巧。此當寢食古人，培養其根柢。陶熔其意境，而後得其神明變化，自在流行之妙。」

曉嵐所言之「意境」，即黛玉之「意趣」，紀昀曰：「試帖多尚典贍，余始變為意格運題，館閣諸公每呼此體為紀家詩。」關於紀昀「意格運題」的方法，可舉香菱詩為例。

香菱第一首，小心翼翼，白話裁詩。雖具詩形，卻在念白。故黛玉笑道：「意思卻有，只是措詞不雅，皆因你看的詩少，被他縛住了，把這首丟開，再作一首，只管放開膽子去作。」

香菱第二首，沉浸太深，用力琢句。中心不穩，詩意恍惚。以至「意言並盡，興象不遠，雖不失尺寸，猶凡筆也。」故黛玉道：「自然算難為他了，只是還不好，這一首過於穿鑿了，還得另作。」

香菱第三首得自夢中。白日苦思，亂念叢生。夜間心靜，神明意朗。眾人看了笑道：「這首不但好，而且新巧有意趣。」

這三首詩層層遞進，「大抵始於有法，而終於以無法為法。始於用巧，而終於以不巧為巧。」先讀典雅之作，以「培養其根柢」，次則遍覽諸子，以「陶熔其意境」。而後乃得「神明變化，自在流行之妙」。如此這般，都是曉嵐教人作詩。

香菱說起「大漠孤煙直」，黛玉便說「墟里上孤煙」化自「依依墟里煙」，凡此意境化用之法，皆出自紀曉嵐論詩。

案梁章鉅《退庵隨筆》言：紀文達師曰：詩之為道，非唯語不可偷，即偷勢偷意亦歸窠臼。……善為詩者，當先取古人佳處涵詠之，使意境活潑，如在目前，擬議之中，自生變化。

如「蕭蕭馬鳴，悠悠旆旌」，張籍化為「蟬噪林逾靜」。一

水部詠梅「橫枝卻月觀」句，和靖化為「疏影橫斜水清淺」，東坡化為「竹外一枝斜更好」，皆得其句中味也。

「千峰共斜陽」，變為「夕陽山外山」。

「日華川土動」，變為「夕陽明滅亂流中」，就一字引申也。……如是有得，乃立

一　今作王籍詩，與梁說異。

古人於前，竭力與之角，如……

如《紅樓》中「細雨魚兒出，微風燕子斜」化作「菱荇鵝兒水，桑榆燕子梁」。

如「春江花月夜」化作「秋窗風雨夕」。

如「一枝紅豔露凝香」化作「花之顏色人之淚」。

如「空梁落燕泥」化作「卻不道人去梁空巢也傾」。

曉嵐曰：「他日三條官燭下，諸公應識紀家詩。」是以，香菱學詩，以意格運題者，乃傳紀家詩法。黛玉評詩論詩之觀點，亦出自紀昀，請看下篇，陸放翁硯。

陸放翁硯

紀昀論詩曰：「欲初學／知所別擇，非與古人為難也。」想讓初學詩的人，學會辨擇學習的方向，而非肆意品評，和古人過不去。這也是黛玉評放翁的原因。

閒逛武漢博物館，一樓有方抄手硯，初不覺其異，細審其銘，曰：「老學庵」。天吶！居然是陸游的硯臺！「一笑玩筆硯，病體為之輕。」不知是否說的這一方。硯上有諸家收藏銘刻，隔著玻璃看不大清。

旁邊還有別的古硯，形制奇異，也無心看了，縱看時，也繞不過那句「重簾不捲留香久，古硯微凹聚墨多。」林黛玉不喜這兩句，紀曉嵐也是如此。用紀昀的觀點解釋黛玉評詩，始於劉衍文先生的《雕蟲詩話》。

《雕蟲詩話》說：「惟有紀氏能將『熟』細分為圓熟、甜熟、爛熟等，於《瀛奎律髓刊誤》中對陸游等詩為之點醒。以明其關捩所在。……按曹雪芹《紅樓夢》第四十八回寫香菱學詩云：香菱道：『我只愛陸放翁「重簾不卷留香久，古硯微凹聚墨多。」說的真切有趣。』黛玉道：『斷不可看這樣的詩，你們因不知詩，所以見了這淺近的就愛，一入了這個格局，再學不出來的。』黛玉高自位置，實亦代表曹雪芹之詩學觀，此一聯之不足，豈為淺近，正乃甜熟之至耳。」

劉先生用紀氏的「甜熟」解釋黛玉評詩。甜熟者，圓練而少風骨。除此之外，黛玉的「淺近」之說，也來自紀昀。

紀昀的《瀛奎律髓刊誤》中，陸游詩：「詩思長橋蹇驢上，棋聲流水古松間。」紀曉嵐評：「此亦太現成，遂開習調。」陸游的《小飲梅花下作》，紀評：「膚淺草率之篇亦傳，令人有披沙揀金之嘆。」杜甫《江村》一篇，紀評：「工部頹唐之作，已逗放翁一派。」

大致可見，凡「甜熟、現成、習調、膚淺、草率、頹唐」之作，紀氏多予批評。而一遇慷慨激昂之詞，紀氏則擊賞有加。如放翁《書憤二首》，紀評：「此種詩是放翁不可磨處。集中有此，如屋有柱，如人有骨。如全集皆『石硯不容留宿墨，瓦瓶隨意插新花』句，則放翁不足重矣。何選放翁詩者，所取乃在彼也？」

「樓船夜雪瓜洲渡，鐵馬秋風大散關」《書憤二首》句句是名句，誇讚之餘，紀昀還舉了個反例：「石硯不容留宿墨，瓦瓶隨意插新花。」這和林黛玉批評的那兩句，簡直一個模子刻出來的，前者還算「甜熟」，此二句已入俗滑。和《書憤》相比，豈有風骨可言。

再如《大雪》一詩，紀評：「後四句風骨崚嶒，意節悲壯，放翁所難，結得酣足。」《大雪》的後四句乃是：

「氈幄擲盧忘夜睡，金羈立馬怯晨興。此生自笑功名晚，空想黃河徹底冰。」

獨立不懼，挺拔俊偉，讀之如見壯夫心，紀昀亦不吝褒贊。

為何紀曉嵐的品論相差如此之大？按許印芳說：「此種是放翁真面目，其才力富健，為之殊不費力，何足為難？但因篇什太多，圓穩者居十之六七。虛谷此書，識量淺陋，又多選其圓穩之作，故曉嵐以此為難耳。」

詩言志，非言志不得為真風骨。方虛谷輯《瀛奎律髓》，常選一些圓穩之作，紀曉嵐實在看不下去，所以才有了《瀛奎律髓刊誤》。對於學詩者而言，老驥尚能伏櫪，少年豈可甜熟。故黛玉誡學詩者「斷不可看這樣的詩。你因不知詩，所以見了這淺近的就愛念，一入了這個格局，再學不出來的。」真真苦口婆心，為學詩者操碎了心。

黛玉評陸游，是針對「圓穩淺近」之作。對那些真正體現風骨的作品，他可沒說一句不是。況黛玉是囑咐學詩者的，學其精髓猶恐不得，何況學其淺近呢。這一點，劉勰是說過的：

夫才有天資，學慎始習，斫梓染絲，功在初化。器成彩定，難可翻移。故童子雕琢，必先雅制，沿根討葉，思轉自圓。故宜摹體以定習，因性以練才。文之司南，用此道也。

大意是說，有天賦的人，學習之初尤須慎重。好比製作木器與染絲，若開端不正，那器成彩定之後，再想改就太難了。所以童子學文，先習「辭雅理正」之作，打好底子，再追求文思的變化融通。黛玉教人作詩亦是此法，雖捧讀紅樓，卻已觀《文心雕龍》了。雅正既識，則可言風骨。

何謂風骨？案黃季剛言：「風即文意，骨即文辭。」

風乃文之氣象，隨文意而馳騁。

骨乃文之精神，賴文辭之捶煉。

風之於人，乃其超然物外之氣度。

骨之於文，乃其獨立峻偉之神思。

風乃「自由之思想」，如天空海洋，博大恢宏。

骨乃「獨立之精神」，如麗日高山，精堅恒偉。

風乃一日之內，游遍四海。辭人夢錦，奇致若雲。

骨乃淡泊明志，寧靜致遠。高士寤覺，澹懷如雪。

風在兩朝開濟，骨在出師二表。
風在以觀滄海，骨在橫槊賦詩。
風在翩若驚鴻，骨在白馬金羈。
風在揮墨淋漓，骨在點睛飛去。
風在雪野訪戴，骨在至門而返。
風在祭侄文稿，骨在捨生取義。
風在道義文章，骨在鐵肩辣手。
風在怒髮衝冠，骨在精忠報國。
風乃「兄弟，能同我守城乎？」
骨乃「為我謝百姓，吾報國事畢矣。」
風在「湘江水」，骨在「好山色」。
風乃「此何物，可相戲耶？」
骨乃「竟抱平生所寶古琴，不食而死。」
風在「大雪江南」，骨在「金羈立馬」。

風在「九州中原」，骨在「無忘乃翁」。
風在「夜雨輪臺」，骨在「鐵馬冰河」。
風在「河海五嶽」，骨在「南望王師」。
風在「中原北望」，骨在「鏡中鬢斑」。
風在「孤臣萬里」，骨在「夜半挑燈」。
風在「畫角斜陽」，骨在「驚鴻照影」。
風在「沈園柳老」，骨在「遺蹤泫然」。
風在「鄜州夜月」，骨在「香霧雲鬟」。

余論風骨，僅就文心雕龍而言。曉嵐曰：「氣即風骨」。子桓則言文氣有清濁。諸子風骨各異，亦文氣不同之故也。風骨相依本不可分。陸機云：「理扶質以立幹，文垂條以結繁。」二者相輔相成，恰如寅恪之獨立自由。

這時再看放翁那兩句詩，就知黛玉為何不喜了。
先是：重簾不捲留香久，古硯微凹聚墨多。
又是：石硯不容留宿墨，瓦瓶隨意插新花。

古人論文，曰「捶字堅而難移。」而放翁這幾句，變換文字，即成新詩。瘠意肥辭（內容不多而話多），無骨之徵也。索莫乏氣（枯燥又無新意），無風之驗也。無風無骨，不但黛玉不喜，還告誡香菱不要學這樣的詩，「你們因不知詩，所以見了這淺近的就愛，一入了這個格局，再學不出來的。」黛玉並非高自位置，而是言之有據，因為寶玉的詩就如此。純帝作詩四萬首，無一首跳出這淺近格局。即便是書中寶玉，黛玉也笑他：「這樣的詩，一時要一百首也有。」黛玉趣寶玉時，就忘了趣著彩雲。這番告誡香菱，反倒是趣著寶玉了。

再回到硯臺上來。硯是用來磨墨的，胭脂入硯也是有的。掃書喵講了個故事，王芑孫《協府雜詩三十首》詩云：「墨孕脂香和合工，金壺分汁硯池中。」自注說「以胭脂磨墨能助墨，諸君煎錫為筒，攜以入試，亦承遺予一器。」當時文人喜用胭脂磨墨，易於研磨，又能增添墨色，還有脂粉香。只是用這香筆填詞，想來是小山重疊，多於大江東去的。

脂紅色的硯臺也是有的。紀曉嵐謫戍新疆，就用過一方紅絲硯。烏魯木齊雜詩曰：萬家煙火暖雲蒸，銷盡天山太古冰。臘雪清晨題牘背，紅絲硯水不曾凝。

陸游的《老學庵筆記》說：「青州紅絲石硯，覆之以匣，數日墨色不乾。經夜即其氣上下蒸濡，著於匣中，有如雨露。」據說這紅絲石「石質燥渴」。就是善於吸水。用水餵飽了，再用來磨墨，膏潤濡滋，愈研愈膩。若使用得法，好久都不用洗硯臺，就像庖丁不用磨刀，以此大受追捧。烏魯木齊苦寒燥乾，紀曉嵐帶這枚硯臺去，可謂知硯善用。

曉嵐從新疆歸來，年過七旬的篆刻名家聶松岩，騎著毛驢，花了半個月時間，從山東長山趕到北京來看他。於是這枚紅絲硯上就有了刻銘。硯銘曰：「枯硯無嫌似鐵頑，相隨曾出玉門關。龍沙萬里交遊少，只爾多情共往還。」如今此硯已不知去向，唯有拓片保存在《閱微草堂硯譜》中。

臘雪時節，能經宿不凝。紅絲硯端的是好硯！你看「那香君呵，手捧著紅絲硯，花燭下索詩篇，一行行寫下鴛鴦券。」不過紀曉嵐寫的，可不是鴛鴦券，而是「臘雪清晨題牘背」。蘇子曰：「絳侯百萬兵，尚畏書牘背。」錢牧齋曰：「牘背相隨獄吏書。」謫戍的紀茶星，也在「題牘背」。難道紀氏充發不只因通風報信，或有別的原因？《石頭記》說：「後來到底尋了個不是，遠遠的充發了才罷。」這個充發的門子大概是紀茶星自喻。袁枚說：「今稱府縣侍茶者曰門子。」狡猾袁枚，他什麼都知道，偏說沒看過紅樓，真通天老狐。

硯臺再好，也是要洗的。陸游講了個法子，先用紙擦，再用絲瓜磨，乾淨又不損硯。當然，他自己不動手，而是「呼兒淨洗硯，書帖寄青城。」老人家忙吶，又要寫詩，又要照顧狸奴，只能著小輩，給「即墨侯」洗塵了。

張岱讀了《劍南詩稿》嘆道：「宣和老臣萬首詩，字字不忘靖康恥。」曹阿眠寫小說，有時一段閒話，卻化自李義山的詩。而《石頭記》字句之間，又不知化用放翁幾多慷慨。覽蔡先生《石頭記索隱》，仿佛見「忠憤之氣浮於紙。」再細看《紅樓夢》時，又盡嚼作老婆舌頭矣。嘆曰：

絮絮言磨不勝愁，名園花下幾多憂。悲歌哭罷成心史，笑作閒談市井投。

放翁聽了聽窗外的雨，提筆寫道：「溪柴火軟蠻氈暖，我與狸奴不出門。」黛玉讀了笑道：好一個「錦罽暖親貓。」

附注：

《瀛奎律髓刊誤》序　紀昀（選段）

文人無行，至方虛谷而極矣。周草窗之所記，蓋幾幾不忍卒讀也。……其書非盡無可取，而騁其私意，率臆成編，其選詩之大弊有三：一曰矯語古淡，一曰標題句眼，一曰好尚生新……

虛谷乃以生硬為高格，以枯槁為老境，以鄙俚粗率為雅音。名為尊奉工部，而工部之精神面目迥相左也，是可以為古淡乎？……置其本原而拈其末節……凡此數端，皆足以疑誤後生，瞀亂詩學，不可不亟加刊正。

黛玉評放翁是因香菱愛淺近，此亦方虛谷選詩之弊。曉嵐借黛玉之口論詩，不僅有刊誤之意，亦屬詼諧與無奈：老紀的話你們不耐煩聽，那就讓美人來說吧。

上圖：陸游手書「詩境」碑。泰和縣博物館藏。放翁曾說，自己四十歲入蜀之後，覽山河之壯，方入了詩門。蜀北有劍門關，放翁《劍南詩稿》字。詩境與風骨相輔相成，入詩境可窮千里目，有風骨更上一層樓。雄渾壯闊，可堪詩境二曹阿眠的小說有個特點，一段文字泛泛看來只是絮叨，細看時，卻是化用了李商隱的詩句。如果說阿眠是偶爾為之，那紅樓夢簡直到了無詩不成文的地步。

寶釵與詩

作者寫寶釵，筆筆都用典。從寶釵一進賈府，就已經撒下詩網了。

第十八回：那時薛姨媽另遷於東北上一所幽靜房舍居住，將梨香院早已騰挪出來，另行修理了，就令教習在此教演女戲。又另派家中舊有曾演學過歌唱的女人們，如今皆已皤然老嫗矣，著他們帶領管理。

這一段化用了白居易《長恨歌》的「梨園弟子白髮新，椒房阿監青娥老。」梨香院、教習、女戲、歌唱、皤然，好像把詩抻成白話一般。長恨歌寫天寶之亂，寶玉說寶釵像楊妃，還惹得寶釵大怒。但以楊妃寫寶釵的句子，卻頻頻出現在書中。比如下面這段：

寶釵滿心委屈氣忿，待要怎樣，又怕他母親不安。少不得含淚別了母親，各自回來，到房裡整哭了一夜。次日一早起來，也無心梳洗，胡亂整理整理，便出來瞧母親，可巧遇見林黛玉獨立在花陰之下。問他那裡去。寶釵因說：「家去。」口裡說著，便只管走。林黛玉見他無精打采的去了，又見眼上有哭泣之狀，大非往日可比……。

這一段寫的真好。先用作者之眼，道出寶釵委屈含淚，終至於哭了一夜。再用黛玉之眼，看他無精打采，度他哭泣之狀。再與往日作比較。一而再，再而三，層層推進。下筆巧做安排，卻似信手拈來。非紀石雲寫不得這樣好看的文字。此書到處是文法，只作故事讀實在太可惜了。

這一段也是化用了《長恨歌》。無心梳洗與胡亂整理，這是「花冠不整下堂來。」整哭了一夜，這是「梨花一枝春帶雨。」眼上有哭泣之狀，這是「玉容寂寞淚闌干。」不僅是住所舉止，連寶釵模樣也是以楊妃來寫，比如下面這段：

第二十八回：寶釵生的肌膚豐澤，容易褪不下來，寶玉在旁看著雪白一段酥臂，不覺動了羨慕之心……。

這一段似老杜《麗人行》的「肌理細膩骨肉勻。」又似《長恨歌》的「雪膚花貌參差是。」接下來還是寫長恨歌：

第二十八回：再看看寶釵形容，只見臉若銀盆，〔脂批：太白所謂「清水出芙蓉」〕眼似水杏，唇不點而紅，眉不畫而翠，比林黛玉更具一種嫵媚風流，不覺就呆了。

且不說寶玉看呆了，單說這脂批的「芙蓉」，若加上原文中「眉不畫而翠」，這正是：「芙蓉如面柳如眉，對此如何不淚垂。」不過寶玉沒有淚垂，只是不覺就呆了。

看官細想，這一段外貌描寫還隱藏著哪句詩呢？那就是：「明眸皓齒今何在，血污遊魂歸不得。」

寶釵的射覆是雞人雞窗，寶釵作詩曰「曉籌不用雞人報，五夜無煩侍女添。」這是李商隱《馬嵬》詩中的「空聞虎旅傳宵柝，無復雞人報曉籌。」

寶釵說了冷香丸的事，周瑞家的因問：「不知是個什麼海上方兒？」。這周瑞家的真是「忽聞海上有仙方。」仙山變成仙方，讀來令人發笑。

冷香丸的配方很神奇，又要花蕊，又要雨露，這是：「一枝紅豔露凝香。」選用的又是牡丹、荷花、芙蓉、梅花，這是：「名花傾國兩相歡。」

配藥實在太難，又要靠天時，又要埋在花樹根下，可謂「上窮碧落下黃泉。」

最神奇的是「丸了龍眼大的丸子。」龍眼就是桂圓，有個別稱叫「荔枝奴」。《嶺表錄異》記載：「荔枝方過，龍眼即熟。南人謂之『荔枝奴』。以其常隨於後也。」（紀曉嵐看過此書，並評價說：「其中記載博贍，而文章古雅。」）蘇東坡也將龍眼與荔支視為同源，他在詩中說：「龍眼與荔支，異出同父祖。……蠻荒非汝辱，倖免妃子污。」南宋的王十朋作《龍眼》詩道：「實如益智本非藥，味比荔枝真是奴。」明代王象晉《龍眼》詩也說：「何緣喚作荔枝奴，豔冶丰姿百果無。」所以這個「龍眼大的丸子」，是指荔枝奴，進而暗指荔枝。這正是：海上香丸龍眼大，「無人知是荔枝來。」

冷香丸專治「胎裡帶來的一股熱毒。」荔枝吃多了就會生熱毒，所謂：「一個荔枝三把火。」誰吃誰知道。

寶釵出了個謎語：

鏤檀鐫梓一層層，豈系良工堆砌成？

雖是半天風雨過，何曾聞得梵鈴聲。——打一物

謎底也是荔枝。所謂：「行宮見月傷心色，夜雨聞鈴腸斷聲。」

為何寫寶釵頻寫荔枝？因為寶釵的人物原型是嶺南人。東坡曰：「日啖荔枝三百顆，不辭長作嶺南人。」

寶釵有個金項圈，是癩頭和尚給的。寶玉夢中說：「和尚道士的話如何信得？」這真是：「為感君王輾轉思，遂叫方士殷勤覓。」

寶釵的判詞曰：「金簪雪裡埋」。這是：「馬嵬坡下泥土中，不見玉顏空死處。」這是：「花鈿委地無人收，翠翹金雀玉搔頭。」這是：「冀馬燕犀動地來，自埋紅粉自成灰。」這些都在寫楊妃。

作者寫寶釵，句句都是詩。

一日清曉，寶釵春困已醒，（美人春困寶釵橫。）搴帷下榻，微覺輕寒。（簾幕深深，

玉人不耐春寒。）啟戶視之，見園中土潤苔青，（春色欺人拂眼清。）原來五更時落了幾點微雨。（好雨知時節，潤物細無聲。）於是喚起湘雲等人來，一面梳洗，湘雲因說兩腮作癢，恐又犯了杏癍癬。（五更方落春雨，清曉又犯了杏癍，可知小樓一夜風雨，而明朝杏花已綻於湘雲腮頰。）因問寶釵要些薔薇硝來。（未須紅雨洗香腮。待得薔薇花謝、便歸來。）寶釵道：「前兒剩的都給了妹子。」因說：「顰兒配了許多，我正要和他要些，因今年竟沒發癢，就忘了。」因命鶯兒去取些來。……

二人你言我語，一面走，一面說笑。（陰沉深院靜，語嬌鶯。）不覺到了杏葉渚，順著柳堤走來。因見柳葉才吐淺碧，絲若垂金，（一樹春風千萬枝，嫩於金色軟於絲。）……且不去取硝，且伸手挽翠披金，采了許多的嫩條命蕊官拿著。鶯兒卻一行走，一行編花籃，隨路見花便采一二枝，（一面說笑，一行走，一邊隨路採花，所謂「笑語盈盈暗香去。」）編出一個玲瓏過梁的籃子。（黃金才鉞掩銀屏。鶯兒全名叫「黃金鶯」。）……喜的蕊官笑道：「姐姐，給了我罷。」鶯兒道：「這一個咱們送給林姑娘，回來咱們再多采些，編幾個大家玩。」說著，來至瀟湘館中。（來至黛玉居所，詞牌《朝玉階》）

黛玉也正晨妝，見了籃子，便笑道：「這個新鮮花籃是誰編的？」（風流何處最多情，千金一笑，須信傾城。）

《石頭記》的精髓是以詩運文，這也是前八十回的主要特點。讀的是白話，其實全是詩。

附所引宋詞：

《朝玉階》宋代 杜安世

春色欺人拂眼清。柳條綠絲軟，雪花輕。

黃金才鋮掩銀屏。陰沈深院靜，語嬌鶯。

美人春困寶釵橫。惜花芳態，淚盈盈。

風流何處最多情。千金一笑，須信傾城。

孔梅溪

彥和曰：「君子嘲隱，化為謎語。」荀卿，魏文，陳思，皆善隱者。況「文辭之有諧讔，譬九流之有小說。」《石頭記》既為小說，遁辭隱意，譎譬指事，乃其本分。紀氏謎語必然巧妙，而謎之妙者，不用僻典，自能傳神阿堵中。

茶社所聘賢禪，名曰啊嗚，可愛博聞，社中好友多喜與之遊。這日天高氣清，因攜新果，約並明、阿雲，討喝禪茶。偏巧二人臨時起意，竟往崖山去了。

偌大茶室，十分清閒。兩席對坐，一傾一飲。不知幾杯，日之夕矣。

啊嗚道：「神思不定，尋思個啥？」

我嘆道：「在想一人，不知為誰？」

啊嗚道：「空想無益，不如猜謎，我出一個：「虎兔相逢」—猜一個紅樓人物。」

「可是紅樓八公之一的『理國公柳彪』？」

啊嗚笑笑點點頭。

「我也給你出個：『鎮國公牛清之孫現襲一等伯牛繼宗』—猜一個紅樓人物。」

「用紅樓人名猜紅樓人名，真不好猜。你說答案吧。」

「衍聖公孔繼宗。」

「為哈子？」

「因為孺子牛。」

啊嗚笑了半天，才說：「這要是真的，那豈不連孔家都來送可卿一程了。我得去讀哈心武老師的書壓壓驚了。」

「這個謎可是有來歷的。紀曉嵐有個表兄弟叫牛稔文，牛氏之子娶婦，老紀遣人送喜對一聯云：『繡閣團圞同望月，香閨靜好對彈琴。』牛家很高興，把對聯貼了起來。第二天紀曉嵐來道喜，指著對子問：『我用尊府典故何如？』」

啊嗚笑罷，問道：「要真是孔家，那題《風月寶鑒》的東魯孔梅溪又是誰呢？你問魯小嶧了麼？」

「問了的，和戴震有關係的孔家人，一個是孔廣森之父孔繼汾，這有小嶧發來的照片，孔廣森父子故居，還保存著呢。」

點開相冊給啊嗚看了。

啊嗚點點頭，又問：「還一個呢？」

「還一個是戴震的兒女親家孔繼涵。其子孔廣根娶的是戴震之女。而戴震經常住在紀曉嵐家，所以這兩個孔家人，從親密程度上說，最有可能看到書稿。」

啊嗚聽了想想，笑道：「紀曉嵐喜歡對對子。」

「話雖如此，可對對子有多大說服力呢？」

啊嗚笑道：「給你講個故事。當年陳寅恪主持國文考試，出了道題目「對對子」。上聯是：孫行者。請對下聯。學生們抓了狂。有的對唐三藏，有的對牛魔王。還有對沙和尚，豬八戒的。更甚者對王八蛋。這些都不得分。語言學家周祖謨當時也是考生，他的對子，陳寅恪給了滿分。

出考題後，許多人抗議，說他開歷史倒車。陳寅恪於是發表了《與劉叔雅論國文試題書》，指出對對子的用意。我拿書給你念一哈：

(甲)對子可以測驗應試者，能否分別虛實字及其應用。

(乙)對子可以測驗應試者，能否分別平仄聲。

(丙)對子可以測驗讀書之多少，及語藏之貧富。若出一對子，中有專名或成語，而對者能以專名或成語對之，則此人讀書之多少，及語藏之貧富可知矣。

(丁)對子可以測驗思想條理。凡能對上等對者，其人之思想必貫通而有條理，絕非僅知配擬字句者所能及之。」

啊嗚念完，合了書道：「所以我覺得，這個孔梅溪，也應該對對子。書中凡涉及真實名號，古人之外都是化名。而且書中從未明寫過清代人物，想在現實中找孔梅溪三字，不可能吧。這個落款孔梅溪的人，在現實中一定用別的字號。」

我笑道：「如此說來，孔繼涵，號葒谷。」

啊嗚問：「葒是水蓼花吧？」

「葒是紅蓼，野谷多是，別名叫遊龍。《詩》曰：『山有橋松，隰有遊龍。』紅樓中也有『蓼汀花溆』。」

啊嗚笑道：「可不是『梅溪』對『葒谷』。」

「若真是孔葒谷，有條批語倒是有著落了。」

第十三回：秦氏道：「天機不可洩露〔庚批：伏的妙！〕，只是我與嬸子好了一場，臨別贈你兩句話，須要記著。」因念道：「三春去後諸芳盡，各自須尋各自門」〔朱眉：不必看完，見此二句即欲墮淚，梅溪。〕

啊嗚道：「這條批語是孔梅溪留下的吧，他為何見此二句就『即欲墮淚』呢？」

「三春去後，連南明也亡了。我倒想起孔府舊藏服飾展，所謂：『洙泗上，弦歌地，

亦膻腥。聞道中原遺老，常南望，翠葆霓旌。使行人到此，忠憤氣填膺，有淚如傾。』。洙泗是孔子故里。孔繼涵族兄孔繼汾，就因編纂《孔氏家儀》而父子罹難，不過這是批語之後發生的事情了。」

啊嗚道：「若指時事呢？不一定只懷古。」

「要說時事，孔梅溪題風月寶鑒之後也有條脂批，道是：『雪芹舊有風月寶鑒之書，其弟棠村序也。今棠村已逝，余睹新懷舊，故仍因之。』梅溪題鑒，棠村作序，說明棠村和梅溪是認識的。如果作書人是紀曉嵐，題風月鑒者是孔葒谷，那這個作序的棠村，難道是當時已逝的戴震戴東原麼？《詩》曰：『終南何有，有紀有堂。』紀者，杞也。堂者，棠也。既然曉嵐有紀，那東原何妨有堂。紀昀挽戴震詩曰：『披肝露膽兩無疑，情話分明憶舊時。宦海浮沉頭欲白，更無人似此公癡。』」

啊嗚道：「情真意切之言吶。只是這兩人之間，講的什麼情話呢？難道是如何寫作《石頭記》？」

「這個在下就猜不到了。單是『風月寶鑒』四字，就叫人感物聯類，況清風與明月同夜，白日與春林共朝哉。」

啊嗚哼道：「你這暗謎，又來考我。蔡先生早說了，風是清風，月是明月，所謂《風月寶鑒》，就是明清之鑒而已。」

「那冰雪聰明的啊嗚，給你猜個超難的，『斷鼇立極』——猜一本科幻小說。」

「不給點提示？」

「給！你聽過『降維打擊』麼？」

對於紅樓的辛酸之淚而言，大部分讀者屬於「他人亦已歌」。脂硯說「字字讀來皆是血」，觀者多好奇但不願信的。最熱衷的還是借紅樓來解釋自己的小小世界。阿花說，為何《桃花扇》是悲情結尾，只因孔尚任要「借離合之情，寫興亡之感。」近代為照顧觀眾情緒，將結尾改作大團圓，便成「借興亡之感，寫離合之情」了。觀眾看的笑了，此書哭矣。但《紅樓夢》卻是相反的，你真想哭著看，反而不知詼諧了。非得笑著看時，才能見辛酸之淚。哭之笑之，悲欣交集，大徹悟之書也。

戊戌冬龐並明觀書記

貓之境界

昨天挾貓展闈，和並明湖邊賽艇。並明校槳不定，等的我要睡著了。迷糊之間，忽聽有聲音嘟噥：「想吃魚，想吃無」。

「欸？誰在說話，並明你說什麼？」

並明道：「我沒吭聲啊。」正納罕間，只見睡著的狸花正嘟囔：「想吃無，想吃魚」。

誒呀，了不得！貓在說夢話！趕緊拿住！

狸花驚醒，早被提在手中。「阿花阿花，你剛才說啥？」

「喵喵喵。」

「噯呀，這麼會裝，剛才『想吃無』的不是你麼？快說免打！」

狸花見混不過去，只好叫道：「喵，貓本來就會說話，又不是啥貓病。」

「噯呀，並明你看！它可是成精了！」

並明更生氣，喝道：「你原來有靈性！那我跟澄娘在一起時，豈不被你瞧了去！」

狸花哼哼道：「誰稀罕瞧啊，念你們每日款待至周，所以流連不去罷了。」

「誒！可知是真妖怪！」

狸花叫道：「真是寃煞好貓，念我平日唬鼠護書，放我下來說話罷。」大貓眼忽閃忽閃眨。

並明心都要化了，遂道：「阿花也沒幹壞事，要不先放下他吧。」

一鬆手，阿花落在毯子上，理了理毛，冷笑道：「平時對我辣麼好，原來不容我說話。」

並明道：「誰知你藏的深吆，不妨唬人一跳，知道善待你，那還瞞到現在？」

狸花道：「什麼叫瞞到現在？剛剛還拿翻我呢。倒是問起我來！你們吶，真是圖樣，沒見過世面。嗳呀，看這毛給我弄的，快給捋捋。喵喵，不錯，左邊，右邊，還有上面。好啦，快備小魚乾來壓驚！」

並明長嘆道：「天下竟有這樣的貓！」

阿花冷笑道：「少見多怪。既然被發現了，這樣吧，看在你效力多年的份上，本喵帶你們逛逛，開開眼界，以後別這樣聽風是雨的。跟我來！」說罷揚起尾巴就走。

我倆不及多問，只得後面跟著，穿林過溪，繞樹扶蘿，恍恍惚惚，到了一個所在。但見雲蹊花徑，桂陌蘭田，紫芝丹茘下，擺了一副棋盤，兩個高士正在對弈。路旁遺斧，

鏽的厲害。

乍見這般好景，賞之不足，方欲流連，阿花卻貓步匆匆，喝道：「別回頭，跟緊我！」我二人不解其意，只得隨著，越陌度阡，又是一番景象。

眼前虎木狼林，鴟笑猿啼。真是：荊榛滿地難行路。阮駕失途淚已無。並明俯看青苔，見有鳥獸蹏迒之跡，遂笑道：「皆是幻耳。」狸花亦笑。笑未已，樹影婆娑，飛鳥驚處，山林已啟。阿花一喵當先，跳向前去。

走了半晌，我終是不解，問並明方才何意。並明笑道：「楮先生之幻耳。」

「誰是楮先生？」

並明道：「就是統領萬字大將軍楮知白。楮先生太白，則呼之為雪芹。楮先生太糙，則荊榛遍地矣。」一聽他一說，好像明白了一點，於是跟緊了狸花。

再往前走，忽一條大河阻住去路，裡面黑水滾滾。甫靠近時，聽得河中雷鳴響動，竟有許多夜叉海鬼鑽將出來。

狸花笑道：「看我噠！」說罷搖身一變，竟化作一隻斑爛猛虎，於菟一聲，山林震欶。再看那些鬼怪，都化作墨水一灘。

猛虎復變狸花，抬爪指道：「那邊輕煙未散，似有漁家為爨。」

並明笑道：「我喊一聲，看有沒有船。」於是振臂高呼。一聲未了，眼前山明水秀，紅日映江，復聽欸乃聲聲，棹歌悠揚，有小船撐出柳蔭，揚波渡河而來。船上立著兩個人，一個撐篙，一個掌舵，霎時來至近前。

掌舵的那位拱手而笑，呼曰：「二位何來遲也，等候多時了。」

並明道：「閣下認得我們麼？敢問尊名。」

狸花一旁哂道：「朝夕相處的，如何不認得故人了？」

並明聞此，細審一番，見那人書生白面，簪帶珠冠，恍然有悟，忙問道：「閣下可是管城子毛穎麼？」

掌舵者點點頭，笑道：「正是。承蒙厚愛，特來相迎。」

一旁撐篙的黑漢子高呼：「還有我吶！」這一位可是天生不凡，人道是：

耿直董狐曾怕，赴湯蹈火難磨。
秦皇大獄奈他何？面刺金文笑過。
路見不平聲吼，善揮孤犟之戈。
喜呼毛穎俺親哥，捧硯常隨為佐。

人送綽號灰侍者，筆墨伺候心腸熱。

並明連忙問道：「這位兄弟是？」

「哈哈哈哈！」大漢笑道：「如何不認得洒家！絳人陳玄的便是。」

「誒呀！原來是壯士！」大漢又笑起來，整個船都在顫。

話不多說，乘舟破浪，長風萬里，直濟滄海。

毛穎道：「送君千里，終有一別。前方路途漫漫，記得行知合一，方不枉相識一場。若還記得我的好處，便是隔著千里萬里，亦可明月同看。」將話領了，一一謝過。

並明又贈毛穎曰：

海內風雲入穎豪，當年意氣學劉曹。

行知天下逍遙顧，始嘆書山第一高。

互道幾聲珍重，灑淚而別。再往前走，但見芳草萋萋，春風古道。又行十餘里，上一座山坡，四下望去，白雲開合。

狸花笑道：「那邊就是了，你們看！」果然，坡下停著一架飛機。

狸花早順著草坡滑下，我等跟至近前，見一隻白貓如雪，正在喊：「要登機的乘客趕快啦，飛機馬上就要起飛。」

狸花道：「小魚乾還有吧？」

「還剩兩包，都給你。」狸花接過來，一股腦叼給了小白貓。

白貓問：「喵嗚嗚？」

狸花答：「嗚嗚喵。」

白貓道：「喵嗚喵。」

狸花回頭笑道：「走啦，上飛機啦。」

找了個座位坐下，並明忽問：「這飛機飛哪的？問下阿花吧。」

「阿花呀！忙著撩小白貓呢。我去問機長吧。」機長竟是一隻大雁，他說他不過瀟湘。

只聽呼隆呼隆，飛機拍著翅膀飛起來，一會兒就比白雲高了。我二人都走乏了，不知不覺就睡了。

不知過了多久，聽阿花喊：「到啦，快醒醒。」只見玉帷翠幄，麋鹿悠遊。湘妃棕竹，類不勝數。萬个之間，有小徑曲斜，穿過乃見一平臺，臺上竹房子，房前無數个。又有

塊竹匾，上寫：「畫竹不成書个个」。

並明笑道：「怪不得這麼多个个，原來都是竹子。不知誰揮巨筆，點化此處，不妨進去看看。」

房子裡一架一架都是書。明窗前放幾張大桌子，桌上也擺著書，清風吹來，那書呼啦作響。

狸花笑道：「快去看吧，就是桌上那本。」

聽貓一說，與並明去看時，卻是一本《石頭記》，封頁引陶庵詩曰：「敢與龍門爭勝場，文非國策即公羊。」墨蹟猶濕，不知何人所書。旁邊有硯，款銘曰：「九十九硯齋。」

並明道：「這個齋名好熟悉。」

狸花笑道：「『九九藏心史，三三祕禹疇』嘛。」再翻看書中正文，皆是未曾讀過的，連脂批也是新鮮文字，備說書旨甚詳。怪哉，說的這麼明白，怎麼都說難讀呢。書側又有數行小字，題曰「紅樓密匙」。

細看時，不禁吃了一驚，在下雖不甚懂，可並明對此也太熟悉了吧。道是：「幫滂並明，非敷奉微，端透定泥，知徹澄娘……」一共三十六個字。並明看了笑道：「原來如此，魚在我這裡，奈何竟不知。」說罷看向阿花，阿花很傲嬌地一昂頭。

讀了幾頁之後，再往後翻時，只聽那書嘩啦響，卻翻不過去。

並明道：「出發吧。」

「什麼意思？」

「賽艇啊。」窗前竹影千个，隨風亂動，恍然竟是一夢。醒眼看時，並明校槳剛好。

蟬鳴於樹，雲影在湖，水色山光，明媚可睹。

我問並明：「今日何日？」

並明笑答：「今日是今日。」聞之一愣，神思漸明，方知此真而彼虛。

再思夢中所閱文字，除了字母，竟一句也想不起來了，唯那股書憤，久久不去。

說給並明聽罷，並明笑道：「掃書人嘗言『願

左圖：八大山人「貓」。

讀人間未讀書』，這一回，可要趁願了。」

回看狸花時，狸花也回看一眼，伸個懶腰，揚起尾巴，穿林過溪而去了。忽覺得，狸花眉眼之間，好像有字，細一想，原來是「八大山人」。

有位木居士，神秘又可親。微言終日閱，助君渡迷津。

第五回：因二人攜手出去遊玩之時，忽至一個所在，但見荊榛遍地，狼虎同群，迎面一道黑溪阻路，並無橋樑可通。正在猶豫之間，忽見警幻後面追來，告道：「快休前進，作速回頭要緊！」

寶玉忙止步問道：「此係何處？」

警幻道：「此即迷津也。深有萬丈，遙亙千里，中無舟楫可通，只有一個木筏，乃木居士掌舵，灰侍者撐篙，不受金銀之謝，但遇有緣者渡之。爾今偶遊至此，設如墮落其中，則深負我從前諄諄警戒之語矣。」話猶未了，只聽迷津內水響如雷，竟有許多夜叉海鬼將寶玉拖將下去。

木居士，筆也。灰侍者，墨也。

常言「筆墨伺候」。故「墨伺候」為侍者。居士帶髮修行，故毛筆稱居士。

「撐篙」，擬磨墨。「掌舵」，謂執筆。魯小嶧曰：志學十載，可讀紅樓。胸中無墨，

易入迷津。迷津硯也。東坡曰：「人生識字憂患始。」故曰迷津。

「黑溪」，謂墨瀋。陶南村曰：「晉人多用凹心硯者，欲磨墨貯瀋耳。」

「中無舟楫可通」。戴東原曰：「宋儒譏訓詁之學，輕語言文字，是欲渡江河而棄舟楫，欲登高而棄階梯也。」紀昀用戴震的話作比喻，二人平時探討可知。

「荊榛遍地」，謂紙太糙。以荊、榛可造紙故。「芹」者，从艸斤聲。斤者，象斫木之形。草木皆可造紙，故「雪芹」者，白紙也。

「狼虎同群」，謂鳥獸蹏迒之跡。倉頡見，知分理之可相別異也，初造書契。此即漢字。

「木筏」者，「臂擱」也，俗稱「擱臂」。姑蘇陳夢生蓄此物，得以識之。

長安曰：木筏乃韋編。

啊嗚曰：木筏是筆船。

並明曰：木筏是訓詁。各作一說。

「迷津／木筏」。紀曉嵐曰：「然不明訓詁，義理何自而知……未免既成大輅，追斥椎輪，得濟迷川，遽焚寶筏。於是攻宋儒者又紛紛而起……惟漢儒之學，非讀書稽古，不能下一語，宋儒之學，則人人皆可以空談。」龐並明曰：按宋儒之法，紅樓亦人人皆可空談。

一段文字，只是案頭之山水。以筆墨紙硯為友，相與嬉諧怒罵，詞人筆底，可起風雷。項脊軒志云：「余區區處敗屋中，方揚眉、瞬目，謂有奇景。」果如是乎？則悼紅不孤矣。或曰：「紅樓有大學問，大秘密，得之可如何如何。」以余觀之，乃讀書二字也。是以，尋章考句，非唯上策。功夫若到，書自開口。詩家言，功夫在詩外，好以山川風物為佐。還應念，讀書如遊山，微言終日閱。

吳澄娘曰：木居士筆，灰侍者墨，雪芹白紙，脂硯硯臺。筆墨紙硯，文房四寶，才士會玩。

雪芹與文思

紀曉嵐曰：「芹香新染子衿青，處處多開問字亭。玉帳人閑金柝靜，衙官部曲亦橫經。」

並明說：雪為動詞，澡雪而精神，芹為芹香芹藻，雪芹指靜思凝慮而為文，即文思也。

脂批所謂「缺中秋詩俟雪芹」者，即待文思之來也。

脂批曰：「余謂雪芹著此書」，即作者之文思也。

所謂「芹為淚盡而逝」者，文思已枯，江淹才盡也。紀曉嵐曰：「文章雖愧日荒落，江淹才盡非從前。」

薛寶琴十首懷古詩，懷古之外，每一首猜一樣物件，曹雪芹也是如此，文思之外，也是兩件文房用品。

《聲律啟蒙》說：「漁對獵，釣對耕，玉振對金聲。墨呼松處士，紙號楮先生。」

結繩甲骨，以至竹帛，人類終於學會了造紙。出於喜愛，也常贈之以雅號。比較早的是韓愈，他在《毛穎傳》裡稱紙為「會稽楮先生」。在江南，楮樹皮不僅用來織布，還能搗碎為紙。楮紙流傳很廣，又產自江南，所以韓愈擬楮為人，是為褚先生。

蘇東坡喜書法，也愛紙。其詩曰：「蒼鼠奮須飲松腴，剡藤玉版開雪肌。」以雪肌喻紙色。

江少微硯銘說：「松操凝煙，楮英鋪雪，毫穎如飛，人間五絕。」第一句指墨，第二句以雪喻紙，第三句是筆，這是硯銘，又含一硯。末句卻說人間五絕，東坡笑說，再加一個江少微，剛好人間五絕。

後梁宣帝《詠紙詩》說：「皎白猶霜雪，方正若布棋。宣情且記事，寧同魚網時。」

顧瑛《謝靜遠/惠紙》一詩說：「蜀郡金花新著樣，剡溪玉版舊齊名。荷君寄我黟川雪，猶帶漣漪瀉月聲。」

徽州黟川產的紙，名叫「黟川雪」。原來古時的徽州紙，並不亞於宣州紙，也是色白如雪的。歷代之人，多以雪喻紙，所以這「雪芹」之雪，乃射白紙之色。

其一、芹者，楚葵也。楚楮同音，是為楮先生。

其二、芹者，从艸从斤。斤者，象斫木之形。草木可造紙。

其三、紀曉嵐曰：「芹藻廣植，薪槱葉詠。」雪是白紙，芹指芹藻，雪芹即紙上文藻。

雪芹既為白紙，何以能「批閱十載，增刪五次，纂成目錄，分出章回」呢。這個答案，卻在杭州博物館。

杭博一樓，陳設文房雅玩。眼前的這個明刻本，就是宋代林洪的《文房圖贊》。林洪自稱是林和靖七世孫。林處士梅妻鶴子，原來有子孫的。這可能是侄輩過繼，比如顧炎武就過繼了侄兒。還是先看序吧。《文房圖贊序》曰：

「士之仕皆繇文房始，惟唐韓愈舉穎為中書。他竟無所聞。今圖贊一十八人，擬以官酬之，俟異日請于朝。罔俾昌黎，顓美有唐。嘉熙初元，王春元日，和靖七世孫，可山林洪龍發序。」

孟子說：「士之仕也，猶農夫之耕也。」農夫稼穡，需要耒耜鋤鍤。同樣，文人入仕，

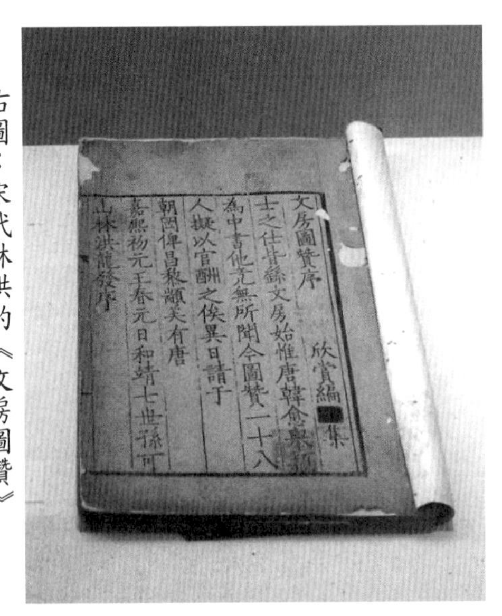
文房圖贊序　欣賞編　集
士之仕皆繇文房始惟唐韓愈舉穎
為中書他无無所聞今圖贊一十八
人擬以官酬之俟異日請于
朝罔俾昌黎顓美有唐
嘉熙初元王春元日和靖七世孫可
山林洪龍發序

右圖：宋代林洪的《文房圖贊》

也需要各種文具。唐代韓愈推舉毛穎做了中書令。林洪也舉薦了十八名文房之士，每人都給擬定了官銜，還準備奏明朝廷。落款是嘉熙元年（1237年）陰曆正月初一。真是新年新氣象，文房諸寶，個個加官進爵。且看所擬何職：

毛中書（筆）、燕正言（墨）、楮待制（紙）、石端明（硯）、水中丞（水盂）、貝光祿（貝光）、石架閣（筆架）、邊都護（紙鎮）、黎司直（界尺）、刁吏書（裁刀）、竺祕閣（臂擱）、曹直院（行尺）、方正字（壓尺）、齊司封（剪子）、胡都統（糊斗）、印書記（印章）、黃祕書（蠟斗）、槃都承（文盤）。

一十八人，仿唐太宗「十八學士登瀛洲」，好不熱鬧。其中楮待制的贊言，很像紅樓開篇的自白，林洪說：

「士起於白屋而置身於清要者，不知其歷幾濯煉也。能更相汲引，苟無同類，則山林修潔士，特一草木耳。書曰：人之有技，若己有之，吾於正言、中書君有取焉。」

再看紅樓開篇：

「雖今日之茅椽蓬牖，瓦灶繩床，其晨夕風露，階柳庭花，亦未有妨我之襟懷筆墨。」

將「楮待制」與《紅樓》做對比，排列如下：

茅椽蓬牖，楮先生起於白屋。

瓦灶繩床，銅雀瓦硯，與線裝書。
其晨夕風露，不知其歷幾濯煉也。
階柳庭花，特一草木耳，則山林修潔士。
未有妨我之襟懷筆墨，吾於正言（燕正言，墨），中書君（筆）有取焉。

紅樓開篇自白一似楮先生語調，對白紙而言，襟懷筆墨是其稟性。韓愈評價毛筆說：「穎為人，強記而便敏，自結繩之代以及秦事，無不纂錄。」毛穎既能「無不纂錄」，雪芹如何不能「分出章回」。

有人眼尖，說圖贊中「曹直院」為何物？豎排寫字時，為避免寫歪，使字行直，要用尺子界定筆勢，此尺就是曹直院。為何姓曹？《說文》曰：「曹，獄之兩曹也。在廷東。从棘，治事者。」這裡引申為法度、規矩。

曹直院圖贊說：「顧瞻周行，真一繩墨，友者誰歟，正字中書，惡曲與污，惟正是趨。」所以「曹直院」就是一個正字尺。而曹雪芹三字，只是一尺一紙罷了。一尺一紙，足以「批閱十載，增刪五次，纂成目錄，分出章回」。

京中有善口技者，不也是一桌一椅，一扇一撫尺而已麼。

檢校牙籤十萬餘
濡毫滴渴玉蟾蜍
汗青頭白休相笑
曾讀人間未見書
曉嵐自題

附注：滄州文墨公園文稿

東坡曰：「幽燕之地多豪傑。」滄州是武術之鄉，而城市發展，需建設公園與廣場，不如以「文墨」為題，請來木居士與灰侍者，以成才兼文武之勢。

公園選址不拘大小，能容一方水池即可。水池修成硯臺之形，至於是哪塊硯，可參考《閱微草堂硯譜》。池宜淺不宜深，池底選用黑色卵石，或者方磚，以喻墨汁。

池中設一木筏，或者舟楫，立真人大小雕塑，一個書生意氣，擊水中流，一個身如鐵塔，如古之惡來。這二位即是木居士與灰侍者。

木居士掌舵，船舵做成毛筆形狀，筆桿抱在居士懷中，筆鋒落在水池裡，似蘸墨，又似掌舵。灰侍者是撐篙的，手執一黑色墨條，一端撐在池中，似磨墨狀。篙上嵌著金字，一如墨條上的描金。茫茫學海如迷津，唯文墨二公可助君渡之。紀曉嵐詩曰：「登岸未有期，敢云當舍筏？」即此義也。

周邊雕塑／圖畫：

一、觀弈雕塑。旁刻曉嵐觀弈詩，以及脂硯觀弈詩。

二、胡宮山擊盜圖。胡宮山手持煙槍擊敗群盜，生動有趣。需注明是胡宮山，免得別人以為是紀大煙袋這麼武藝高強呢。

三、背狼雕塑。滄州以前的捉狼故事。有勸誡之意，很有趣，有畫面感，兒童喜歡。

四、唐打虎雕塑／壁畫。這個最好立在歙縣會館的小公園。雖出自閱微筆記，但講的是徽州唐打虎，歙縣亦屬徽州。《紅樓夢》中多文虎，立此唐打虎，可以鼓舞人心。

五、大荒山壁畫。烏魯木齊有閱微草堂，舉目東望，雪滿天山。草堂中遙望博克達山者，乃青埂峰下一孤石也。

六、北庭考古。北庭都護府設立於武曌時期，後為管理天山北部地區的最高行政機構。岑參在北庭任判官時，曾登北庭北樓，作詩云：「日暮上北樓，殺氣凝不開。大荒無鳥飛，但見白龍堆。」天寶之後，唐王朝無暇西顧，北庭和安西與中原隔絕，眾將士孤守塞外數十年，直至兵乏城破。被吐蕃與回鶻佔領後，北庭一詞，漸漸消失於典籍中。元末時城因部落內戰而毀，斷壁殘垣，當地人呼之曰「破城子」。幾百年後，紀曉嵐謫戍新疆，奉命調查軍墾之地時發現此城，經過測量發掘，紀曉嵐據史料推斷，此即唐北庭城。至此，北庭始重新回歸史書中，紀昀也成為發現北庭故城的首位學者。如今的北庭故城已列為國家重點文保單位，是絲綢之路上的重要關口。站在城址遠望，北面是無邊的廣漠，南方是連綿的雪山，博格達峰傲岸天際，如紀河間所詠的翠芙蓉，立於岑嘉州遠望的大荒。

脂硯齋

（此篇是給魯小嶧的講解詞）

春暖花開時，魯小嶧要來北京看脂硯齋，接到他之後，去吃魚攤攤，然後坐地鐵到虎坊橋，並明和長安在那等著呢。

老友相見，略敘闊別，出虎坊橋站就是紀曉嵐故居，也是《石頭記》寫作之地。以前宅子很大，因修路拆掉一些，旁邊民居又占一些，現在的宅面，不足當年的三分之一，能保存下來，已實屬不易了。

門前一棵紫藤花，紀氏當年手植，二百餘年了，花開繁茂。進得門廳，是一座半身塑像，依《清代學者象傳》雕成，也算寫實。廳裡的展品多為應景。比如那只煙鍋，實在太小了，比原件拓片小一倍。東邊展櫃裡放著紀昀的書，常見的如：《閱微草堂硯譜》、《閱微筆記》、《李義山詩話》、《瀛奎律髓刊誤》等。不常見的如：《紀評玉臺新詠》《紀文達遺集》等。

穿過展廳是個小院子，院中一株海棠，每逢秋天就紅果滿樹，乃曉嵐懷念文鸞所植，一如歸有光那棵枇杷樹。樹下立著白石碑，看一眼碑上的詩句，就知悼紅軒的來歷了。

《秋海棠》紀昀

憔悴幽花劇可憐，斜陽院落晚秋天。

詞人老大風情減，猶對殘紅一悵然。

大觀園有個海棠詩社，後來改成桃花社。紀昀的這首海棠詩，前兩句正化自《桃花扇》：「重到紅樓意惘然，閑評詩畫晚春天。美人公子飄零盡。一樹桃花似往年。」

曉嵐與文鸞的故事，像陸游與唐婉。這首懷悼文鸞的海棠詩，後兩句也像陸游的沈園二首：「夢斷香消四十年，沈園柳老不吹綿。此身行作稽山土，猶吊遺蹤一泫然。」《閱微草堂筆記》提到一個綠意軒，綠肥紅瘦，乃悼紅時節。《如夢令》裡海棠依舊，紀昀悼紅亦是詠海棠，這綠意軒也是悼紅軒。所謂海棠詩社，也源自這首《海棠詩》。一

一　注：詩作於辛卯一七七一年。

悼紅軒是哪間屋子不太清楚，也許就在眼前，也許已經拆掉了。至於軒中的常客，自然是戴東原、錢竹汀、以及戴震的親家孔繼涵等。為何說這裡是脂硯齋，等下出門左轉就明白了。

你看那邊的導遊，熱衷於講愛情故事。其實張潮有句話：「多情者必好色，好色者未必盡屬多情也。」問你啊小嶧，你覺得《紅樓夢》多情麼？

小嶧笑道：「未見好德如好色者。好學如好色者則見矣。」

在《紀昀傳》裡，記載了曉嵐上書，為婦女抗節爭旌之事。所爭之事，今人雖不屑，彼時卻頗為看重。君子以仁存心，世事風俗可變，此心不可變也。好比男兒重義，千古一理。

老紀真多情者也，非僅繾綣之情，亦有仁者愛人之意。迅哥兒曾說過：「他生在乾隆年間法紀最嚴的年代，竟敢借文章以攻擊社會上不通的禮法，荒謬的習俗，以當時的眼光看來，真稱得上很有魄力的一個人。—魯迅。」

紀昀後來的逞欲也好理解，湯顯祖寫信對友人說：「世實需才亦實憎才，人愛不如自愛。」才高世憎，古今皆然。只是這自愛的方式麼，卻人各有異。

眼前就是閱微草堂，紀曉嵐說「讀書如遊山，微言終日閱」，記得沈三白說蚊子沖

煙飛鳴如鶴唳雲端。那紀昀讀書時吸煙，亦好比嶺上多白雲。他一生是最愛煙草的，尤嗜徽州煙，他曾說：「嘗遍天下，無如徽之煙草。」

煙草源自南美，經呂宋的淡巴菰一地傳入中國，故名淡巴菰。對於煙草的產地，清人有不同說法，趙翼說是呂宋，也有說來自西方的。

比如納喇性德《淥水亭雜識》說：「今所噉煙草，孫光憲已言之，載於《太平廣記》：有僧云，世尊曾言山中有草，然煙噉之，可以解倦。則西域之噉煙，三千餘載矣。」世尊即釋迦牟尼，若按這種說法，則淡巴菰來自西方靈河岸了。

《在園雜誌》載：「高麗國其妃死，王哭之慟，夢妃告曰：塚生一卉，名曰煙草，采之焙乾，以火燃之，而吸其煙，則可止悲。」陸烜曰：「相思草，煙草也，緣人一溺其香，便不能舍，故也。」又別名「芳草、香草、仙草、金絲醺、還魂草」等等，十幾個名號。煙草之花絳瓣珠蕊，若小說家采而掇之，即成絳珠仙草。

對於厭煙者而言，淡巴菰一無可取，對於紀大煙斗來說，煙草即香草，黛玉乃美人，香草美人，乃楚辭之義。況黛玉本是草胎木質，修成女體，正所謂：「惟草木之零落兮，恐美人之遲暮。」

小嶧聞言道：「煙草如蒹葭，黛玉如伊人。蒹葭非伊人，觀蒹葭而知伊人。此乃比興之興，非比興之比。若道煙草即黛玉，則不讀詩無以言者也。」

眾人聞言，會心而笑。

草堂書架上擺的那本書，是王老先生的《紀曉嵐遺物叢考》。叢，聚也。書裡的收錄也是五花八門。你看紀昀這封《致林育萬信箚》，信裡說；「連日養痾，未能相晤，悵悵。」熟悉吧？脂硯曾說：「余不遇癩頭和尚何，悵悵。」將「悵悵」二字在句尾單獨使用，這是紀茶星的用語習慣。此信現藏於故宮博物院，也算一件紅樓文物吧。

明明是著書者，卻扮作批書人，比如那句：「能解者方有辛酸之淚哭成此書，壬午除夕，書未成，芹為淚盡而逝。」

「辛、酸、淚」三字皆指哭，再加「哭成」之哭，就是四哭。「成此書」即全書。是為：「能解者有方，四哭全書。」《四庫全書》與《四庫提要》裡，之所以有紅樓線索，正是脂硯不打誑語的體現。

前文說雪芹指文思，亦為白紙，淚指淚墨。「芹為淚盡而逝」，只似放翁詩：「紙窮墨漸燥」。脂批在七十二回曾說：「卻是江淹才盡之兆也。」

故「壬午除夕，書未成，芹為淚盡而逝。」是為：

「人無出息，書未成，江郎才盡。」

紀曉嵐詩曰：「文章雖愧日荒落，江淹才盡非從前。」石頭記正反皆可讀，蔡先生

說此書有好幾層意思。隱藏最深的那層，是用來待知音的。而知音之法，就在文心雕龍裡。

洪亮吉《懷人詩》寫紀昀道：「子雲筆劄君卿舌，當代無人可共論。」谷子雲便於筆劄，文思敏捷。樓君卿能口誦數十萬言，博聞強記，以此二人比擬紀昀，怎麼說呢，劉勰覺得樓君卿挺一般的，而紀昀又評點過《文心雕龍》，不知老紀同不同意這個比喻，反正洪亮吉這麼說了。

閱微草堂還是原址，有所增修。堂前舊有太湖石，高七八尺（約兩米半），宋徽宗名園艮嶽遺物，靖康之後金人掠舊京之物北上，亦將此石裹挾而來。多年之後，輾轉立於閱微草堂前。此石造型奇特，紀曉嵐說：「南城所有太湖石，此為第一。余又號孤石老人，蓋以此云。」頑石早已不在此地，不知是否歸去了大荒。有人說在中南海小瀛洲，一時也無法尋證。當年篆刻名家聶松岩曾為紀家西賓，不知那石上是否也留有字跡。

上海豫園的玉玲瓏本來也要運往艮嶽的，秦榮光《上海竹枝詞》說：「玉玲瓏石最玲瓏，品冠江南竅內通。花石綱中曾采入，幸逃艮嶽劫灰紅。」而孤石老人的石頭，則更像歷世造劫。歷經宋元明清，早已見慣興亡。如果有一天能見到這頑石，定要和上海的玉玲瓏比一比，到底誰更奇。

誒？你們兩個咋不說話？

並明笑道：「你說的那麼帶勁，我們那好插嘴，靜靜地聽著就是了。」長安附和著使勁點頭。

這兩個傢夥要麼有腹誹，要麼一片誠心。不管啦，聽說長安最近對曹雪芹有新看法，說來聽聽。

長安道：「只是個比喻罷了。」說罷晃了晃沙包大的拳頭，又道：「曹雪芹三字，就像武松的拳頭，在人眼前影一影，卻是個幌子，人若直撲過去，便妨不著下面的玉環步、鴛鴦腳。想來讀書的也沒幾個是練家子，一個個被打的點蒼苔、憔悴損。可知這文拳打人，傷神摧魄，厲害得很吶！」

說的眾人都笑了。長安又道：「你們看這第一回中，曹雪芹三字出現之後，不足百字內，便接連出現『石頭記』、『石上是何故事』、『按那石上書云』等字眼，分明說作者是石頭，是石雲。只因曹雪芹三字在前面晃，後面的字就視而不見了。這一招，用燕子李三的話說，叫燈下黑。用牛魔的話說，就是別老拿紅布在俺眼前晃。」

眾人聽了哭笑不得。紛紛譴責長安的比喻不像話。殊不知長安最古道熱腸，有啥說啥。這比喻若算詼諧，恰似林黛玉說的：「什麼詼諧，不過是貧嘴賤舌，討人厭惡罷了。」

並明道：「作者哪裡知道什麼燕子李三，什麼晃牛魔的？你得用典故打比方，這樣才好理解嘛。」

長安道：「不就典故麼，我長安的典故能撐起半個漢唐。話說魏武見匈奴使，自以形陋，不足以雄遠國。就讓相貌堂堂的崔季珪假扮自己，孟德自己呢，就扮作侍衛，佩刀立於榻旁。接見完畢，孟德使密探詢問使者：『你覺得魏王如何？』使者說：『魏王雅望非常，然床頭捉刀人，此乃英雄也。』若問雪芹如何？吾當曰：雪芹雅望非常，然脂硯齋內捉刀人，此乃英雄也。」

眾人聞言皆頷首。小嶧問：「那脂硯齋到底怎麼回事呢？納悶好半天了。」

「要問脂硯齋，就出門左轉，咱們邊走邊說。記得《閱微草堂硯譜》吧，有硯譜傳世的人可真不多，非嗜硯成癖不能傳此。紀昀的書齋還叫九十九硯齋。為什麼叫九十九呢？《石頭記》說水滿則溢，月滿則虧，所以不能叫百硯齋，少一點，硯臺才能常來啊。現在就看誰家的硯齋和胭脂有關。從字面來看，這不是正式的齋名，幾近乎諧謔，應該是……等等，你且駐足抬頭看。」

魯小嶧抬眼看時，只見眼前出現的這條胡同離故居約有一百多步，胡同口掛著紅底白字的牌子，上寫「胭脂胡同」。

全北京這麼大，就這一個地方以胭脂為名。雖然街道改造拆了大半，但總歸是保留下來啦。這裡以前有胭脂作坊，聚集的胭脂鋪子多，名號也就有了。近代之所以有名，是因為胭脂胡同和另外七條，一起被稱作八大胡同。前面還有個胡同博物館，裡面一堆子陳年八卦。所以說，脂硯齋三字，是一個戲謔，是一個諢名。是虎坊橋書齋裡那些批書人所使用的諧號。

樸學家可不是理學家，他們考據是認真，論事卻活泛的很。比如戴震，就喜歡講奇異故事。不僅給紀曉嵐講，還給袁枚講過。並不是板起臉來做學究先生的。戴震自負起來也很有趣，他說錢大昕的學問天下第二。江藩說，蓋以第一指戴君自己。戴震在《四庫》中負責天文水經的編纂，《四庫提要／物理小識》一條中，有「牛溲馬勃」四字的評語，而同樣的評價出現在脂本中。（脂批說：牛溲馬勃皆至藥也。）《四庫提要》縱有多人手筆，卻是紀昀一手定奪，而《提要》保留的這條評語，如果源自戴震的話，那麼這條脂批，大約也是戴震批的。

胭脂胡同北即琉璃廠，都中慕雅者蟻聚之地，多書肆畫坊、行商鼓擔，《石頭記》書稿流傳亦不難。

《脂硯齋重評石頭記》，在虎坊橋這裡，胭脂，硯齋，石頭，紀與記，都能找到。那個最神秘的人，一直都在朝堂之上，市井之間。《孫子兵法》云：「近而示之遠，遠而示之近。」開篇自言「階柳庭花，瓦灶繩床」，貌似小隱隱於野。但「此書不可看正面」，他本是大隱隱市朝。兵法云：「虛則實之，實則虛之。」聽說他白眼步兵向人斜，其實他詼諧堪比柳敬亭。聽說他神秘莫測難尋覓，其實他名聞天下常在耳。這正是：滿目山河空念遠，誰知惜取眼前人。

太直白往往不易被理解，非要驀然回首，才知那人就在那裡。對近前的事物懶於用心，對捕風捉影的事仰慕不已，鬼谷子早就說過了。「脂硯齋」三字並不算謎語，考證的人多了，才成了謎。備周則意怠，常見則不疑，謎語之妙，就在於不設謎而自能成謎。

小嶧笑道：「不會是因為虎坊橋，才變成文虎的吧？」

眾人都笑起來。

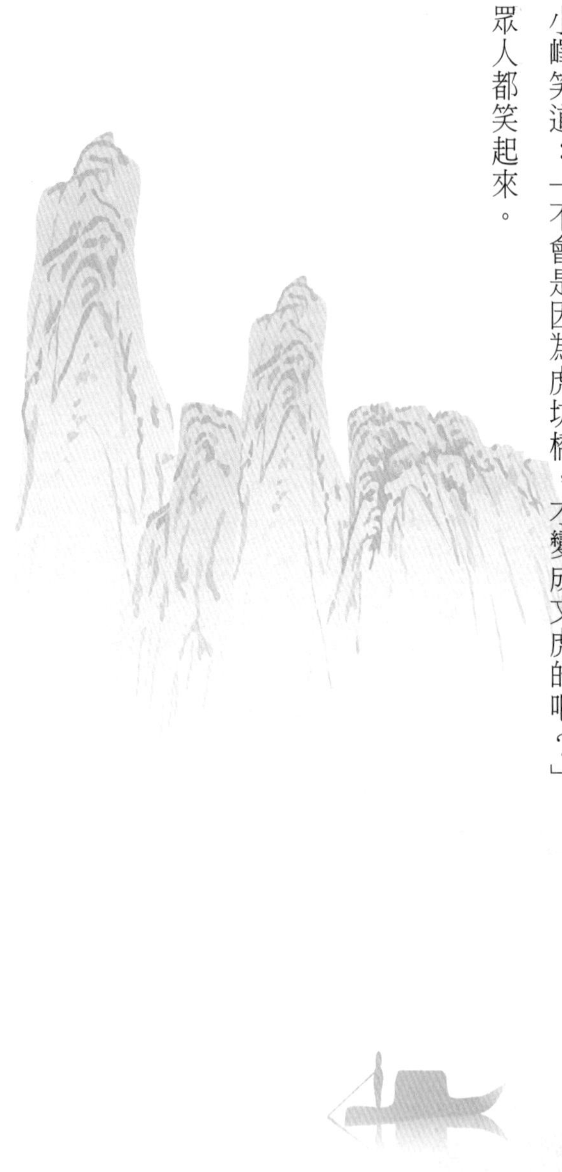

虎坊橋周邊

琉璃廠在胭脂胡同以北，多書肆畫坊，有的《石頭記》抄本就是從這裡流傳開的。火神廟建於明代，清代多次翻修，周邊的書商們常來祭祀，以求平安。《紅樓》中的賈母望見火光，忙叫人祭拜火神，蓋取材於此廟。

胭脂胡同往東一百米即石頭胡同，石頭胡同東側是給孤寺遺址，即唐代的萬善寺。王鳴盛曾與紀昀為鄰，他寫詩說：「鐘梵聲聲自給孤。」紀昀也常到此地，《閱微草堂筆記》說：「京師花木最古者，首給孤寺呂氏藤花，次則余家之青桐，皆數百年物也。」

如今紀家青桐早已無蹤，倒是紀昀手植的一株紫藤，至今花葉繁茂，不知紀昀這藤，是否取穗自呂氏藤花。當年紀昀很羡慕呂氏藤，他寫道：「藤今猶在，其架用梁棟之材，始能支柱。其陰覆廳事一院，其蔓旁引，又覆西偏

右圖：北京琉璃廠火神廟。

書室一院。花時如紫雲垂地，香氣襲衣。」

如今呂氏古藤了無痕跡，倒是紀昀所插藤穗，今已遮廳覆院，每逢四五月間，紫雲垂地，香氣襲衣，一如當年的呂氏藤花。

從虎坊橋出來，正準備逛前門。長安掏出煙來分，眾人皆道不吸。

長安道：「絳珠仙草都不吸？老紀從虎坊橋到圓明園，一鍋煙絲吸不完，我們只是走到前門，也要測一測幾根煙嘛。」說的好有道理啊，於是紛紛點上。

「真是的！長安你這麼粗獷的人居然吸薄荷煙？」

長安嘿嘿笑道：「你不懂，這是心有猛虎，貓科動物的愛好都是一樣的。」胡亂抽了幾根，已來到前門大街，先吃了馬迭爾，再由並明帶路，去找鼻煙老趙。

老趙是獅子橋的鼻煙世家，至少他自己這樣認為。一進門，只見一個漢子正在吃麵，見我們一手拿著煙捲，一手拿著冰棒，他便很不高興，嚷道：「這算什麼？瞧不上我這的煙？我這滿屋子的香料都要被你們熏壞了！你們，咦？誰的薄荷煙！給我一根嘿。」

老趙吐著煙圈，打開他的小箱子，滿滿的鼻煙壺，也有幾個鼻煙盒，都是有些年頭的。眾人一一檢看，雖有幾個袒衣女子的，可肋生小肉翅膀的那種竟無一個。

並明問：「你真沒見過那種？」老趙搖搖頭：「生小翅膀的只有小天使，在別處倒

見過。像你說的那種，既要金星玻璃的，又得是盒子，又沒穿衣服，還要長翅膀，老趙找不到啊。這鼻煙盒也不好隨身帶，一般放家裡用的，能拿出來的都是壺。」說著又拿出一套十二釵的，卻只有六隻，一隻壺上畫兩個人，雖是近代工藝，也算精緻吧。

試了試老趙的自製新款鼻煙，一股辛辣沖上頭，張了半天嘴，卻打不出噴嚏，肯定沒加薄荷，差評！又試那款經典配方的，頓時噴嚏連連。

「這鼻煙不能治頭疼感冒吧。」

「通神醒腦就夠啦。那晴雯嗅了鼻煙，不是還要貼『依弗那』的藥膏子麼？」

「書中說晴雯貼上『依弗那』倒俏皮了，二奶奶貼慣了倒不大顯，看來鳳姐經常頭疼的。」

「鳳姐兒莫不是頭風？怎麼跟孟德的病一樣。」

大家閒聊者，又說起晴雯補雀裘來。並明覺得補雀裘就是組羊裘。具體說就是李雯的《致史閣部書》。

這封信以多爾袞名義寫給史可法。捉刀者卻是李雯。古代隱語有「食獵犬，組羊裘」，即「饗武士，繕甲兵」。而李雯代筆的這封書，就像組羊裘。

第一句「予向在瀋陽，即知燕京物望」——久懷叵測矣，只可與戰，不可謀和。

後一句「後入關破賊，得與都人士相接」——收買人心，所圖必廣。

再一句「春秋之義，有賊不討，則故君不得書葬，新君不得書即位，所以防亂臣賊子法至嚴也。」——春秋之義，兄弟鬩於牆，外禦其侮。

再一句「平西王吳三桂介在東陲」——吳月所善騎牆，今不早謀，必為其所逼。

再一句「且擬釋彼重誅，命為前導。」——金人欲拉攏起義軍進攻南明。南明亦可如此。前者收得一高傑，傑大意喪身。後來瞿式耜收得若干，又統籌無力。到最後只一李定國，處西南一隅竟憂憤而死。夔東十三家輾轉作戰，豈輕為彼等收攏？覽李來亨抗清舊址，故壘蕭蕭，唯蘆荻相伴秋風矣。

再一句「昔宋人議論未定，兵已渡河，可為殷鑒。先生領袖名流，主持至計，必能深維終始，寧忍隨俗浮沉？取捨從違，應早審定。兵行在即，可西可東，南國安危，在此一舉。」此一段似勸降，實則心焦，李雯苦心矣。

再一句「願諸君子同以討賊為心，毋貪一身瞬息之榮，而重故國無窮之禍，為亂臣賊子所笑，予實有厚望焉。記有之：惟善人能受盡言。」國家危難之時，要麼勇武如岳，要麼剛毅如于。而混亂之世，惜不見征西將軍阿瞞。

當然了，這是個人觀點，僅僅是猜測罷了，所依據的，只是李雯與陳子龍的書信。

紅樓人物的角色並不是固定的。換一個時間，換一個場合，同一個人物的原型可能就改變了。

「君在高山頭，余沉海水底。」在寫給陳子龍的信中，李雯對自己的行為耿耿不能自釋：「聞君誓天，余愧無顏，願復善保南山南。聞君慟哭，余聲不讀，願復善保北山北。悲哉復悲哉，不附青雲生，死當同蒿萊。知君未忍相決絕，呼天叩地明所懷。」

而陳子龍對待李雯呢，可以說是好的無以復加。我抗清，你降清，但我知道你有苦衷，所以我不怪你。李雯終覺愧於好友，「心比天高，身為下賤，霽月難逢，彩雲易散。」陳子龍被俘，投水而亡。同一年，李雯恥憤而死。

晴雯道：「且把那茶倒半碗我喝。渴了這半日，叫半個人也叫不著。」寶玉連忙倒茶時，那茶碗有油膻之氣，那茶水絳紅苦澀，嘗畢，方遞與晴雯，只見晴雯如得了甘露一般，一氣都灌下去了。這是第七十七回的情形，往日那樣好茶，他尚有不如意之處，如今灌此苦湯，又怎解得涸轍之渴？不日即可索晴雯於枯魚之肆矣。

並明言罷嘆了一聲，又道：「我也不知晴雯是不是李雯，只是借此機會，說一說雲間三子罷了。晴雯的判詞是『水墨滃染的滿紙烏雲濁霧』，所以我推測，水墨若指翰墨，那烏雲難道是雲間？也只是推測罷了。謎思若不巧妙，也不能說是紀氏謎語。」

老趙拍著大腿道：「早知不聽你講了，平白添了個悶葫蘆！」

並明笑道：「今天來不及了，明天他們去故宮。老趙你來不？」

老趙便說自己去的潑煩了，肚裡再添幾個葫蘆，豈不悶破肚皮。

辭別了老趙，又到了正陽門，黃昏時刻，流水似的人群湧出故宮。這就是榮國府，茗煙當年就在這裡的二門上聽差。

辭章盛名的建安風骨因寫實而獨特。讀紅樓卻為何避談現實呢？若覺得一旦寫實，就會破壞那「偉大的想像力」，是真不識山河之壯麗也。

孟浩然曰：「吾詩思在灞橋風雪驢背上。」石頭文思亦在這天地之間。天安門上雲卷雲舒，歷史與當年的夢也已融為一體了。

左圖：上海雲間第一橋，陳子龍投水之地。

賈府的雞蛋

榮國府若是紫禁城，那廚房柳嬸用的雞蛋，就是紫禁城的雞蛋。這時再看原文，就知司棋吃個雞蛋為何不容易了。

第六十一回：忽見迎春房裡小丫頭蓮花兒走來說：「司棋姐姐說了，要碗雞蛋，燉的嫩嫩的。」柳家的道：「就是這樣尊貴。不知怎的，今年這雞蛋短的很，十個錢一個還找不出來。昨兒上頭給親戚家送粥米去，四五個買辦出去，好容易才湊了二十個來，我那裡找去？你說給他改日吃罷。」

這裡的「二十個」雞蛋，有的抄本作二千個。因為賈家這麼個大家族，怎麼只買二十個雞蛋呢，尤其是「四五個買辦出去」，都是吃乾飯的？所以得是二千個。但這樣還是不行，因為小丫頭蓮花翻出「十來個」雞蛋之後，柳家的又有話說。原文是：

柳家的忙丟了手裡的活計，便上來說道：「你少滿嘴裡混唚！你娘才下蛋呢，通共留下這幾個，預備菜上的澆頭：你們深宅大院，水來伸手，飯來張口，只知雞蛋是平常物件，那裡知道外頭買賣的行市呢？」

昨天才湊了二千個，今天只剩十來個，還不舍的用，要留著做澆頭。就是說，一夕之間輕易用了一千八百八十多個，剩下十來個卻不能輕易用了。明明是「好容易才湊」來的，可用的也太容易了。所以原文是「二十個」雞蛋最符合情況。可這樣又不行了，這麼個大家族，怎麼只有二十個雞蛋呢？清中期的雞蛋幾文錢一個而已。若榮國府是紫禁城，問題就簡單了。紫禁城的雞蛋什麼價，清代筆記是有記載的。

《春冰室野乘》有「內務府糜費」一條，說內務府的主官，「承平之時，歲入可二百萬金。」一年份好的時候，一年撈二百萬兩銀子。怎麼撈呢？書中舉了例子。

說乾隆召見汪由敦，聊著聊著就隨口問：「愛卿天不亮就趕來上朝，在家吃過早飯了麼？」

汪由敦也如實回答說：「臣家計貧，每晨飯不過雞子四枚而已。」

乾隆當時就愣了，不悅道：「雞蛋一枚，需十兩銀子，四枚就是四十兩。朕都不敢這樣縱欲，你居然還哭窮？」

汪由敦當時也傻了，但他馬上明白，內府的賬有問題，只好詭辯道：「外頭賣的雞蛋，都是殘破不能上供的，所以才能低價買到，一枚不過數文而已。」寶玉似信非信點點頭。

十兩銀子一個雞蛋，這種買辦層層加價，環環盤剝的事情，不僅體現在雞蛋上，同

治時，買了一對皮箱，市價幾十兩，而內府報的是九千多兩。另一本《南亭筆記》記載，光緒吃雞蛋，一天四個，報價是三十四兩銀子。這些都是筆記記載，可能有失實的地方，不一定真的是十兩八兩，但這種低買高賣的行為是存在的，這種風氣也一直延續到了清末。

由此看來，榮國府的雞蛋，那可價值不菲了。二十個雞蛋需要的銀子，四五個買辦各自能撈一把了。司棋的月錢是一兩銀子，到外面可敞開吃，在榮國府可就難了。柳家的說，雞蛋是「十個錢」一個。是指「銅錢」還是「銀錢」呢？就需要找一個參照價，比如說，榮府的鴿子蛋。

第四十回：那劉姥姥正誇雞蛋小巧，要㕑攮一個。鳳姐兒笑道：「一兩銀子一個呢，你快嘗嘗罷，那冷了就不好吃了。」好容易撮起一個來，才伸著脖子要吃，偏又滑下來滾在地下，忙放下箸子親自去揀，早有地下的人揀了出去了。劉姥姥嘆道：「一兩銀子，也沒聽見響聲兒就沒了。」

鳳姐說鴿子蛋是一兩銀子一個，這是玩笑話，但在榮國府內，可就不是玩笑了，說不定是真的。小小鴿子蛋一兩銀子，那大數倍的雞蛋是幾兩銀子呢？或曰，物以稀為貴，鴿子蛋明明比雞蛋貴啊。內務府弄的物價，不能用市場來衡量。小小鴿子蛋居然比雞蛋還貴，想騙誰呢？市場價也沒有一兩一個的鴿子蛋。這個問題真的好無聊啊，多寫幾字

都是罪過，若想證明
榮國府是紫禁城，不如去故宮逛一逛。

故宮與榮府

榮府就是故宮。逛到養心殿時，有一個書房，可與榮府的書房對照。紅樓第十四回，有這麼一段：

鳳姐道：「我且問你，你們這夜書多早晚才念呢？」

寶玉道：「巴不得這如今就念才好！他們只是不快收拾出書房來，這也無法。」

鳳姐笑道：「你請我一請，包管就快了。」

寶玉要和秦鐘讀夜書，催人收拾書房。所謂：「不因俊俏難為友，正為風流始讀書。」因此這個書房和秦鯨卿關係密切。寶玉私下一直是呼「鯨卿」的，而「秦鯨卿」三字，讀來很有趣。這三個字，全是：「平聲、開口、細音、三等。」用今天話說，他們都有個介音（i），一共是三個。如果找三個「平聲開口細音三等」的字來代替的話，比如說希、希、希之類的，那秦鯨卿與寶玉讀書的書房，就是三希堂。

三希堂在養心殿西側，很小的屋子，屋子的一面牆上，掛滿了懸瓶，又稱轎瓶，就是可以貼牆懸掛的瓶子。而這種瓶子，在怡紅院寶玉的書房中也有。

第十七回：「諸如琴、劍、懸瓶、〔脂批曰：懸於壁上之瓶也。〕桌屏之類，雖懸於壁，卻都是與壁相平的。」

第四十一回：「只見四面牆壁玲瓏剔透，琴劍瓶爐皆貼在牆上。」

前文說過，大觀園原型是圓明園，不過圓明園已經毀了，無法驗證其書房是否有懸瓶，但榮國府還在，這間三希堂兩百多年幾乎是保存原樣，卻大量存在寶玉書房的懸瓶。所以說寶玉在榮府的書房，就是三希堂。而當年圓明園書房，也必然是有懸瓶的。

三希堂曾有三件稀世珍寶，其中一件，就是王獻之的《中秋帖》。帖前有兩個大字，是至寶，也是寶玉。這幅《中秋帖》就收藏在故宮博物院。所以逛書畫廳的時候可以留意一下。關乎紅樓夢的傳世文物中，這算比較重要的一件。

從書畫廳出來，就可以轉到陶瓷廳，在這裡有非常明顯的大紅大彩大粉瓷器。這是寶玉喜歡的顏色，怡紅的來歷，也是有根據的。尤其那個「各種釉彩大瓶」，花裡胡哨的，最能體現寶玉的風格了。

潘重規先生說襲人是龍衣人，在郎世寧的畫作裡，是可以看得到的。十二個身穿龍衣的女人和寶玉一起，畫在一幅橫軸畫上。這幅畫現收藏於米國大都會博物館。

有一些畫很奇怪，畫中寶玉的衣著，既有明朝晉朝特色，又有清代特色，弄不清是哪個朝代的。梳著清人的辮子，卻挽作晉宋的髮髻，擺著六朝的器物，供著天竺的神獸。貌似是無朝代年紀可考，落款卻寫的清楚。

逛到乾清門看到正大光明殿時，這場景就很像榮國府的榮禧堂了。殿中有個座位，座上有塊大匾，上寫「正大光明」，正應著榮禧堂的上聯。

上聯：「座上珠璣昭日月」。那座位上面，恰好有個明字，不是日月麼？珠璣不是會放光麼？那還有「正大光」三字呢。《說文》曰：「昭，日明也。光，明也。」所以座上珠璣昭日月，就是說座位上方有「正大光明」四個字。

下聯：「堂前黼黻煥煙霞」。《說文》曰：「堂，殿也。」所以「堂前」就是「殿前」。黼黻是種花紋，官服、鼎彝都有這種文飾。乾清宮以前常舉行儀式，黼黻自是常有的。

至於榮禧堂的「三尺來高青綠古銅鼎」，乾清宮卻是幾個銅胎景泰藍。而「待漏隨朝墨龍大畫」，在乾清宮則是五條金龍。錢牧齋說黑水韎鞨即後金。賈政謎語是硯臺，脂批說「賈老之謎，包藏賈府祖宗自身。」硯包黑水，賈府祖宗即後金，以墨射金。

所以這賈府的「榮禧堂」，就是乾清宮正殿。《說文》曰：「禧，禮吉也。」段玉裁注：「行禮獲吉也。」榮禧堂是行禮的地方，乾清宮也是。

右圖：乾清宮正殿。嘉慶三年重建。

李德勝說：「紅樓夢寫的是很精細的社會歷史。」此書可不可考，去故宮看一眼就知道了。小說雖小道，必有可觀者。正所謂：但以考據求索隱，勿以俗眼看文章。

酈海雪

原文評注

賈母笑著，挽了鳳姐兒的手，仍舊上轎，帶著眾人，說笑出了夾道東門。一看四面粉妝銀砌（是雪），忽見寶琴披著凫靨裘站在山坡上遙等，（聖嘆曰：看花宜白袷，踏雪宜豔妝。）身後一個丫鬟抱著一瓶紅梅。（「一瓶紅梅」射一本書名。）

眾人都笑道：「少了兩個人，他卻在這裡等著，也弄梅花去了。」

賈母喜的忙笑道：「你們瞧，這山坡上（亦是雪坡）配上他的這個人品，又是這件衣裳，後頭又是這梅花，像個什麼？（像酈海雪。）」

眾人都笑道：「就像老太太屋裡掛的仇十洲畫的《豔雪圖》（三雪）。」

賈母搖頭笑道：「那畫裡那裡有這件衣裳？人也不能這樣好。」一語未了，只見寶琴背後轉出一個披大紅猩氈的人來。（紀昀曰：《赤雅》又敘猩猩一條，大不近情。）

賈母道：「那又是那個女孩兒？」

眾人笑道：「我們都在這裡，那是寶玉。（披猩猩氈者衆，獨寶玉入《赤雅》中。）」

賈母笑道：「我的眼越發花了。」（賈母兩副眼鏡，偏不戴，正是借其老眼下筆，看不清時，方見眞身。）說話之間，來至跟前，可不是寶玉和寶琴。

寶玉笑向寶釵、黛玉等道：「我才又到了櫳翠庵，妙玉每人送你們一枝梅花，（釵黛亦用梅花襯。）我已經打發人送去了。」

眾人都笑說：「多謝你費心。」

說話之間，已出了園門，來至賈母房中。

吃畢飯，大家又說笑了一回。忽見薛姨媽也來了，說：「好大雪，（四雪。薛家護官符曰「豐年好大雪」，偏讓薛姨媽說，妙。）一日也沒過來望候老太太。今日老太太倒不高興？正該賞雪才是。（五雪）」

賈母笑道：「何曾不高興！我找了他們姊妹們去，頑了一會子。」

薛姨媽笑道：「昨日晚上，我原想著今日要和我們姨太太借一日園子，擺兩桌粗酒，請老太太賞雪的，（六雪）又見老太太安歇的早。我聞得女兒說，老太太心下不大爽，因此今日也沒敢驚動。早知如此，我正該請。」

賈母笑道：「這才是十月裡頭場雪，（七雪）（薛姨媽曾說「十月梅花嶺上香」，今見此「十月裡」三字，可知暗香滿園矣。妙文。）往後下雪（八雪）的日子多著呢，再破費不遲。」

薛姨媽笑道：「果然如此，算我的孝心虔了。」

鳳姐兒笑道：「姨媽仔細忘了。如今先秤了五十兩銀子來，交給我收著，一下雪，（九雪）我就預備下酒了。姨媽也不用操心，也不得忘了。」

賈母笑道：「既這麼說，姨太太給他五十兩銀子收著，我和他每人分二十五兩，到下雪（十雪）的日子，我裝心裡不爽快，混過去了。姨太太更不用操心，我和鳳丫頭倒得了實惠。」

鳳姐將手一拍，笑道：「妙極了！這和我的主意一樣。」眾人都笑了。

賈母笑道：「呸！沒臉的就順著竿子爬上去了！（賈母平時稱鳳姐為猴兒，今又爬杆。）你不該說：姨太太是客，在咱們家受屈，我們該請姨太太才是，那裡有破費姨太太的理？不這樣說呢，還有臉先要五十兩銀子，真不害臊。」

鳳姐兒笑道：「我們老祖宗最是有眼色的，試一試姨媽，若松呢，拿出五十兩來就和我分，這會子估量著不中用了，翻過來拿我做法子，說出這些大方話來。如今我也不和姨媽要銀子，竟替姨媽出銀子治了酒，請老祖宗吃了，我另外再封五十兩銀子孝敬老祖宗，算是罰我個包攬閒事，這可好不好？」話未說完，眾人已笑倒在炕上。（所謂詼諧人作詼諧語，寫得鳳姐詼諧，便知作者詼諧。）

賈母因又說及寶琴雪下折梅（十一雪。雪下折梅是寶琴，雪下抽柴是寶釵，以柴喻釵。）比畫兒上還好，因又細問他的年庚八字並家內景況。薛姨媽度其意思，大約是要與寶玉求配。

薛姨媽心中固也遂意，只是已許過梅家了，（梅家妙，遙知不是雪，為有暗香來。）因賈母尚未明說，自己也不好擬定，遂半吐半露（妙！半吐半露是言語，亦是梅花含苞欲綻，說梅花正是說寶琴。隨手成趣，眞眞文章妙手。）告賈母道：「可惜這孩子沒福，前年他父親就沒了。他從小兒見的世面倒多，跟他父母四山五嶽都走遍了。（走遍四山五嶽，觀《赤雅》可知。）他父親且好樂的，各處因有買賣，帶著家眷，這一省逛一年，明年又往那一省逛半年，所以天下十停走了有五六停了，那年在這裡，把他許了梅翰林的兒子，（若言『梅妻鶴子』，那梅之子，豈不是鶴？）偏第二年他父親就辭世了，他母親又是痰症。」（其父母不必如此，然不如此寫，怎能使寶琴入園子？皆隨文運筆耳，一點即可，遂令鳳姐接過。）

鳳姐兒也不等說完，便嗐聲跺腳的說：「偏不巧！我正要做個媒呢，又已經許了人家！」

賈母笑道：「你要給誰說媒？」

鳳姐兒說道：「老祖宗別管。我心裡看準了他們兩個是一對。如今已許了人，說也無益，不如不說罷了。」（鳳姐準是要給鶴說媒，笑笑。）賈母也知鳳姐兒之意，聽見已

有了人家，也就不提了。大家又閒話了一會方散。一宿無話。

次日雪晴，（十二雪。金聖嘆曰：「雪天擒索超，略寫索超而勤寫雪天者，寫得雪天精神，便令索超精神，此畫家所謂襯染之法，不可不一用也。」如今寫寶琴而勤寫雪字，寫得雪樣精神，正是鄺海雪其人。）飯後，賈母又親囑惜春：「不管冷暖，你只畫去，趕到年下，十分不能便罷了。第一要緊，把昨日琴兒和丫頭、梅花，照模照樣一筆別錯，快快添上。」（琴兒、丫頭、梅花，三詞連用，眞是筆底生花。此「丫頭」定叫梅香。只不言，偏說丫頭，妙！呼丫頭為梅香已成俗套，如今用俗成雅，寫的琴如其人，雪映梅香。眞妙！細看來，哪裡是「琴兒、丫頭、梅花」，直是「梅花、梅香，與雪」。）

惜春聽了，雖是為難，只得應了。一時眾人都來看他如何畫。惜春只是出神。（一片傷心畫不成。為寶琴懷古伏筆。）李紈因笑向眾人道：「讓他自己想去，咱們且說話兒。昨兒老太太只叫作燈謎，回家和綺兒、紋兒睡不著，我就編了兩個『四書』的。他兩個每人也編了兩個。」眾人聽了，都笑道：「這倒該作的，先說了，我們猜猜。」

李紈笑道：觀音未有世家傳，——打四書一句。

湘雲接著就說：「在止於至善。」（四字是湘雲其人。）

寶釵笑道：「你也想一想『世家傳』三個字的意思再猜。」（《史記》有世家，如孔子世家。）

李紈笑道：「再想。」

黛玉笑道：「哦，是了，是『雖善無徵』。」（出自《中庸》，有《世家》則可徵驗。）

眾人都笑道：「這句是了。」

李紈又道：「一池青草草何名」（第二個「草」作動詞，指秋政刈草。）

湘雲忙道：「這一定是『蒲蘆也』，再不是不成？」（草艾則墨，未發秋政，則民弗敢草也。夫政也者，蒲盧也。）

李紈笑道：「這難為你猜」。

紋兒的是：「水向石邊流出冷」，打一古人名。（射「令轉於溝壑也。」出自嵇康《與山巨源絕交書》。「令」字從「冷」字化出。令隨著「冷」水向石邊流出，故「令」轉於溝壑也。）

探春笑著問道：「可是山濤？」

李紋笑道：「是。」

李紈又道：「綺兒的是個『螢』字，打一個字。」

眾人猜了半日，寶琴笑道：「這個意思卻深，不知可是花草的『花』字？」

李綺笑道：「恰是了。」

眾人道：「螢與花何干？」

黛玉笑道：「妙得很，螢可不是草化的？」

眾人會意，都笑了，說：「好。」

寶釵道：「這些雖好，不合老太太的意思。不如作些淺近的物兒，大家雅俗共賞才好。」

眾人都道：「也要作些淺近的俗物才是。」

湘雲笑道：「我編了一支《點絳唇》（隱「吃胭脂」），恰是俗物（是寶玉），你們猜猜。」

說著便念道：溪壑分離，紅塵遊戲，真何趣？名利猶虛，後事終難繼。

眾人不解，（不解妙，只待寶玉解。）想了半日，也有猜是和尚的，也有猜是道士的，也有猜是偶戲人的。

寶玉笑了半日，道：「都不是。我猜著了，一定是耍的猴兒。」（第十四回：「寶玉聽說，便猴向鳳姐身上，立刻要牌。」第十五回：「好兄弟，別學他們猴在馬上。」第二十四回：「便猴上身去，涎皮笑道：『好姐姐，把你嘴上胭脂賞我吃了罷！』」寫寶玉不離猴與猩，全書皆如此。）

湘雲笑道：「正是這個了。」

眾人道：「前頭都好，末後一句怎麼樣解？」

湘雲道：「那一個耍的猴子不是剁了尾巴去的？」（「耍猴剁了尾巴去」——猜一個音韻學術語。）

眾人聽了都笑起來，說：「他編個謎兒也是刁鑽古怪的。」

李紈道：「昨日姨媽說，琴妹妹見的世面多（一），走的道路也多（二），你正該編謎兒，正用著了。你的詩且又好（三），何不編幾個我們猜一猜？（是了，作者亦有此三點，正該編謎兒，因此全書都是謎。）」寶琴聽了，點頭含笑，自去尋思。寶釵也有了一個，念道：

鏤檀鐫梓一層層，豈系良工堆砌成？

雖是半天風雨過，何曾聞得梵鈴聲。——打一物

（謎底是「荔枝」。寫寶釵不離楊妃。荔枝外殼紫檀色，果肉梓白色，果核紫檀色，共三層。楊妃喜歡吃荔枝，所以後兩句用楊妃典故，《長恨歌》曰：「行宮見月傷心色，夜雨聞鈴腸斷聲。」《明皇雜錄》載：明皇既幸蜀，西南行，初入斜谷，屬霖雨涉旬，於棧道雨中聞鈴，音與山相應，上既悼念貴妃，采其聲為《雨霖鈴》曲，以寄恨焉。）

眾人猜時，寶玉也有了一個，念道：

天上人間兩渺茫，琅玕節過謹提防。

鸞音鶴信須凝睇，好把唏噓答上蒼。

（謎底是「竄天猴」，一種煙火，騰空之聲如猿啼，故名。寫寶玉不離猴。郭璞曰：「琅玕子似珠。」以喻元宵。和尚說：「好防元宵佳節後，便是煙消火滅時。」第五十四回元宵節眾人放煙火之後，賈家頹勢漸顯。鳳姐放煙火比小廝還厲害，下一回即添下紅之症。此後回目，轉寫多事之秋。）

黛玉也有了一個，念道：

騄駬何勞縛紫繩，馳城逐塹勢猙獰。

主人指示風雷動，鼇背三山獨立名。

（謎底是「空竹」，寫黛玉不離竹。謎面描寫抖空竹。《水滸傳》：「只見街上一個漢子，手裡拿著一件東西，兩條巧棒，中穿小索，以手牽動，那物便響。宋江見了，卻不識得，使軍士喚那漢子問道：「此是何物？」那漢子答道：「此是胡敲也，用手牽動，自然有聲。」宋江乃作詩一首：「一聲低了一聲高，嘹亮聲音透碧霄。空有許多雄氣力，無人提攜漫徒勞。」胡敲即空竹。「騄駬」射「竹」字。馬耳也，杜甫《房兵曹胡馬詩》：「竹批雙耳峻，風入四蹄輕。」「鼇背三山」射「空」字。李白詩：「煙濤微茫信難求。」「獨立名」者，言竹。）

探春也有了一個，方欲念時，（探春高才，無不妥，有則繁，故用寶琴作橫雲法。）寶琴走過來笑道：「我從小兒所走的地方的古跡不少，我今揀了十個地方的古跡，作了十首懷古的詩。詩雖粗鄙，卻懷往事，又暗隱俗物十件，姐姐們請猜一猜。」

眾人聽了，都說：「這倒巧，何不寫出來大家看一看？」要知端的—（兵法云：「能而示之不能，用而示之不用。」衆人評寶琴懷古詩，連用「有據、無考、無考、無考、有據、無考」六個詞彙，是草蛇灰線法，若眞不可考，不必如此暗示。梅花似雪，此篇頻寫梅雪，即寫寶琴品格，合比興之義。至於寶琴二字，實寓人琴之慨。請看下篇，鄺露抱琴圖。）

赤雅

醒醒，醒醒！下雪啦，起來猜謎語啦。

下雪也要猜？說吧。

「一瓶紅梅」——猜一本書名。

是不是冒襄的《影梅庵憶語》？

不是，那可是紅梅吶，再猜！

知道了，是鄺海雪的《赤雅》。

猜對了，原文是：「忽見寶琴披著鳧靨裘站在山坡上遙等，身後一個丫鬟抱著一瓶紅梅。」

原來如此，像寶琴這樣的品性，聽說許了梅翰林之子。

你猜那梅翰林是誰？

只記得脂批說「寶琴許配梅門……識者著眼」等等，不知是什麼樣人家。

這梅家可是一門君子，品行孤高。卻因一個人，傳出許多風流趣事來。

有這等事？是何等人？

「只因誤識林和靖，惹得詩人說到今。」

哈哈！如此說來，倒是般配。話說，《赤雅》你看過麼？

先看四庫提要嘛，看紀曉嵐怎麼評價赤雅。《四庫提要》曰：《赤雅》……所記山川物產皆詞藻簡雅，序次典核，不在范成大《桂海虞衡志》下，可稱佳本。惟中間敘岑氏猺女被服名目，溪峒中必無此綺麗。露蓋摭古事以文飾之。又敘猩猩一條，大不近情。

為何紀曉嵐說「又敘猩猩一條，大不近情」呢？

《赤雅》說猩猩「人面猿身，通八方言」，又說「猩猩能言，不離禽獸，予終不敢以為信」。大概是說……一語未了，只見寶琴背後轉出一個披大紅猩氈的人來。

賈母道：「那又是那個女孩兒？」

眾人笑道：「我們都在這裡，那是寶玉！」

賈母笑道：「我的眼越發花了。」說話之間，來至跟前，可不是寶玉和寶琴。

噫！眾姊妹穿猩猩氈的多了去了，獨寶玉披猩氈跑到了《赤雅》裡。赤雅曰：「猩猩能言，不離禽獸，予終不敢以為信。」故紀曉嵐說《赤雅》「又述猩猩一條，大不盡情」。

有點意思，再猜個謎。「屋裡掛的仇十洲畫的《豔雪圖》」，此屋叫啥？

此屋射鄺露的「海雪堂」。

為什麼？

東方朔有本《海內十洲記》，《四庫》言其偽作。海內有十洲，再加雪字，此屋便是海雪堂。

鄺露好像不太有名啊。

誰說的？在嶺南他可是名人。王士禛曰：「海雪畸人死抱琴，朱弦疏越有遺音。」紀曉嵐《四庫提要》曰：「王師入粵，露義不改節，竟抱平生所寶古琴，不食而死。士禛詩所謂『南海畸人死抱琴』者，即為露作。」

清兵圍廣州，鄺露與諸將勠力守城，十月城破，露回海雪堂，將所愛典籍列於左右，「竟抱平生所寶古琴，不食而死。」其「所寶古琴」至今猶在。唐琴綠綺臺，現藏於香港。宋琴南風，現藏於山東省博物館。

這兩把琴與其主人一樣，也曾顛沛流離。露死，琴為清兵所掠，售之於市。葉猶龍以百金購得綠綺臺，攜琴泛舟於惠州西湖，屈大均記載備詳。猶龍死，琴歸楊氏，又歸張靜修。修死，琴歸鄧爾雅，爾雅甚寶之。

鄺海雪遊歷大江南北，詩作多懷古贈別，寶琴十首懷古詩，亦摹其意象，擬其經歷。《四庫提要》曰：「所作《嶠雅》，屢稱大鋮為石巢夫子，實貽譏於名教。後雖晚蓋，僅足自贖，固不能與黃淳耀等皦然日月爭光也。」

《四庫》雖不甚褒之，《紅樓》卻比之梅花，蓋《四庫》之觀點常不由衷。紀曉嵐盛讚黃淳耀與日月爭光，更理所應當。錢大昕是嘉定人，一定常和紀昀說起黃陶庵。

鄺露故居在廣州五羊觀附近。余遊廣州城，至五羊觀，繞觀走了大半，再過仙鄰巷，步力所及，也許已至鄺露抱琴之所了吧。省博物館正好有書畫展，正對展廳之門的，就是《鄺露抱琴圖》。紀昀說：「竟抱平生所寶古琴……」這句話，大概想說鄺露本就是「寶琴」。《世說》曰：「子敬子敬，人琴俱亡。」可知琴亦如人也。

從廣州再到深圳，尋宋少帝陵。登南山炮臺，望九龍島遙謁蔡先生。再至惠州，遊西湖，觀東坡舊跡，過王朝雲墓，訪葉猶龍攜琴之島。林和靖，鄺海雪，東坡，朝雲，南北兩個西湖，原來都是一個品性。

詩曰：

綠綺南風皆宋唐，寶琴當日抱琴亡。

嶺南從此生寒意，雪與梅花一樣妝。一

一 紀曉嵐硯銘曰：「花首稱梅，果先數荔。惟其韻高，故其品貴。」故寫寶琴用梅，寫寶釵用荔。

附赤雅小考：

《赤雅》曰：「忽雷，鱷魚也，居溪渚中，以尾勾人而食之。」梁山泊有個「旱地忽律」朱貴，雷與律皆為來母，一聲之轉，忽律可能是忽雷，即鱷魚也。

惜嘆應元

紅樓夢以柔寫剛，正所謂：「美人自古如名將，不許人間見白頭。」說有個內地鹽商，頭一次見大海，望著那蔚藍一片，忍不住喝了一口，頓時淚流滿面。旁人以為他鹹哭了，忙勸道：「怪齁的，喝不得。」鹽商唾藻抹淚，長嘆道：「這得多少鹽啊！」

古時的海鹽，曰煎曰曬。煎鹽可是苦活，吳嘉紀云：「白頭灶戶低草房，六月煎鹽烈火旁。走出門前炎日裡，偷閒一刻是乘涼。」縱如此苦辛，鹽卻少不得。

管仲鹽法，齊霸諸侯。吳越鹽鐵，耀武中原。公瑾主戰，也說「鑄山為銅，煮海為鹽。境內富饒，人不思亂。」

至嘉靖年間，私鹽成風，通結海盜，幾釀禍亂。因販鹽利多，兩淮多聚鹽商，今天的瘦西湖，便是當時鹽商興造的。

紅樓中有個巡鹽御史，名字就和鹽有關，叫林如海。既說到海，不得不說探春的判詞。

後面又畫著兩人放風箏，一片大海，一隻大船，船中有一女子，掩面泣涕之狀。也有四句云：

才自精明志自高，生於末世運偏消。
清明涕送江邊望，千里東風一夢遙。

「兩人放風箏」，還「涕送江邊」。當年赤壁上，十一月諸葛借東風，而今清明時節，東南風不借而至。江邊放風箏，箏往江上去，風往北邊吹，則人在江南。山之南為陽，水之南為陰，此江陰也。

「一片大海」為何？

張岱曰：「百川甫到海，厥味變為鹹。熬波能出素，如何不道鹽？」是以「一片大海」，乃射一「鹽」字。鹽，余廉切。閻，余廉切。鹽讀作閻。

「一隻大船」。船行入海，顛之始也。

「船中有一女子，掩面泣涕之狀。」

為麗人，此老杜詩「三月三日天氣新，長安水邊多麗人。」又「掩面泣涕」，聲不得淒揚，「麗哼」也，即「麗亨」。清明鄰近三月三，放風箏則天氣新，在江邊有水，女子右圖：江陰忠義之邦匾額，蔣中正手書。

乃為「哼」。女子本待字閨中，卻待字船中，字麗亨。

探春何人？緣何要望江陰，受顛始，姓閻，字麗亨。還是聽他自己說吧。

探春道：「我但凡是個男人，可以出得去，我必早走了。立一番事業，那時自有我一番道理！」

英雄氣概，如見如聞。作者真具菩薩心，願使英雄遂其志。人之才幹，豈出身可限定耶！「何哉節烈奇男子，乃出區區一典史。」而放風箏之人，乃馮陳二公乎？

《紅樓夢》裡有四春，元春、迎春、探春、惜春。脂批說這是「原應嘆息」。可脂批還說過：「此書不可看正面。」反著讀就是「惜嘆應元」。惜嘆應元，八十一日，典史之身，將相之才，千古有公，民承其德。

余至江陰，觀「忠義之邦」匾額，相城臨池，度當年鏖戰之狀與攻守之勢。至文廟，瞻典史遺風，低徊庭下，想見其為人。「好男子，從我殺賊護家室！」數百載下，

呼聲宛在。黛玉說探春「是用兵最精的。」典史用兵，與民同心。

「我兄弟誰當此事者？」

「事則萬無可為，死則萬無可免。」

「有降將軍，無降典史。」

「為我謝百姓，吾報國事畢矣。」

孟子曰：「雖千萬人吾往矣。」吾於江陰見之矣。

嘆曰：

原應嘆息因何事？惜嘆應元報國心。

忠義之邦閻典史，孤城萬里戰江陰。

左圖：江陰文廟閻典史，陳明遇，馮厚敦銅像。

草蛇灰線

紅樓夢作歷史來讀，才會有草蛇灰線。作純文學讀的話，是看不到的。

脂硯齋兩次提到金聖嘆，而石頭記中的草蛇灰線，和聖嘆說的是一樣的。「景陽岡武松打虎」那一回，從武松一上路，斷斷續續，前後寫了十八次梢棒。觀者以為要棒打猛虎時，梢棒卻猛地打在樹上，折了兩段，只憑雙拳捶死猛虎，寫盡武二神威。金聖嘆說，這就是草蛇灰線法。

再比如，潘金蓮將酒杯斟滿，喝了一半，剩下的遞與武松。金蓮道：「你若有心，吃我這半盞殘酒。」金聖嘆批道：「已上凡叫過三十九個『叔叔』，至此忽換作一『你』字。妙心妙筆。」

妙在哪裡呢？金聖嘆去考試，題目是：《如此則動心否乎？》這是公孫醜問孟子的話，孟子說「我四十不動心」。金聖嘆看題目後，冷笑提筆道：空山窮谷之中，黃金萬兩；露白葭蒼而外，有美一人。試問夫子動心否乎？曰：動動動（連寫了三十九個動）。考官問：為什麼寫這麼多？聖嘆道：只為『四十不』三字而已。金蓮叫過三十九個叔叔，第四十聲，忽換作：『你若有心。』正應『四十不』三字。所以武松不動心。

聖嘆說的「草蛇灰線」，就是頻繁出現一個字眼，每一次都看似隨意，但斷斷續續，

總與角色黏連相隨，「驟看之，有如無物，及至細尋，其中便有一條線索，拽之通體具動。」

回看《紅樓夢》，就用此法索隱。最明顯的例子，就是劉姥姥。不管老劉如何變幻，總有「笑、莊」二字不離老劉左右。老劉是不是笑莊呢，一看便知。

劉姥姥道：「我們莊家人（一莊）閑了，也常會幾個人弄這個，但不如說的這麼好聽，少不得我也試一試。」

眾人都笑（一笑）道：「容易說的，不相干，只管說。」

鴛鴦笑（二笑）道：「左邊四四是個人。」

劉姥姥聽了，想了半日，說道：「是個莊家人罷。」（二莊）眾人哄堂笑了（三笑）。

賈母笑（四笑）道：「說的好，就是這樣說。」

劉姥姥也笑（五笑）道：「我們莊家人，（三莊）不過是現成的本色，眾位別笑。（六笑）」

鴛鴦道：「中間三四綠配紅。」

劉姥姥道：「大火燒了毛毛蟲。」

眾人笑（七笑）道：「這是有的，還說你的本色。」

鴛鴦道：「右邊么四真好看。」

劉姥姥道：「一個蘿蔔一頭蒜。」眾人又笑（八笑）了。

鴛鴦笑（九笑）道：「湊成便是一枝花。」

劉姥姥兩隻手比著，說道：「花兒落了結個大倭瓜。」眾人大笑起來。（十笑）

這一段，有十個笑，笑的全是莊家人劉姥姥，其中莊字出現了三次（其他段落出現更多），喚作十笑莊家人。莊家人並不可笑，勞動人民最光榮，可笑的是笑莊。「笑莊」二字與老劉是分不開的，或前或後，全文都是如此。如果老劉是笑莊，必然要給洪承疇送參湯，而洪經略又是賈雨村。老劉和雨村又是什麼關係呢？就要靠伏言千里了。這個後文再說，此篇單講草蛇灰線。

草蛇灰線不單只靠字，同一類特點也可以，比如賈雨村，純靠官職升遷做線。從葫蘆廟中的窮儒，到知縣，到應天府缺，到大司馬，再到林之孝家的說：「方才聽得雨村降了，卻不知因何事。」正所謂：

「史筆流芳，雖未成名終可法。

洪恩浩蕩，不能報國反成仇。」

史湘雲善飲，頻寫酒字，飲字，是為醉臥伏線。正所謂：「醉臥沙場君莫笑，古來征戰幾人回。」

薛寶釵從頭至尾，都是一個「素」字。如身上衣色，不愛花啊粉啊，這是側面寫。明寫則是雪洞一般蘅蕪院，連用四個「素」字。此外又用「楊妃」伏線，寫寶釵筆筆不離楊妃。蓋以楊妃之馬嵬，喻元素之遭際。蘅蕪院在花市街，花市斜街在北京廣渠門中學南面，旁有袁元素墓。

寶釵的丫鬟是鶯兒，鶯兒的乾娘是茗煙之母，茗煙是紀昀，那紀曉嵐應認識佘義士的後代。（鶯舌囀，隱佘，佘氏後人代代為袁氏守墓。）

寶釵之妹是寶琴，前文說過，寶琴是鄺露鄺海雪。鄺露與袁崇煥是同鄉。廣州中山圖書館保存著一本《袁崇煥督遼餞別圖詩》，圖詩題寫者，正是嶺南奇士鄺海雪。寫寶琴那一回，連用了十來個「雪」字，是為鄺露伏線。

薛蟠假扮寶玉之父，誆他出來吃酒，前後連用七個「叫」。

第二十六回：老爺叫你呢。（一叫）叫我是為什麼？（二叫）要不說姨夫叫你，你那裡出來的這麼快！（三叫）

第二十七回：探春問道：「這幾天老爺可有叫你？」（一叫）寶玉笑道：「沒有叫」

（二叫）探春說：「昨日我恍惚聽見說，老爺叫你出去的」（三叫）寶玉笑道：「那想是別人聽錯了，並沒叫的。」（四叫）

前後一共七個叫。圍繞的事件，就是薛蟠詐稱寶玉之父。寶玉道：「你哄我也罷了，怎麼說我父親呢，我告訴姨娘去，評評這個理。」

寫寶玉用「猴」作灰線。寶玉曾「猴向」鳳姐，也曾「猴向」鴛鴦，也猜得湘雲的謎語是耍猴。寶玉出的謎語也是竄天猴，又在《赤雅》中披上大紅猩氈。作者寫寶玉不離猴。

鳳姐說：「好兄弟，別學他們猴在馬上。下來，咱們姐兒兩個坐車豈不好。寶玉聽說，連忙下了馬。」猴在馬上，就是馬猴。

寶玉既是馬猴，薛蟠卻說：「繡房鑽出個大馬猴。」又在詐稱寶玉之父。

賈政冷笑道：「我養了這不肖的孽障！」孽字怎麼寫，上面一個薛，下面一個子。薛子也。

秦鐘說寶玉是「榮國公的孫子，小名寶玉。」榮國公是賈源，其子賈代善，代善之子賈赦賈政。寶玉要是榮國公的孫子，豈不與賈政平輩了。

有兩個人要打死寶玉，一個是賈政，真是下死手，還要拿繩子勒死寶玉。另一個就

是薛蟠，抄起一根門栓，喊著要去打死寶玉，空吆喝而已，到底是下不去手。

薛蟠弄了這麼粗，這麼長粉脆的鮮藕，這麼大的西瓜，這麼長一尾新鮮的鱘魚，這麼大的一個暹羅國進貢的靈柏香燻的暹豬，對寶玉說：「如今留了些，我要自己吃，恐怕折福，左思右想，除我之外，惟有你還配吃，所以特請你來。」薛蟠待寶玉真好，泰國進貢的燻豬，那不是給紫禁城的麼？也拿來跟寶玉分享，比賈政還要親，怪不得詐稱寶玉之父。

薛蟠是康熙，賈政是雍正，那薛家和賈家是一家才對，怎麼分成兩家呢？

書中說，薛家是：「紫薇舍人薛公之後，現領內府帑銀行商。」薛家行商。常言「行商坐賈」，商賈本是一回事，所以薛家就是賈家。

此書善用破音字做戲，變其音，線索立見。什麼是「領內府帑銀行商」？斷句為：「領內府帑銀，行商」，就是從內務府領銀子。

賈家的護官符為：「賈不假，白玉為堂金作馬。」「賈不假」三字，正反皆可讀，所以後面那句也要反著讀，《說文》曰：「堂，殿也。」古文「玉」字無點，形似王，故白玉為皇，反讀就是：「馬坐金殿為皇。」

什麼是馬？薛蟠說：「繡房鑽出個大馬猴。」馬猴臉長似馬，故名馬猴。去故宮看寶玉畫像，就知道了。

既有寶玉，就有賈政。

一、《說文》曰：「政，正也。」得「正」字。

賈政字存周。典出「雍門周」。案《說苑》：「雍門子周以琴見乎孟嘗君。」《康熙字典》引注：「齊之賢者，居雍門，名周。」得「雍」字。

二、書中說賈政是文字輩。「正文」反切為禛。（用北京話反切）

三、「胤禛」的字面意思是「子孫承福」，賈祠對聯為：「已後兒孫承福德。」《說文》曰：「胤，子孫相承續也。」《說文》曰：「禛，以真受福也。」

四、賈政拜元春時說「朝乾夕惕」。當年號稱「宇宙之第一偉人」的年羹堯，上摺子時寫成「夕惕朝乾」，結果被整成狗。賈政現身說法，示範正確用法。

五、賈政打寶玉時，說寶玉要弒君殺父，這要分兩步來做呢，還是一舉兩得呢？《大義覺迷錄》到處都是，反而越抹越黑。

六、賈政讓寶玉歌頌姽嫿將軍林四娘，又得四娘二字，而民間傳說呂四娘刺雍正，偏讓寶玉歌頌一番，是何道理呢。

七、賈政對北靜王說：「賴藩郡餘禎。」又得一「禎」字，劉心武先生有對「禎與禛」

做過一番解釋。再者，王士禛避諱改成王士禎。

八、賈政厭惡孫家，孫家又是江寧織造的曹家，而雍正又抄了織造。

九、賈政講了個舔洗腳水的笑話。《水滸》中母夜叉孫二娘下藥酒時說：「由你奸似鬼，吃了老娘的洗腳水。」這是毒藥的比喻。

十、賈府的排行是：1.賈敷。2.賈敬。3.賈赦。4.賈政。賈政排行老四，年輕時是賈四爺。

十一、賈政出了個謎語，謎底是硯臺。脂批說：「賈老之謎，包藏賈府祖宗自身，必字隱筆字，妙極。」硯內包藏墨水，又包藏賈府祖宗自身，乃是黑水靺鞨。

十二、賈政的主廳是榮禧堂，前文說過，榮禧堂就是正大光明殿。

所以，賈政的特徵就是：

1.正、雍。2.禛。3.胤禛。4.朝乾夕惕。5.弒君殺父。6.四娘。7.禎。8.厭惡曹家。9.洗腳水。10.四爺。11.黑水靺鞨。12.正大光明。

由此看來，政老就是這樣的漢子，就是這樣的秉性。既然知道賈政，那賈赦是誰呢？

賈赦，字恩侯，「現襲一等將軍」，其子賈璉。

賈赦為長，卻住賈府偏院，而賈政住正院，賈赦何不如賈政？案「將軍」連讀為「爵」，此乃世襲一等延恩侯，朱之璉。朱之璉據說是朱明後裔，這個爵位是雍正封給朱之璉的，故賈赦在府中的地位不如賈政。

書中人物的關係，可與歷史對應，單個人物是一條線，眾多人物互相聯繫，線索會交織成網，網路構建起來，就能以謎證謎。但這樣並不可靠，同一個人物在不同的時間場合，可能是另外一個人。比如史湘雲，就是用三個歷史人物作為原型的，而此書又是打破時間與空間的，將古今事放在一起說，就不僅是個人歷史觀了，而是這世間的種種變化之因，被作者用筆摹寫在紙上了。史遷想做的事，老紀也做到了。

伏言千里

前文說到，劉姥姥是笑莊，賈雨村是洪承疇。笑莊和洪經略在歷史上是有因緣的，那劉姥姥和賈雨村又是什麼關係呢？這就是伏言千里。

舒坤說：「曉嵐少年紈絝，無惡不作。」沒這麼誇張，惡作劇有名而已，自然有看不慣的。

話說紀曉嵐和朋友閒逛，閑極生事，便對眾人說，看到店裡的老闆娘了麼，我一句話他笑，再一句他跳，朋友不信，賭下一桌酒席。

這小紀整理衣衫，來到店前，對著店家的狗作揖，叫道：「爹！」店中婦人一愣，遂哈哈大笑。只見小紀又轉向老闆娘，叫道：「娘！」

於是紀曉嵐贏了桌酒席。

俗話說江山易改，本性難移。小紀變成老紀，就成了老頑童。這劉姥姥和賈雨村的關係，就要從一個門子說起了。

說書先生朝臺下一拱手，笑道：「今天給大家說段書，叫賈雨村雲雨母蝗蟲。」

眾人一聽，皆道：「三俗三俗。」也有那好奇的，叫道：「且聽他怎麼說。」

只見那先生將檀板一拍，念道：古有登徒子，今有賈雨村，雨是雲雨的雨啊，村是個莊家人罷。話說那劉姥姥二進榮府，吃喝遊逛不成體統，早惹惱了一個人，林黛玉。

黛玉道：「他是那一門子的姥姥，直叫他個母蝗蟲就是了。」

諸位可聽好了，黛玉說他是那〔nà〕一門子的姥姥，他就是那〔nà〕一門子的姥姥。

眾人道：那〔nǎ〕一門子的姥姥？

先生道：便是賈雨村帳下那一門子的姥姥。

眾人道：門子的姥姥既是母蝗蟲，門子的姥爺是誰呢？

先生道：門子管賈雨村叫老爺。

（學門子介）門子道：「老爺既榮任到這一省，難道就沒抄一張本省護官符來不成？」

只聽哄的一陣，眾人樂的人仰馬翻。更有幾個潑皮，以凳為馬，繞場三圈才消停。

先生道：諸位以後仔細了，有人管你叫「老爺」可別忙著應，指不定他管誰叫姥姥呢。

眾人道：都說賈雨村是洪經略，那母蝗蟲是誰呢。

先生道：這要從明末說起了。當年洪承疇被俘，滴水不進，寧死不降，范文程苦勸無果。皇太極一打聽，知道洪承疇有登徒子之好，於是到了夜間，忽有豔麗女子來到牢房，攜壺問訊，百般軟語之下，氣盡雄風。「將軍大義不肯降，不如飲此毒酒！」說罷斟上一碗暖湯。洪承疇飲罷，但覺體內熱氣升騰，這哪裡是毒酒，分明是人參湯。

第二天，洪承疇降了。而送參湯的婦人，正是博爾濟吉特氏，即後來的笑莊。笑莊與洪亨九的關係不得而知，但他們在紅樓夢裡，被一個門子撮合在一起。

雨村聯曰：「釵於奩內待時飛。」寶釵的螃蟹詩，首、頷、頸、尾四聯，正是說的賈時飛。

桂靄桐陰坐舉觴，承酬也，即承疇。

長安涎口盼重陽。重陽九月九，亨九也。

眼前道路無經緯，「無經緯」三字射「經略」。無則省略。

皮裡春秋空黑黃。雨村道：「讀書人不在黑道黃道，總以事理為要。」《春秋》是一本書，讀書人不識春秋大義，謂之「空黑黃」。

酒未敵腥還用菊，亨九未敵膻腥。菊者陶也，音逃。

性防積冷定需薑。食色性也。薑是《詩經》中的孟姜，喻豔女。
於今落釜成何益？釜，从金父聲，落釜言雨村降金，認金作父。
月浦空餘禾黍香。彼黍離離，波心蕩，冷月無聲。
眾人道：道是寧死不降，原來參湯真香。若老劉是笑莊，那板兒是誰呢？
先生道：板兒是薛蟠。
眾人道：這怎麼講？
先生笑道：金聖嘆參加考試，題目為：「原壞夷俟，闕党童子將見。」聖嘆寫道：原壞夷俟，夫子以杖叩其頭，原壞三魂渺渺，七魄茫茫，一陣清風，化而為闕党童子。為何薛蟠是板兒？薛蟠把唐寅讀作庚黃，薛蟠不識字，何必亂翻書，一陣清風，化而為板兒。
眾人笑道：真會開玩笑。
先生道：不止玩笑，也是有來歷的，且看原文。
第四十回：鴛鴦未開口，劉姥姥便下了席，擺手道：「別這樣捉弄人，我家去了。」
眾人都笑道：「這可使不得。」

鴛鴦喝命小丫頭子們：「拉上席去。」……「再多言的罰一壺！」劉姥姥方住了。

第二十八回：薛蟠未等說完，先站起來攔道：「我不來，別算我，這竟是捉弄我呢。」雲兒便站起來，推他坐下，笑道：「……你如今一亂令，倒喝十大海，下去給人斟酒不成？」薛蟠聽說，無法可治，只得坐了。）

眾人笑道：果然！薛蟠和老劉的舉止，似一個模子刻出來的。但書中交代，劉姥姥只有個外孫板兒，而歷史上的薛蟠（削藩），應該是笑莊的孫子才對。

先生道：那板兒正是劉姥姥的孫子。

眾人道：板兒若是孫子，該叫老劉奶奶，如何是姥姥呢？

先生道：劉姥姥的親家母，不就是板兒奶奶麼？

眾人道：越發扯遠了，王狗兒一家四口，他夫婦倆加板兒兄妹，再加外戚劉姥姥，一共五口人，劉姥姥哪來的親家母？

先生道：真是癡貓瞪眼！只需一面西洋鏡，便教母蝗現真身。

第四十一回：找門出去，那裡有門？左一架書，右一架屏。剛從屏後得了一門轉去，只見他親家母也從外面迎了進來。

劉姥姥詫異，忙問道：「你想是見我這幾日沒家去，虧你找我來。那一位姑娘帶你進來的？」他親家只是笑，不還言。

劉姥姥笑道：「你好沒見世面，見這園裡的花好，你就沒死活戴了一頭。」他親家也不答。便心下忽然想起：「常聽大富貴人家有一種穿衣鏡，這別是我在鏡子裡頭呢罷。」說畢伸手一摸，再細一看，可不是，四面雕空紫檀板壁將鏡子嵌在中間。

眾人恍悟，原來鏡中的劉姥姥，便是板兒他奶奶。

又有人問：「直接寫奶奶不行麼？何必寫成姥姥？」

先生道：「要有外孫，才能湊成典故嘛。」

眾人再問。

先生笑而不答，搖著扇子喝茶去了。

長安問：「你知道為啥寫成姥姥麼？」

啊嗚道：「當然知道，你先別說，咱們寫在手上，寫好一對，看是不是一樣。」

於是各自寫了，攤開看時，都笑起來。並明聞聲好奇，也湊過來，見寫的都是「絕妙好辭」，也一併笑起來。

絕妙好辭

蔡先生說：「謎者，是中國文人習慣，《世說新語》稱曹娥碑後有『黃絹幼婦、外孫齏臼』八字，即以當『絕妙好辭』四字。」

《紅樓夢》恰用了「絕妙好辭」的典故，要想看出來，得先看兩個小故事。

其一：秦少游入京見東坡，東坡問有何新作，少游舉「小樓連遠橫空，下窺繡轂雕鞍驟。」東坡說：「十三字，只說得一個人騎馬樓前過。」

其二：曹孟德途經曹娥碑，見碑後寫著「黃絹幼婦，外孫齏臼」八個字。問楊修：「卿解否？」楊修答：「解得。」孟德道：「卿不要說，等我想想。」走了三十里路，曹操道：「我知道了。」讓楊修寫下來，他自己也寫下，兩人一對比，答案是相同的，曹操嘆道：「我才不及卿，乃覺三十里。」原來楊修寫的是：「黃絹，色絲也，於字為『絕』。幼婦，少女也，於字為『妙』。外孫，女子也，於字為『好』。齏臼，受辛也，於字為『辤』。所謂『絕妙好辤』也。」

瞭解這兩個小故事，紅樓的謎語就簡單多了，列位請看。

說書先生檀板一拍，念道：話說劉姥姥見賈母，「只見滿屋裡珠圍翠繞，花枝招展的，並不知都系何人。只見一張榻上，獨歪著一位老婆婆，身後坐著一個紗羅裹的美人一般的一個丫鬟在那裡捶腿。」唉，唉。

眾人問：「先生不趕緊說書，怎麼嘆起氣來？」

先生道：我嘆紅樓作者，何不如秦太虛！你們瞧瞧這段話「身後坐著一個紗羅裹的美人一般的一個丫鬟在那裡捶腿。」二十餘字，只說得一個「黃絹幼婦」。

眾人細看時，原來「紗羅」為絲，「美人」為色，「丫鬟」為少女，所謂「絕妙」二字。

眾人笑道：先生不要嘆氣，肯定還有「外孫齏臼」的。

先生道：諸位說的是，那板兒不是劉姥姥的外孫麼？如此一來，就差齏臼了。

眾人思索間，隔壁正上演《紅樓夢》話劇，只聽（黛玉笑道：「別的草蟲不畫罷了。昨兒『母蝗蟲』不畫上，豈不缺了典？」）眾人聽了都笑起來。皆道：是了是了。詩曰：喓喓草蟲。那「要」字的小篆，像臼字中分，這齏臼，可不是母蝗蟲麼。

又有人說：母蝗蟲得吃蒜韭之物，才能算「受辛」。

忽聽鴛鴦道：「右邊么四真好看。」劉姥姥道：「一個蘿蔔一頭蒜。」

眾人笑道：可不是這母蝗蟲麼，前兩年喝咖啡的和吃蒜的還打架呢，這劉姥姥更狠，吃一個蘿蔔就要吃一頭蒜吶。

又聽黛玉道：「起個名字，就叫作《攮蝗大嚼圖》。」

臺下偏有個咬舌子，自語道：1+1=2，一個蘿蔔一頭蒜，豈不是「愛辛嚼蘿」？

眾人聞言皆笑，只聽「咕咚」一聲響，不知什麼倒了。急忙看時，原來湘雲伏在椅子背上，那椅子原不曾放穩，被他全身伏著背子大笑，他又不提防，兩下裡錯了勁，向東一歪，連人帶椅都歪倒了，幸有板壁擋住，不曾落地。眾人一見，越發笑個不住。

先生道：原來如此，劉姥姥既是愛辛嚼蘿的，那就是當年雨村的嬌杏了。

眾人道：何以見得？

先生道：「那封肅喜的屁滾尿流，乘夜只用一乘小轎，便把嬌杏送進去了。」

話音未落，只見：「劉姥姥覺得腹內一陣亂響，忙的拉著一個小丫頭，要了兩張紙，就解中衣。」當下，六丁六甲、護教伽藍皆掩鼻，齊聲喝道：噫，蝗太急！

有人來報：蝗太急！欲在園中撒野了！

先生喝道：誰去對付這蝗太急！

眾人又是笑，又忙喝道：「這裡使不得！」忙命一個婆子帶了東北角上去。

劉姥姥蹲了半日方完，只覺眼花頭眩，辨不清路徑，一路趔趄，醉倒在怡紅院內。「襲人一直進了房門，轉過集錦槅子，就聽的齁聲如雷，忙進來，只聞得酒屁臭氣滿屋，一瞧，只見劉姥姥扎手舞腳的仰臥在床上。」

山神土地，四值功曹齊來報：母蝗蟲吃蒜嚼蘿蔔之後，醉臥怡紅院，屁多而滾。

先生道：誰去對付這多而滾！

話音未落，襲人慌的忙趕上來，將他推醒。忙將當地大鼎內貯了三四把百合香，仍用罩子罩上。

眾人道：都是封肅給的好嫁妝，什麼「屁滾尿流」的，直教人作嘔。

先生道：那這「屁滾尿流」的母蝗蟲，到底算蝗太急呢？還是多而滾呢？

張煌言道：「春官昨進新儀注，大禮恭逢太后婚。」

只見劉姥姥戴了滿頭花，笑道：「我雖老了，年輕時也風流，愛個花兒粉兒的，今兒老風流才好。」

傅斯年道：「可惜清朝初年不文，不知文以詩書，只知太后下嫁，不然周公又成多爾袞。」

清代正史就像魔法書，塗塗改改年復年。尤其是紀曉嵐任編修，更改了大量史料。

但紀氏「本長於文筆，多見秘書，又襟懷夷曠，雋思妙語，時足解頤，間雜考辨，亦有灼見」，故於《紅樓夢》中多載其實，再對照張煌言詩，貌似笑莊是下嫁了多爾袞，但是否摻了諧謔，就不得而知了。

劉姥姥高聲說道：「老劉老劉，食量大如牛，吃個老母豬不抬頭。」

牛吃草，食量大如牛，射「草包」二字。

「老母豬」是「豕」。「不抬頭」是句（曲也，音鉤，諧狗）。吃個老母豬不抬頭，又是何喻？

眾人笑道：怪道滿桌人笑倒，原來如此三俗。

黛玉笑道：「當日舜樂一奏，百獸率舞，如今才一牛耳。」

寶釵笑道：「他用春秋的法子，將市俗的粗話，撮其要，刪其繁，再加潤色比方出來，一句是一句。」

紀曉嵐座銘曰：「未能免俗。」

眾姐妹都笑了。

附注：

方皇太極之甫歿也，有欲援立多爾袞，為以弟承兄之舉者，多爾袞為之心動。及將臨朝，服冠袍，對鏡自視，以為不稱。因奉福臨登位且首先下拜。……多爾袞與范文程密計，使昌言於朝曰：攝政王功高望重……今聞王新悼亡，而我皇太后又寡居無偶，愚論皇上既視王若父，今不可使父母寡居，宜請王與太后同宮。眾人議曰：可。乃大書特書於策曰：皇太后下嫁攝政王，群臣上賀表。當時又有恩詔謄黃，宣示天下……及乾隆朝紀昀見之，以為此何事也，乃可傳示來茲，以彰其醜乎？遂請於弘曆削之，是後世鮮有知者。

選錄自 天嘏《滿清外史》

木瓜

寶玉將寶釵比作楊妃，寶釵為何大怒？

秦可卿房中，「一邊擺著飛燕立著舞過的金盤，盤內盛著安祿山擲過傷了太真乳的木瓜。」

太真就是楊妃。詩曰：「投我以木瓜，報之以瓊琚，匪報也，永以為好也。」擲瓜者是安祿山，與安祿山為好，此喻私通胡寇。說寶釵私通胡寇，寶釵當然大怒。

待要怎樣，又不好怎樣，回思一回，臉紅起來，便冷笑了兩聲，說道：「我倒像楊妃，只沒有個好哥哥好兄弟可以作得楊國忠的。」

那楊國忠又豈是好哥哥。寶釵的哥哥兄弟，自然是薛蟠和寶兄弟。在寶釵眼裡，這二位連楊國忠也不如。比楊國忠還差，想來是安祿山之輩了。那薛蟠是安祿山麼？就從他名字上看。《說文》曰：「蟠，鼠婦也。」鼠婦類似西瓜蟲，又名蛜蝚，蛜蝚乃蝚蠕，蝚蠕即蠕蠕，蠕蠕即柔然，又叫樓蘭。

王昌齡詩：「黃沙百戰穿金甲，不破樓蘭終不還。」

故此，薛蟠乃安祿山之輩。

「小耗子聽了，笑道：這個不難，等我變來。說畢搖身說變，竟變成了一個最標緻美貌的小姐。」

耗子變女子，乃是「鼠婦」。《說文》曰：「蟠，鼠婦也。」這小耗子也是薛蟠。

薛蟠把唐寅讀成庚黃，劉姥姥罵板兒「下作黃子」。這板兒還是薛蟠。

薛蟠乃紫薇舍人之後，紫薇反切，又是何字？

「呆霸王調情遭苦打」一節。二人下馬之後，柳湘蓮暴擊薛蟠，又「取了馬鞭過來……」放翁曰：「上馬擊狂胡，下馬草軍書。」柳湘蓮反用其意，偏要「下馬擊狂胡。」

薛蟠酒令道：「一個蚊子哼哼哼，兩個蒼蠅嗡嗡嗡。」

酒桌上有四人行令，一個是蚊子，另兩個是蒼蠅，不知剩下的薛蟠為何物。

薛蟠有兩個原型，主要是削藩者，順帶寫毛文龍。

薛蟠又叫薛文龍，如何斬文龍呢？就要借金瓶之法。《金瓶梅》曰：「二八佳人體似酥，腰中仗劍斬愚夫。明裡不見人頭落，暗裡教他骨髓枯。」

寶釵即為袁都督，自然要斬文龍，作者必不肯寫寶釵有蔽笱之事，就需要找個替身，

金桂的丫頭寶蟾就是這個替身。

蟾酥是一味中藥，由蟾蜍體表分泌而出，所謂「二八佳人體似酥」，即化作了寶蟾。

薛蟠又叫薛大傻子，斬愚夫，即削大傻。

判詞曰：「薛蟠得了無名之症，被馮魂追索已死。」此即：「明裡不見人頭落，暗裡教他骨髓枯。」

文龍既斬，復有滴翠亭中事。

寶釵撲蝶一回中，蝴蝶飛走後，又聽滴翠亭中有人言語。蝶為羽蟲，蟲旁飛走，再聞言語，乃是一個「諜」字。

亭中說話的兩個人，一個是小紅，脂批說小紅是「奸邪婢。」另一個是偷蝦須鐲的小丫頭墜兒。「墜兒」反切為「賊」。脂批說：「可知奸賊二字是相連的。」一個奸邪一個賊，在滴翠亭中商量著「還手帕」。帕者，白巾也，乃是降幡。所謂：「一片降幡出石頭。」卻令寶釵聽到，而黛玉本不知道。因此那兩個宦官敵營聊天的反間計，應是清廷編的謊話。袁都督真正的死因，應是理同楊妃。

第四十二回：「黛玉道：論理一年也不多。這園子蓋才蓋了一年，如今要畫自然得兩年功夫呢。又要研墨，又要蘸筆，又要鋪紙，又要著顏色……」

惜春作畫，開列筆墨紙色單子的，卻是寶釵。

墨子善守，「研墨」謂守城，「蘸筆」草軍書，「鋪紙」謂談兵。至於「又要著顏色」，

高適《燕歌行》曰：

「漢家煙塵在東北，漢將辭家破殘賊。男兒本自重橫行，天子非常賜顏色。」

當年平臺召對，諮以方略，要啥給啥，可謂寵信備至，都督亦表態：「五年收復遼東。」

給事中／許譽卿／叩以五年之略。

都督答：「聖心焦勞，聊以是相慰耳。」

許譽卿說：「上英明，安可漫對，異日按期責效，奈何？」

崇煥憮然自失。

後來兵臨城下，京師譁然。

《大觀園即景聯句三十五韻》開篇就說：「三五中秋夕，清遊擬上元。撒天箕斗燦，匝地管弦繁。」

「三五中秋夕」化自古詩「三五明月滿」，這中秋時節，正是「匈奴草黃馬正肥，

左圖：從城牆望寧遠城內，街中兩座石坊，南為祖大壽坊，明東閣大學士孫承宗題字。北為祖大樂坊。再往北為鼓樓。

金山西見煙塵飛。」所謂「長安一片月，萬戶擣衣聲。何日平胡虜，良人罷遠征。」「清遊」指清兵犯境。「擬」字用如「客以劍擬王頭」之擬。「上元」乃元宵節，喻袁削。箕宿分野在幽遼。「管弦繁」者，喻吹角聯營，流矢如雨。李義山詩：「控弦二十萬，長臂皆如猿。」《史記》：「以故冒頓得自彊，控弦之士三十餘萬。」這大觀園即景聯句，乃是一首史詩。

袁都督字元素，寫寶釵常以「素」字伏線，又筆筆不離楊妃。判詞曰：「金簪雪裡埋。」正是：「冀馬燕犀動地來，自埋紅粉自成灰。」

簪為單股，釵為雙股。當釵變成簪時，便是：「釵留一股合一扇，釵擘黃金合分鈿。」所謂「金簪雪裡埋」，又成了「馬嵬坡下泥土中，不見玉顏空死處。」

護官符曰：「豐年好大雪，珍珠如土金如鐵。」

《說文》曰：「豐，豆之豐滿者也。从豆，象形。」乃得一「竇」字。

《說文》曰：「年，穀孰也。」穀熟在六月。

《說文》曰：「秦晉謂好曰娙娥。」故「好」隱「娥」。

故「豐年好大雪」者，六月雪，竇娥冤也。

此冤非關反間計，而是理同楊妃。以元素之遭際，比楊妃之馬嵬。

陶庵留碧

楔子：鬼臉青的花甕小考

案，紀曉嵐《荷露烹茶賦》言：「寶甕之壇，荒唐無據。丹邱之國，附會不經。孰若翠釜承來，液化雲英之水。金芽煎試，膏凝天乳之星。」

紀昀所言之寶甕，典出《拾遺記》，晉王嘉撰。選錄數言如下：「有丹丘之國，獻瑪瑙甕，以盛甘露。又言瑪瑙之名，來自馬腦之色。善相馬者，聽馬鳴則知其腦色，其腦色如血者，可日行萬里。丹丘之地，有夜叉駒跋之鬼，能以赤馬腦為瓶、盂及樂器，皆精妙輕麗。中國人有用者，則魑魅不能逢之。丹丘之野多鬼血，化為丹石，則瑪瑙也。不可斫削雕琢，乃可鑄以為器也。黃帝時，瑪瑙甕至，堯時猶存，甘露在其中，盈而不竭，謂之寶露，以班賜群臣。至舜時，露已漸減，隨帝世之污隆，時淳則露滿，時澆則露竭。舜遷寶甕於衡山之上，故衡山之上有寶露壇。舜南巡至衡山，百辟群后皆得露泉之賜。時有雲氣生於露壇，又遷寶甕於零陵之上。舜崩，甕淪於地下。秦始皇通汨羅之流為小溪，掘地得赤玉甕，可容八斗，以應八方之數。後人得之，不知年月。至後漢東方朔識之，朔乃作《寶甕銘》曰：寶雲生於露壇，祥風起於月館。望三壺如盈尺，視八鴻如縈帶。」

此篇洋洋灑灑，說了一個神奇的寶甕。紅樓夢引用《拾遺記》是有先例的，可卿書房的「燃藜圖」，亦出自《拾遺記》。

此等傳說故事，無益於經典，而詞人採之，則有助於文章。紀昀道其「荒唐無據」之餘，亦掇之以成駢對。文中說駒跋之鬼以赤馬腦為瓶，又言瑪瑙乃鬼血所化丹石。則「鬼臉青」即此鬼血丹石。小篆青字从生丹，《說文》曰：「青，東方色也。木生火，从生丹，丹青之信/言象然。」青屬木，木生火，故青字从生丹。段玉裁曰：「丹，赤石也。丹青之信/言必然，俗言信若丹青，謂其相生之理有必然也。」是以青生於丹，《拾遺記》中的「鬼血丹石」即化作小說中「鬼臉青」三字，即赤瑪瑙。

又鑄作瑪瑙甕，黃帝、堯舜用盛甘露，以班賜群臣。甘露與雪，形為二物，其質皆同。《說文》曰：「雪，說物者。」段注：「說，今之悅字。物無不喜雪者，說與雪疊韻。」嶺南奇士鄺露，字湛若，號海雪。可知雪與甘露，其精神象徵無異。妙玉恰用此甕貯雪烹茶，與黛玉作梯己。黛玉何人也？明天啟帝曰：「吾弟當為堯舜」。堯舜寶甕饗堯舜，用「梯己茶」三字可謂合典。

鬼臉青的花甕，乃堯舜之瑪瑙甕。花甕之花，取意於舜華。妙玉說：「這是五年前我在玄墓蟠香寺住著，收的梅花上的雪。」玄墓山在蘇州，方志記載，山有郁泰玄墓。唐寅稱玄墓，康熙時避玄諱，改稱元墓。山與鄧尉山、香雪海為鄰。紀曉嵐詩曰：「水

驛抵吳門，半日留使節。頗聞鄧尉佳，未及踏香雪。」紀昀性孤寂，不喜遊覽，倒是玄燁三訪鄧尉山，弘曆六窺香雪海。

玄墓不避玄燁諱，又接「蟠」字，是夾寫玄燁乃薛蟠。香字，指香雪海。妙玉拿出一個竹根大海，問寶玉「你可吃的了這一海？」寶玉喜的忙道吃的了。」妙玉便笑他是牛騾之飲。寶甕貯梅花雪水，梅花有暗香，梅雪乃香雪，妙玉這一海乃香雪海。

為何寶玉也來湊茶吃？

因為紀昀的《荷露烹茶賦》本就是吹寶玉的。采荷露烹茶的方法，也是由寶玉發明，用來雅超古人的。

《荷露烹茶賦》曰：「夫井華朝汲，既有前聞。雪液冬煎，亦傳往古。茲茗碗之閑供，獨蓮塘之是取。」

李時珍《本草》載：「汪穎曰，平旦第一汲，為井華水。」陸游詩曰：「雪液清甘漲井泉，自攜茶灶就烹煎。」紀昀此賦，蓋謂古人井華雪液皆不如荷露高雅，純系吹捧之作。

怡紅院中賈寶玉吃楓露茶，紫禁城中真寶玉吃荷露茶。一樣的手法，換了種草木而已。

古人重茶亦重水，今人重茶而輕水。以為楓露必榨蒸楓葉而得，與玫瑰露相仿，實無此理。朝露易晞，楓葉纖薄，取楓露為茶實為戲謔。縱荷葉如蓋，聚露承多，辛苦一朝，未得半釜，猶為紀茶星所笑，況高楓之遺津哉。

可卿房間裡，有紅娘抱過的枕，西子浣過的紗，武則天當日鏡室中設的寶鏡。作者運筆，常借古戲今。妙玉用的，是梅花上的雪，堯舜用過的寶甕。此中隱喻，難以探其全貌。僅就茶道而言，妙玉精於品鑒，善以茶作諷，乃書中之茶星。

正文：陶庵留碧。

櫳翠庵吃茶時，妙玉捧給賈母的，是舊年蠲的雨水。（爾雅曰：蠲，明也。郭璞注：清明貌也。）又悄悄地拉了釵黛二人去吃梯己茶。妙玉取出兩隻杯，一個旁邊有一耳，杯上鐫著「𤫩瓟斝」三個隸字。後有一行小真字：「晉王愷珍玩。」又有「宋元豐五年四月眉山蘇軾見於秘府」一行小字。

王愷是誰？有個成語叫「聞雞起舞」，是劉琨與祖逖的故事，但如果沒有石崇，歷史上就沒有這個成語了。

劉琨和哥哥劉輿在年少時，險遭王愷暗算，好在石崇仗義，連夜救下二劉。

《晉書》卷三十三：劉輿兄弟少時為王愷所嫉，愷召之宿，因欲坑之。崇素與輿等善，聞當有變，夜馳詣愷，問二劉所在，愷迫卒不得隱。崇徑進於後齋索出，同車而去。語曰：「年少何以輕就人宿！」輿深德之。

王愷把劉氏兄弟騙到家裡，想把他們埋了，石崇聽說後連夜趕到王愷家，救下了二劉。後來劉琨遇到祖逖，二人發憤，才有了聞雞起舞的故事。

今天提到石崇，多與奢靡相聯，但當時的人們，多以豪傑視之。有人把《蘭亭詩序》比作《金谷詩序》，又把王羲之比作石崇，羲之聽說後就非常高興。

《晉書》卷八十：「或以潘岳《金谷詩序》方其文，羲之比於石崇，聞而甚喜。」

寫石崇的詩很多，白樂天說：「莫悲金谷園中月。」小杜說：「落花猶似墜樓人。」黛玉說：「瓦礫明珠一例拋，何曾石尉重嬌嬈。」金谷二十四友，傳唱千年。王愷何物，止增笑耳。

王愷有頭牛，叫「八百里駁」。和王武子打賭輸了牛，八百里被做成「牛心炙」，王武子只吃一口便走了。

王愷向石崇炫耀珊瑚，被石崇用鐵如意擊碎。王愷聲色俱厲，石崇隨手還他幾枝，都是稀世珍品。愷悯然自失。
王愷的謚號曰「醜」。
不是石崇有多好，而是王愷太不堪。
寶玉說綠玉斗是俗器，惹得妙玉生氣。𤙴瓟斝更不是俗器，可為何是「晉王愷珍玩」，而不是石崇呢？不寫石崇是有原因的，如果寫成石崇，會出現「崇珍」二字。
晉石崇珍玩。
珍讀禎。
《說文》曰：「晉，進也。」
石轉讀士。
妙玉的身份，乃是「崇禎進士」。
作者設妙玉為帶髮修行，其心思卻似塵緣未了的陳妙常，數次流露凡心。為何這樣寫？
方長安曰：檻外人動凡心，有反常倫。
龐並明曰：常倫反，乃淳字。玉妙反，乃耀字，此淳耀也。

「大明進士黃淳耀，以弘光元年七月四日，自裁於西城僧舍。嗚呼，進不能宣力皇朝，退不能潔身自隱，讀書寡益，學道無成，耿耿不沒，此心而已。異日夷氛復靖，中華士庶，再見天日，論其世者，尚知予心。」——《乙酉紀事》

嘉定城破之日，黃淳耀留下絕筆，與弟淵耀自裁於西林庵，血濺壁上，歷久不褪。數十年後，崇明人張鵬翀題「留碧」二字。因黃淳耀號陶庵，後人稱之為：「陶庵留碧。」

妙玉雪水烹茶隱陶字，原文如下：

黛玉因問：「這也是舊年的雨水？」

妙玉冷笑道：「你這麼個人，竟是大俗人，連水也嘗不出來。這是五年前我在玄墓蟠香寺住著，收的梅花上的雪。共得了那一鬼臉青的花甕一甕，總捨不得吃。埋在地下，今年夏天才開了。我只吃過一回，這是第二回了。你怎麼嘗不出來？隔年蠲的雨水，那有這樣輕浮？如何吃得？」（輕浮二字妙，有暗香浮動。）

雪水烹茶，典出「陶學士烹茶」。得「陶」字。

櫳翠庵，又得「庵」字。

帶髮修行，得「留」字。（留頭不留髮之留）

櫳翠之「翠」，隱「碧」字。（翠碧皆青色。）

合為「陶庵留碧」。

陶庵留碧的地點在嘉定西林庵。西林庵是黃氏兄弟讀書的地方，也是他們留碧之地。民國時庵廢。一九六二年六月嘉定政府在西林庵故址立碑，由吳玉章重題「陶庵留碧」四字。碑後刻吳玉章書七言一首：「長虹碧血氣沖天，愛國英雄繼萬千。且喜紀元新世界，翻天覆地換人間。」

錢大昕《黃陶庵像贊》曰：「公之文章，青天白日。公之心地，寒冰顯月。壁立萬仞，髮引千鈞。淵乎有得，藹乎可親。成仁取義，行所無事。儒者之勇，可師百世。」

紀昀《四庫提要》曰：「文章和平溫厚，矩矱先民。詩亦渾雅天成，絕無儒響。卒之致命成仁，垂芳百世，卓然不愧其生平，可以知立言之有本矣。」

妙玉題《中秋夜大觀園即景聯句》一回：「黛玉湘雲二人皆讚賞不已說，可見我們天天是舍近而求遠，現有這樣詩仙在此，卻天天去紙上談兵。」

黛玉讚賞的人，就是作者和脂硯要讚賞的人。也是紀昀和錢大昕讚賞的人。妙玉為人高傲，雖「信美無禮」，而「宓妃佚女以譬賢臣。」故妙玉者，黃陶庵也。

附注：

問：妙玉的茶為何是輕浮的？

答：妙玉用的水，是梅花上的雪，梅有暗香，詩曰：「暗香浮動月黃昏。」浮字隱暗香，再加一輕字，是說妙玉的茶水有淡淡梅花香，所以妙玉怪黛玉「連水也嘗不出來。」寶玉聽說是梅花雪水，細細吃了，「果覺輕浮無比。」作者是詩人，當他寫下梅花雪的時候，早已暗香浮動了，而盛水的茶具，又成了「疏影橫斜水清淺」。雖是吃茶，亦是賞梅。紅樓筆筆皆詩，非虛言也。

右圖：陶庵留碧碑，立於嘉定上海大學校園內。

《鏡花緣》引人注目的，是書中的音義反切。一百回之中，有四回講反切字母，有八回講雙聲疊韻，一共十二回在講音韻。李汝珍是以筆作則，告訴人們，樸學是可以寫小說的。林之洋說：「唯有圈中人，才知圈中事。」李汝珍是北平大興人，師從樸學家淩廷堪，學過音韻之理，寫成了《李氏音鑑》，所以他算樸學圈。同時，他還是個文學家，在《鏡花緣》中，多次涉及了《紅樓夢》，李汝珍講的那些方法，基本上就是讀紅樓的方法，試舉幾例。

（一）湘雲曰：「日邊紅杏倚雲栽」。

鏡花緣說：「日邊紅杏倚雲栽——射『淩霄花』」

（二）薛蟠曰：「嫁個丈夫是烏龜」。

《鏡花緣》說：「嫁個丈夫是烏龜——射《論語》中的『適蔡』。」女子出嫁曰適，卜筮之龜曰蔡。

（三）《石頭記》說：「女媧煉石已荒唐，又向荒唐演大荒」。石頭笑答道：「我

師何太癡耶！若云無朝代，可考，今我師竟假借漢唐等年紀添綴，又有何難？」

《鏡花緣》正是假借唐朝故事。文中的司花天榜說：「茫茫大荒，事涉荒唐。唐時遇唐，流布遐荒。」

紅樓夢可謂「女媧煉石已荒唐」，鏡花緣卻是又向荒唐說大唐。

（四）《紅樓夢》有「悼紅軒」。又言「閨閣中本自歷歷有人，萬不可因我之不肖，自護其短，則一併使其泯滅也。」

《鏡花緣》有「泣紅亭」。又言：「泣紅亭主人曰：以史探幽，哀萃芳冠首者，蓋主人自言窮探野史，嘗有所見，惜湮沒無聞，而哀群芳之不傳，因筆志之。」這一段似紅樓夢開篇自白，但更神奇的，是下面這句：「或紀其沉魚落雁之妍，或言其錦心繡口之麗，故以紀沉魚、言錦心為之次焉……」

原來這個紀沉魚，就是紀載沉魚落雁的意思。紀還是一個姓氏，而「魚沉」反切，乃「昀」一字。魚是零聲母，整音入反切，即以拼音（ü）切沉字。或以國際音標〔y〕切沉字，都可得「昀」字。所以這個紀載沉魚落雁之事的紀沉魚，就是紀昀。而《鏡花緣》中的司天花榜，蓋隱指紅樓夢。李汝珍大概看懂了紅樓夢，不然也不會寫鏡花緣。

（五）《石頭記》中瘋道人拍掌笑道：「解得切！解得切！」

《鏡花緣》曰：「不知切無以知音，不知音無以識字，切音一道，又是讀書人不可少的。」

（六）《石頭記》曰：「千萬不要照正面」。脂批曰：「觀者記之，不要看這書正面，方是會看。」

《鏡花緣》曰：「知音必先明反切，明反切必先辨字母，每每學士大夫論及反切，便瞠目無語，莫不視為絕學。」

（七）《紅樓夢》前八十回，「音韻」二字出現兩次。後四十回「音韻」二字也出現兩次。

《鏡花緣》中，唐敖道：「將來務必要學會韻學，才能歡心。好在九公已得此中三昧，何不略將大概指教？」

（八）鋪地錦

《石頭記》中的大觀園，「一共丈量准了三里半大，可以改造省親別院了……全虧一個老明公，號山子野者，一一籌畫起造。」

《鏡花緣》中，青鈿道：「昨日那裡知道，卻埋沒這一位名公，真是瞎鬧。」因指面前圓桌道：「請教姐姐，這桌周圍幾尺？」蘭芬同寶雲要了一管尺，將對過一量，三

尺二寸，取筆畫了一個「鋪地錦」，畫畢道：「此桌周圍一丈零零四分八」。

春輝道：「若將此桌改做方桌，可得多長多寬？」蘭芬道：「此用圓內容方算，每邊二尺二寸六分。」

對過「三尺二寸」能算圓桌，那大觀園量准了「三里半大」，若用鋪地錦來算，圓周多少？若改成方形，用「圓內容方算」，邊長多少？面積多大？

蘇教版數學三年級下冊，提到過「鋪地錦」的方法。這是阿拉伯的格子乘法，明代數學家程大位的《演算法統宗》裡，稱其為鋪地錦。對於營造家來說，斜線算面積，算周長是日常技術。若二環內找不到大觀園，就說三里半是周長，不太好吧。小學生都會算的題，老明公去量什麼周長呢。山子野不要面子噠？張楚嵐都不會這麼做啊。

一算可真有趣，三里半若是對角線，園子面積是故宮的兩倍。三里半若是縱深（邊長），園子面積是故宮的四倍。難怪書中說，賈政與眾人逛了半日，「才遊了十之五六。」這麼大的園子，還要在北京西邊（寶釵說：「芳園築向帝城西」），再結合時代，就只有圓明園了。當然，這是狹義上的大觀園，廣義上的大觀園，理同《過秦論》。

至於名公米蘭芬，和老明公山子野有什麼相同，只知米蘭芬精於籌算，且承父學，若非營造世家，亦是好學新秀。

至於山子野麼，自然是樣式雷。書中說：「凡堆山鑿池，起樓豎閣，種竹栽花，一應點景等事，又有山子野制度。」山子野所行之事，也是樣式雷家族所為之事，若用一句古詩描述，便是：「東風轉野作晴雷，蕩蹙山川作紅翠」，出自蘇門四學士之一的張耒。山子野只依古詩，便可化作樣式雷。

（九）《紅樓夢》寫珍奇古玩，嬌婢侈童，花柳繁華，詩情酒意。

《鏡花緣》中，武N思等人擺下酒、色、財、氣四座大陣。勤王部隊在宋素、文芸、余承志等人的帶領下攻破四陣，迎立中宗。有人說這四陣反應了李汝珍的禁欲思想。未必。怎麼看怎麼像他讀《紅樓夢》的心得。書中連篇累牘寫射覆，燈虎，雙聲疊韻，對弈彈琴，雙陸馬吊，籌算治水，天文地理，還用了一回講六壬。為了讓人讀懂紅樓夢，李汝珍是用心良苦。

（十）《李氏音鑒》

兩百多年前的北京話，和今天普通話大同小異。作為參照的，就是李汝珍的《李氏音鑒》。紀曉嵐是河北獻縣人，從小生活在北京，用北方音作反切很正常。但《紅樓夢》的反切只有一部分能用北方話，有的還要用其他音系，比如錢大昕的江浙音，戴震的中古音，聶際茂的山東音，甚至胡建話，畢竟紀曉嵐在胡州當過學政。

說來也奇，胡建話只對賈雨村有效。很可能作者是按人用音的。紀昀各地主持考試，門生遍天下，又是音韻學家，《石頭記》使用任何方言都不奇怪。比如賈母就用南京話。三十三回有個聾婆子，寶玉讓其給賈母帶話，說賈政要打他，就是一場南北音的對話。原文是：

（寶玉如得了珍寶，便趕上來拉他，說道：「快進去告訴，老爺要打我呢！快去，快去！要緊，要緊！」

寶玉一則急了，說話不明白，二則老婆子偏生又聾，竟不曾聽見是什麼話，把「要緊」二字只聽作「跳井」二字。便笑道：「跳井讓他跳去，二爺怕什麼？」

寶玉見是個聾子，便著急道：「你出去叫我的小廝來罷。」

那婆子道：「有什麼不了事的？老早的完了，太太又賞了衣服，又賞了銀子，怎麼不了事的！」）

南京人讀「小廝」的時候，兩個字都作平聲，婆子大概是金陵人，只知平聲小，不知上聲小，聽寶玉說上聲「小」，以為是「了」。再者，南京人不大分平翹舌，「廝、事」讀起來差不多。所以，北京音「小廝」，到了南京音就會變成「了事」。

所以婆子反問：「有什麼不了事的？」只有把「小廝」二字讀平聲，婆子才能聽明白。此處婆子用「藍京」話，也為後文賈母回南京作伏線。

賈母道：「去看轎馬，我和你太太、寶玉立刻回南京！」

至於「要緊」聽成「跳井」，那是寶玉的兒化音太重了。書裡的方言，貌似有意安排，不像亂用。

按方言來找人物原型，也是挺好玩的。大家看到書中有自己的方言時，不要第一反應就是：作者用我這的話了，定是這裡的人。多無趣，「金簪子掉在井裡頭，有你的只是有你的。」南京連江寧織造都修了，又怎麼樣呢。何妨坐下來一起想想，出現這種語言現象，作者到底想表達什麼。

不過話說回來，紀曉嵐祖籍是金陵，永樂年間紀姓遷居河北獻縣，書中情節又多涉南明，連書名也叫金陵十二釵，此中聯繫，想必是很微妙的。

湘雲為什麼將「二哥哥」說成「愛哥哥」，他肯定不是南方人。也不是山東人。山東人讀二〔ri〕，經常「二」和「日」不分。兒化音＋咬舌子，才能讀二為愛。

黛玉是蘇州人，試過用蘇州話讀葬花詞麼？「儂今葬花人笑癡」，哪裡人說「儂」呢？紀昀知多少吳語不要緊，錢大昕可是嘉定人吶。

蘇州話有「香面孔」一說，尤三姐說「親香親香」，大概是此義。

寶琴自幼隨其父在西海沿子上買洋貨，廣州是南海，再往西的話，西海沿子在哪？

那寶琴大概會粵語。不過寶琴去過的地方太多了，況且，作者應該不會粵語吧。方言問題還是複雜些，非幾人之力可弄明白，先想到的就這些吧。

聖嘆文法

金聖嘆留下一個讀書之法：鹽菜與黃豆同吃，大有胡桃滋味。後來汪曾祺說是花生與豆干同嚼，有火腿滋味。不知汪老從哪看來的，或有不同記載，或是記岔了，再或是曾經滄海難為水，他鄉的鹽菜豆，人家實在瞧不上。

紅樓夢的文法，受益於金聖嘆。脂硯齋就感嘆：「假使聖嘆見之，正不知批出多少妙處。」「作者已逝，聖嘆云亡，愚不自諒，輒擬數語。知我罪我，其聽之矣。」脂批大意是說，世無金聖嘆，只好我老人家上了，評的好不好，你們看著辦。至於「作者已逝」，早已託名雪芹，李代桃僵了。

這天下才子的文心多是相通的，欲知紅樓夢，就讀金聖嘆。

賈母姓史，今天有個詞叫「歷史光環」。所以賈母不偏不倚，唯史是依。不但於人物命運，也在於春秋褒貶。賈母查賭那一回，非賈母能查眾人，而是夜賭者多行不義必自斃。賈母只是歷史，不止於過去，還在於此時此刻。

鳳姐兒哄賺了賈母，故得權傾一時。

寶玉無能第一，因得賈母光環，故能安富尊榮。

黛玉十七年憂國如病，賈母寵了黛玉十七年。此皆運數，非人力可左右，通俗點說，喚作「歷史的行程」。

黛玉是書中真正的詩人。春秋代序，物動心搖，顰兒感物聯類，便要作詩。

「錦罽暖親貓」可敵「明月照積雪」罽讀〔jì〕

「菱荇鵝兒水，桑榆燕子梁」可敵「細雨魚兒出，微風燕子斜」（啊嗚曰：最喜此二句。）

「遊絲軟繫飄香榭，落絮輕沾撲繡簾」可敵「香逐馬蹄歸蟻垤，影和蟲臂罥蛛絲」

顰兒的詩瞻言見貌，印字知時，和歷史上的才子相比，並不遜色。

黛玉評李義山，觀點來自紀昀《李義山詩話》。黛玉評陸放翁，觀點來自紀昀《瀛奎律髓刊誤》。黛玉的詩是紀曉嵐擬的。黛玉亦作者文心所化，誰曰文心無形，能悲能喜，能笑能啼。

湘雲是書中第一等人物，看他扮作小子時「蜂腰猿背，鶴勢螂形」，別具英雄氣派，萬紫千紅中，定要做第一個快人。心快口快，使人對之，齷齪都銷盡。他的話不要生疑，信了就是。別人拿話來堵他，都是作者的障言法，反覺湘雲之言真。

《紅樓夢》單是寫快人快口，便有許多寫法。

如湘雲口快，是心中藏不得事，光明磊落。

晴雯口快，是眼裡容不得事，嫉惡如仇。

鳳姐口快，是心中一片算計。

香菱口快，是無半點城府。

司棋口快，是動性使氣。

尤三姐口快，是快意恩仇。

惜春口快，是絕情。

多姑娘口快，是放浪。

傻大姐口快，是一團無知無覺。

寶琴口快，純一片天真爛漫。

寶琴自是上上等人物，總與梅有關，總以雪為襯，又帶一個琴字，真一派名士之風。看他意思，「雪滿山中高士臥」，倒是寶琴最貼切。

作者借寶玉之口，說女孩兒價值連城，一旦嫁了人，便失去了顏色。偏偏是寶琴，許給了梅翰林之子。這是杭州西湖／小孤山／林處士「梅妻鶴子」的典故。歷史對於高士，

一直是不吝褒贊的，賈母姓史，其待寶琴何其厚也。

探春，天人也。富貴不能淫，貧賤不能移，威武不能屈。庶出不掩其光芒。「何哉節烈奇男子，乃出區區一典史。」探春說：「我但凡是個男人，可以出得去，我必早走了，立一番事業，那時自有我一番道理。」真真正正大丈夫。頂天立地，智勇雙全，忠肝義膽，萬古留名。

茗煙是書中的冷眼人，是作者真身。脂批說他「滑賊」，乃是戲謔。一部書中都有他，看得清，覷的切，藏得穩，記得真，喜詼諧，善自嘲。真人不露相，露相不真人，直是：「浮沉宦海如鷗鳥，生死書叢似蠹魚。」

聖嘆說：「吾最恨人家子弟，凡遇讀書，都不理會文字，只記得若干事蹟，便算讀過一部書了。雖《國策》《史記》都作事蹟搬過去，何況《水滸傳》。」

補一句：更何況《紅樓夢》。

此書重要的線索往往說兩遍，或者說三遍。三遍以上就是草蛇灰線了。

此書慣用破音字作戲。比如「降，那，觀，賈，行，稽」等，變其音線索立見。

此書善用句讀作戲，變換標點，意思又變。

此書有許多文法本於聖嘆，略點幾則於後：

有草蛇灰線法。

如寫劉姥姥，以「笑、莊」二字作線。

有伏言千里法。

如第四回，門子喊雨村「老爺」。第四十二回，門子的姥姥又變成母蝗蟲。則劉姥姥和賈老爺，被門子撮合，直引出洪經略參湯塵梁之事。

有背面敷粉法。

如射覆之時，欲寫湘雲率真，便寫香菱呆滯。再如殘荷聽雨，欲寫寶釵心細，不覺寫寶玉倉促。體虛失眠之人才會聽殘荷落雨，寶釵便送來燕窩洋糖，寶玉只知將荷葉留著讓你聽而已。

有暗度陳倉法。

欲寫寶玉吐血，偏寫賈珍落淚。

欲寫寶玉神傷，偏寫賈珍哀嚎。

欲寫寶玉不忍心，偏寫賈珍捨得錢。

欲寫寶玉天香樓後門淘氣，偏寫賈珍天香樓中設壇。

欲寫寶玉鬼鬼祟祟，偏寫賈珍無所顧忌。

欲寫寶玉太虛中與可卿卿卿我我，偏寫賈珍「如何料理？不過盡我所有罷了。」冤哉賈珍，替寶玉擔爬灰之名。

有欲擒故縱法。

如薛蟠去寧府弔問，用「可巧」二字。若無「巧」字，則顯得薛大傻特地來送棺材板的，豈是阿呆所為。必用巧字，而無痕跡。再如鳳姐戲賈瑞，害尤二姐，具是此法。

有正犯法。

才寫詩，又寫詩。才行令，又行令。才傷春，又傷春。才生氣，又生氣。而越犯越妙，筆力狂如牛弩。詩越寫越好，令越行越奇，春越傷越深，而氣愈生，淚愈盡矣。

有略犯法。

如第五回寫鳳姐（手內拿著小銅火柱兒，撥手爐內的灰……鳳姐也不接茶，也不抬頭，只管撥手爐內的灰。）連寫了兩次「撥手爐內的灰」。第六回焦大罵「爬灰的爬灰」，鳳姐和賈蓉都裝作沒聽見。寶玉問鳳姐：「姐姐，你聽他說『爬灰的爬灰』，什麼是爬灰？」鳳姐聽了，連忙立眉瞋目斷喝。

潘金蓮請武松吃酒時，說道：「叔叔不會簇火，我與叔叔撥火，只要似火盆常熱便好。」金蓮的撥火是「常熱」的意思。不知這「撥火」與鳳姐的撥灰、還有焦大說的爬灰有無相同。

有極省法。

如眾人行令，「呼三喝四，喊七叫八」，隱下無數杯酒，悠然不見了湘雲。

有極不省法。

欲使香菱入詩社，先打發走薛大傻子，再叫香菱入得園子，再拜黛玉為師，先讀詩，揣摩，再一首首的作來，作到滿意，才補個帖子，入得社來。若干文字，都是作者教人作詩，所謂「熟讀唐詩三百首，不會作詩也會謅。」

有橫雲斷山法。

如馮紫英吃一碗酒便走。雨村喝茶嚴老爺來了。寶玉問黛玉「寶姐姐送你的燕窩……」。趙姨娘找賈政定彩霞時，忽聽一聲響。寶玉聽到雪下抽柴時火起。總不肯一氣說完，耐以狡筆示人。（長安曰：抽柴起火伏寧錦之戰。）

有兩峰對峙法。

如寶玉睡前醒後，秦可卿各說了一次「看貓狗打架」，中間太虛幻境正冊第一首，卻是「虎兔相逢」，也有作「虎兕（sì）相逢」的。幾人能見虎兕相逢？故另立一個貓

狗打架，是為雙峰對峙，而他山之石，可以攻玉。

有烘雲托月法。

如寫寶琴用梅雪，寫寶釵用荔枝，寫李紈用稻香，寫妙玉用雪茶，寫探春用筆，以筆隱聿。寫惜春用木魚，以魚喻魯。

有雲龍霧雨法。

如二十三字，只為寫「黃絹幼婦」。五十一字，只為說寶玉有辮子。本應言簡意賅，卻故作煙雲模糊。好比東坡說少游：「十三字，只說得一個人騎馬樓前過。」

有移花接木法。

如秦可卿死封龍禁尉，借賈蓉討來職位，順手給了可卿。又寫五品恭人。恭人豈是五品？蓋隱三等輕車都尉。

有一葉障目法。

如寫「義忠親王老千歲」，若真去尋親王就遠了。此是年羹堯，千歲指年，羹就是湯，堯湯忠義。而年羹堯號稱「宇宙之第一偉人」，親王又算甚。再如開篇拈出個曹雪芹，脂硯齋說：「若云雪芹批閱增刪，然則開卷至此，這一篇楔子又係誰撰？足見作者之筆狡猾之甚。觀者萬不可被作者瞞蔽了去，方是巨眼。」脂批說的很清楚，雪芹是個幌子，所謂一曹障目，不見大觀。

有附會法。

這是《文心雕龍》裡的，不管筆墨如何變幻，都能歸附到一個主旨，花葉繁蔓，不離主幹。如寶釵不離楊妃。寶玉不離猴。黛玉不離竹。茗煙不離茶煙。湘雲不離餐腥啖膻。

有神思法。

寶琴形居四海之上，所作懷古詩，又心存魏闕之下。

有以詩運文法。

第五十八回：寶玉到了園中，看到「一株大杏樹，花已全落，葉稠陰翠，上面已結了豆子大小的許多小杏。」這是化用了蘇軾的「花褪殘紅青杏小」。接下來該是「燕子來時，綠水人家繞」了吧，並不是，燕子沒來，倒是飛來一隻雀，在枝上亂啼。這該是「打起黃鶯兒，莫教枝上啼，啼時驚妾夢」了吧，並不是，偏因黃雀亂叫，反教寶玉又犯了呆性。忽然一片火光，不是雀驚人，反是人驚雀，一併將發呆的寶玉也驚醒了。書中已有呆霸王，呆香菱，難道「呆」是會傳染的？

有弄引法。

欲寫明清易代，先將錢牧齋化作甄士隱，以此引出梗概。再用冷子興與賈雨村演說，又使雨村送黛玉入京，自有賈政打發雨村，雨村自去為奸作惡，筆墨轉至黛玉，借黛玉之眼以觀賈府，遂引出賈府眾人，眾人各具其心、其口、其眼，自是生出百般千般，成皇皇然一部書矣。此可謂一生二，二生三，三生萬物。江藩說紀曉嵐精通易學。《石頭記》的佈局，比諸公子們想像的，恐怕要神奇的多。這正是：「太極兩儀生四象，春宵一刻值千金。」

有聲東擊西法。

（寶玉道：「這條路是往那裡去的？」茗煙道：「這是出北門的大道，出去了冷清清沒有可頑的。」寶玉聽說，點頭道：「正要冷清清的地方好。」說著，越性加了鞭，那馬早已轉了兩個彎子，出了城門。茗煙越發不得主意，只得緊緊跟著。）茗煙說出北門，但「那馬早已轉了兩個彎子」。本來朝北，轉一個彎是朝東或朝西，轉兩個彎，便是往南去。化自老杜詩「黃昏胡騎塵滿城，欲往城南望城北」。九月清晨見參宿，望城南去覓井臺，只為「捫參歷井」，伏大小金川。

有詼諧法。

欲寫秦鐘是和大人，便讓他喜歡小尼。欲寫賈蓉是阮大鋮，便讓可卿跟別人好。因為在《桃花扇》裡，阮大鋮住在南京褲襠巷，外號叫「褲子襠裡軟」。欲寫賈芸是馬士英，便讓他去大觀園種花。花即英，桃花源記曰：落英繽紛。蓉者，臉上有草，阮大鬍子。芸者，云上有草，馬瑤草也。

有諧隱法。

彥和說：「君子嘲隱，化為謎語。」比如《石頭記》的作者是石頭紀。金聖嘆說：「猜不著時，便猜盡天下亦猜不著。猜得著時，便只消猜一個，恰早猜著也。」

至於詩裡藏詩，只可與知音道也。

丞相曰：讀書之法，非澹泊無以明志，非寧靜無以致遠。作者深諳此道，故於紅樓之中，布下情罟色陣。世間聰明公子，伶俐兒郎，遊歷其間，多有蕩志迷魂，沉溺不返者。及揚州夢醒，又好書中世俗。世態人情，引之不盡，言之不絕，恍惚間白駒易過。厭倦矣，轉講空門，謂此書乃成佛之要道。年與時驅，意與日去，問書中辛酸之淚何在？則兩眼茫然矣。

金氏文法雖好，卻是強學不來。千家注杜，不如杜詩一首，五百家注韓，不如韓文一篇。自古評注能與原作平分秋色者，唯金聖嘆而已。

上圖：杭州孔廟碑林中的「臥碑」。清廷為鎮壓江南民眾所立。碑文曰：「生員不許糾黨，多人立盟結社，把持官府，武斷鄉曲。所作文字不許妄行刊刻……」江南三大案之一的哭廟案，就與這塊臥碑有關。惜一代才傑金聖嘆，竟殞於賊人之手。

脂批兩次提到一本書，叫做《諧聲字箋》。

第六回：「狗兒遂將岳母劉姥姥接來一處過活。〔脂批：音老，出《諧聲字箋》，稱呼畢肖。〕」「那板兒才五六歲的孩子，一無所知，聽見帶他進城逛去，便喜的無不應承。〔脂批：音光，去聲，遊也，出自《諧聲字箋》〕」

看到這個批語，就得查一查此書。去哪查呢？首先是《四庫提要》。一看《提要》，原來紀曉嵐早把《諧聲字箋》給批判了一番。他說：「自來字書、韻書截然兩途，德升必強合而一之，其破碎支離，固亦不宜。」又說「不知諧聲僅六書之一，不能綜括其全。」大體是說這書一般，要認字還得看《說文》和韻書。畢竟《說文》講六書：「指事、象形、形聲、會意、轉注、假借。」你這《諧聲字箋》只講諧聲，不是以偏概全麼？強行解釋的話難免支離破碎，實在是不應該。

在《提要》中，此書原名為《諧聲品字箋》。脂硯齋懟出的這本《諧聲字箋》，卻將品字去掉了。難道覺得此書太糙不能稱品麼？這不是和紀昀的批判相同麼。脂批給出《諧聲字箋》，大概想將線索引向《提要》，再借《提要》指出認字的正確方式。

小徐買了個拍立得，有背帶的那種。徐媽讓其背在身上，不停地說：「背背看，背背看」。小徐一背，徐媽便笑道：「背著好傻啊。」

脂批說「諧聲字箋、諧聲字箋」，讓讀者去追查此書，大概也是在「背背看」。

金聖嘆說：「大凡讀書，先要曉得作書之人是何心胸」。此即讀書要觀文心。彥和說：「夫文心者，言為文之用心也。」心之所用，化為雕龍。《石頭記》的文心是什麼？就看其如何雕縟文采。用六朝文標大成的《文心雕龍》來衡量《石頭記》，再合適不過了。選用的是北平黃叔琳注，紀昀點評的本子，俗稱《紀曉嵐評注文心雕龍》。

世人談《石頭記》，多引用迅哥兒《絳洞花主小引》，以作紅樓不可解之論，實非迅哥兒本意。《小引》這段話，實出自《文心雕龍》，而且附帶解法，紀曉嵐還加了評語。先看魯迅原文：「《紅樓夢》是中國許多人所知道，至少，是知道這名目的書。誰是作者和續者姑且勿論，單是命意，就因讀者的眼光而有種種：經學家看見《易》，道學家看見淫，才子看見纏綿，革命家看見排滿，流言家看見宮闈秘事……。」

迅哥兒這段，化自《文心雕龍》的知音篇，原文是：

夫篇章雜遝，質文交加，知多偏好，人莫圓該。慷慨者逆聲而擊節，醞藉者見密而高蹈，浮慧者觀綺而躍心，愛奇者聞詭而驚聽。會己則嗟諷，異我則沮棄，各執一隅之解，欲擬萬端之變，所謂「東向而望，不見西牆」也。〔紀評：千古癥結，數言洞見〕

劉勰看得透，紀昀也是。蔡先生之後，一百年的紅樓讀法，是否有此千古癥結呢。為了小朋友易看，稍微轉成白話：

夫文章包容萬端，渾樸與典雅交融，而人之識量各有偏頗，不能面面俱到。慷慨者逢變徵之聲倚而擊節。醞藉者見沉密之理雀躍不已。浪子聰明，觀錦詞繡句心中喜。苟令愛奇，聞詭異之情側耳聽。稱我心思，嘘嗟諷詠同爾愁。異俺所想，厭煩捨棄再不理。各懷一隅之見解，欲究宇宙之妙理，真乃「東向而望，不見西牆」也。

若真如此，為之奈何？劉勰早有錦囊相授，且看知音篇：

凡操千曲而後曉聲，觀千劍而後識器，故圓照之象，務先博觀。〔紀評：扼要之論，採出知音之本。〕

原來是讓人多加練習，第一要緊是博觀。紀曉嵐說：「讀書如遊山，微言終日閱。」彥和說：「登山則情滿於山，觀海則意溢於海，我才之多少，將與風雲而並驅矣。」都指出了博觀的必要，這是知音之本。對於文學作品而言，從文辭入手，就能看到文心，劉勰又有說法：

彥和曰：夫綴文者情動而辭發，觀文者批辭以入情，沿波討源，雖幽必顯。世遠莫見其面，覘文輒見其心。豈成篇之足深，患識照之自淺耳。夫志在山水，琴表其情，況形之筆端，理將焉匿。故心之照理，譬目之照形，目瞭則形無不分，心敏則理無不達……

書亦國華，玩繹方美，知音君子，其垂意焉。〔紀評：此一段說到音本易知，乃彌覺知音不逢之可傷。〕

博觀之後，就可以追源溯本。若對方以摯情運文，又辭能達義，那讀文章就能理解他的心思。不怕對方寫得深，只怕自己識量淺。人能用琴聲傳達自己的志向，何況寫成的文章字字分明，怎麼會看不明白呢？用眼能看到形，用心能看到理。狐狸對小王子說：「這是我的一個秘密，再簡單不過的秘密：一個人只有用心去看，才能看到真實。事情的真相只用眼睛是看不見的。」君子若真想知音，不妨留意於此。

評點這一段的時候，紀曉嵐感嘆知音難逢。劉彥和這番話，是教人知音的。世上知音之法，都差不多。老莊要悟。儒家以格物為先。辭賦家言：「收視反聽，耽思傍訊。精騖八極，心遊萬仞」。乍聽都不好理解。蔡先生的話最簡單：「囊括大典，網羅眾家，兼容並包，思想自由。」若真能如此，必日有進益。蓄力既久而豁然貫通。

前些天《送別》的翻唱挺火，大家感嘆為什麼現在寫不出這樣的歌。紀昀《四庫簡目》載：「戴復古『夕陽山外山』句，超數載，乃得『春水渡旁渡』句為對，其苦吟可知。」春水渡旁渡，夕陽山外山。後一句為李叔同所用，作為《送別》的歌詞。法師非憑空而悟，沒有戴復古數年苦吟，也無法師的好歌詞。而《送別》的曲調，又來自米國的作曲家 John Pond Ordway。法師為何能寫出《送別》，除了因緣際遇之外，還用了一個訣竅，那就是：「偷得梨蕊三分白，借得梅花一縷魂。」

文章秀句，或自出錦心，或得益援引。心中有百句，方能借得一句。心中有千句，可借得百句。心中有萬句，別人借我句。此即劉彥和「操千曲而後曉聲，觀千劍而後識器」，是為知音之本。

知音方能見文心。羅胖說：「金聖嘆讀水滸，就是猜作者的心。」才子文心，不是知音猜不得。若遇知音，心本知之何必猜。黛玉說：「我為的是我的心。」

文心本無形，一動化為龍，見龍如見心。

何謂文心雕龍？龍者，文辭也。雕者，用心也。雕龍者，為文之用心也。文心如雕龍，見龍如見心。故彥和曰：「文果載心，余心有寄。」

龍形江海，風骨魏闕。彥和徵聖而宗經，想《石頭記》亦如是。依其時序，察其通變，接其神思，訪其諧隱，量其才略，體其程器，明詩辨騷，定勢鎔裁，文焉廋哉，文焉廋哉。

（案黃季剛言：「劉舍人……標其篇曰《定勢》，而篇中所言，則皆言勢之無定也。」此即文無定勢，「隨體而成」。）

情以載道

紅樓夢寫情，情之中，又別有寓意，非要用語言描述的話，就叫「情以載道」吧。借花前月下，來抒胸中塊壘，這在文學作品中是有先例的。比如傳奇《桃花扇》，就明言「借離合之情，寫興亡之感。」才子寫女子，總是不那麼純粹。屈原的香草美人，曹子建的《美女篇》，已是先例。

戴震在他的《屈原賦注》中說：「惟草木之零落兮，恐美人之遲暮。紀編修曉嵐曰：『美人以謂盛壯之年耳』」曹子建志在破東吳、擒諸葛，奈何「盛年處房室，中夜起長嘆。」屈子曹子皆如此，才子筆下，美人之喻如是。紅樓夢乃才子書，夜航船中，可令六才子斂足。其纏綿之外，必然別有抱負。稼軒曰：「喚取紅巾翠袖，揾英雄淚。」這紅樓夢中，紅袖如雲，又滿紙淚痕，獨英雄無覓。觀書至此，尚不悟耶！

啊嗚說：「吐不盡的英雄氣，削不完的土豆皮。」可見土豆也能抒發性靈。東郭子問：「道在哪裡？」莊子答說：「無處不在。」既然萬物皆可寓懷，那為何偏以情呢？因為情能動人吶。用土豆使人明白的事，終不如用情來的深刻。

或曰：情能動人，不能動我，何也？

古語曰：「太上忘情，最下不及情，情之所鍾，正在我輩。」是以，情能動人，情能動我，以情運文，文以載道，是作者相覷我輩處，也是作者苦心所用。

知作者苦心，當見其忘情。不見其情，故能成其情。至此，放眼書中所見，便是另番天地。一草一木，一笑一顰，皆是無限妙文。脂硯齋評紅樓說：「牛溲馬勃皆至藥也，魚鳥昆蟲皆妙文也。天地間無一物不是妙物，無一物不可成文。但在人意舍取耳。此皆信手拈來，隨筆成趣。大遊戲，大慧悟，大解脫之妙文也。」紅樓境界真至如此麼？是脂硯太瘋癲？還是我輩看不穿呢？情以運文，文以載道，道寓乎情，無怪乎又叫《情僧錄》。

有人說紅樓夢是一部悟書。真是妙言。文學作品和藝術一樣，自來是追求境界的。十年格物而一朝物格，程器都煥然一新。潘天壽在《論畫殘稿》中說：「藝術之高下，終在境界。境界層上，一步一重天。雖咫尺之隔，往往辛苦一世，未必夢見。」潘先生真是悟語。想這文學、繪畫與宰牛一樣，也是「道也，進乎技矣。」至於紅樓作者麼，他「萬卷編成群玉府，一生修到大羅天。」

左圖：閱微草堂，《石頭記》寫作之地。曲阜桂馥題匾。

東湖三景

出淩波門，東北望，見小王子的蛇，吞了只大象，臥在水天之間休息。啊嗚道：「古人云：巴蛇吞象。今天偶遊得見，真是奇遇。」於是撿枝畫沙，題曰「淩波觀象」。

湖邊有曲棧，通向一個陽臺，登臺遠眺，煙波浩渺。

並明指著象山說：「對岸山下有個梅園。」啊嗚問能不能去摘梅子。

我笑說：「哪有梅子，是一園寒香。」

啊嗚笑道：「原來是林處士家，快說此景叫啥！」

並明道：「就叫『曲棧尋梅』吧，我有四句詩，可射五句話，若射得此覆，便知東湖有無窮景。」道是：

淩波觀象本無形，曲棧尋梅宜納娉。

回首忽逢傾國笑，含情脈脈語君聽。

啊嗚聞言道：「啊嗚——」

移時，斜陽照水，天頣半紅，百鳥爭鳴，歸於珞珈。

啊嗚道：「此景叫啥？」

我笑說：「就叫『夕熙西輯』了。」

寫給啊嗚看時，啊嗚說：「讀起來舌頭麻。」

並明笑道：「首尾都是入聲，再讀下嘛。」

啊嗚又念道：「夕！熙、西、集！噫嘻，原來是鳥叫呀。」

並明揚首示意，往旁邊看，見湖邊有人下棋，全神貫注，天要黑了也不在乎。

並明說：「大觀園有副對聯：『寶鼎茶閑煙尚綠，幽窗棋罷指猶涼。』這是對弈者之眼？還是觀弈者之眼？」

啊嗚看了看下棋人，笑道：「原來如此。」

原來這對弈者鴻鵠不窺，茶都忘了喝，哪裡知道鼎中有煙無煙，煙青煙綠。所以這「寶鼎茶閑煙尚綠」，乃是茗煙之眼。對弈者「一局輸贏料不真」，棋罷手冷，但知呵

拳搓指而已，又哪裡自覺指涼不涼，窗幽不幽，所以這「幽窗棋罷指猶涼」，乃是觀弈道人之眼。

晚上在湖畔吃茶，啊嗚道：「記得妙玉說過：『一杯為品，二杯是解渴的蠢物，三杯是飲牛飲騾了。』這大概是『紀茶星』個人的觀點吧。」

並明笑道：「紅樓夢百廿回，除以三，剛好四十回一杯。妙玉『尋出一隻九曲十八環一百二十節蟠虬整雕的湘妃竹根的一個大海來，笑道：就剩了這一個，你可吃的了這一海？』寶玉喜的忙道吃的了。妙玉笑道：『你雖吃的了，也沒這些茶糟蹋，豈不聞一杯為品……』這裡的『九曲十八環』指書意諧隱，『蟠虬整雕』指為文用心，即文心雕龍。『湘妃竹根』是辛酸之淚。『一百二十節』是書目章回。『雖吃的了，也沒這些茶糟蹋。』是以茶喻書，妙玉是書中的『茶星』。讀前四十回為品，讀中四十回即是解渴的蠢物，讀後四十回便是飲牛飲驢了。誰是牛呢？黛玉說劉姥姥是牛，牛飲的杯子，妙玉說：『我就砸碎了也不能給他。』真正的後四十回，是不會給人看的，前八十回若還讀不懂，這後四十回，就是砸碎了也不給看。妙玉的孤高，也是作者的態度。」

啊嗚道：「這樣說只怕有人惱。」

我接道：「小明這話正應著金聖嘆的觀點。聖嘆說《西廂》後四回為續書，所下的評語，剛好對應紅樓夢後四十回。」

金聖嘆說：「若夫人、法本、白馬等人，則皆偶然借作家火，如風吹浪，浪息風休，如桴擊鼓，鼓歇桴罷，真乃不必更轉一盼，重廢一唾也。今所續之四篇，凡《西廂》所有偶借之家火，至此重複一一畫堂過卯。蓋必使普天下錦繡才子，讀《西廂記》正至飄飄淩雲之時，則務盡吹之到鬼門關前，使之睹諸變相，遍身極大不樂，而後快於其心焉。」

凡紅樓前文之中，偶然借用之人物，偶然敘述之事件，至後四十回，又重複一一畫堂過卯，如醉金剛倪二，前者是潑皮而真豪俠，偶然借用，隨他去即可。「真乃不必更轉一盼，重廢一唾也。」後文則又拎他出來，寫盡潑皮真無賴，佔用大篇筆墨。再如前文偶然之事件，本應浪息風休，後文又重複一一關合。蓋必使普天下錦繡才子，讀《紅樓》正至飄飄淩雲之時，則務盡吹之到鬼門關前，使之睹諸變相（後四十回頻頻鬧鬼），遍身極大不樂，而後快於其心焉。

啊嗚聞言道：「這麼說來，這後四十回，是故意寫成子不語的？」

並明道：「的確是按金聖嘆的方法，寫出了續書應有的樣子，是個高手所為。」

啊嗚看了看外面的夜色，點頭道：「記得張愛玲也提到過後四十回鬧鬼。」

並明道：「記得周先生說，後四十回鬧鬼二十次，平均兩回一次。這只是明面上的鬼話，暗地裡的筆法更嚇人，比如寶蟾戲引薛蝌，先是窗外一笑，再聽半日寂然，方欲睡時，窗紙微響，又響，細看又無動靜。薛蝌起了疑心，掩懷坐在燈前，猛回頭看見窗紙濕了一塊，走過去看時，外面往裡一吹氣，發出吱吱的笑聲。知道的是寶蟾戲薛蝌，不知道的還以為鬼怪勾人呢，分明是《聊齋》、《閱微》的筆法。粗略一數，紅樓十七次引用《西廂記》，再加脂硯兩次提及聖嘆，這個作者一定熟讀《金聖嘆評西廂》，用聖嘆的方法來續紅樓，擺明是讓人效聖嘆橫截水滸西廂，來橫截紅樓的。畢竟用聖嘆之法，紅樓夢不用續書也能讀。」

啊嗚道：「你說寶蟾戲薛蝌？這蟾和蝌蚪，不是一類麼？」

並明道：「所以這後四十回的作者，也深知擬書底裡。看來程偉元沒說瞎話，當年他的確從鼓擔上得到了續書的回目。」

啊嗚道：「那這個續書者是誰呢？」

並明笑道：「當時寫鬼哪家強？只有南京小倉山，和北京閱微草堂。夏完淳說『國之將亡，必有妖孽。』寫園子裡妖風四起，作者想表達什麼呢？這根本不是續書，只是借紅樓語境，來作子不語罷了。若作續書看時，真無可取，若作新齊諧看，亦是妙文。」

眾人問：「怎個妙法？」

並明動容道：「你看那後四十回呵，白骨青灰，蕭艾滿園，建業城啼夜鬼，維揚井貯秋屍，人命如絲系。」

啊嗚聞言，按板《桃花》，眾人和道：「那烏衣巷不姓王，莫愁湖鬼夜哭，鳳凰臺棲梟鳥。殘山夢最真，舊境丟難掉，不信這輿圖換稿。謅一套《哀江南》，放悲聲唱到老。」

見眾人意沮，啊嗚道：「郞員你上次說的以詩運文，書裡還有麼？」

我忙說：「有啊，上次去蘇州剛發現一個。第七十回，黛玉寫了首《桃花行》，眾人說：『如今正是初春時節，萬物更新，正該鼓舞另立起來才好』於是把海棠社改作桃花社。後面卻說『大家議定，明日乃三月初二日，就起社，林黛玉就為社主。』三月之初，仲春已艾，暮春方始，為何卻道『正是初春時節』呢？若依列藏本改成『和春時節，萬物更新』，名義上順了，卻不把作者當才子看了。紅樓中的舛誤往往是伏筆，今天是『初春』，明天已過『仲春』，又借一堆瑣事，直寫到『暮春』時湘雲作柳絮詞。大觀園的一整個春天，剎那之間，就輕易帶過了。這是化用了誰的詩句呢？」

眾人高興起來，連猜幾句卻都不是，只嚷著要提示。

我又問：「黛玉的《桃花行》出自哪呢？唐伯虎《桃花庵歌》說：『桃花塢裡桃花庵，桃花庵下桃花仙，桃花仙人種桃樹，又摘桃花換酒錢……。』黛玉《桃花行》是：『桃花簾外東風軟，桃花簾內晨妝懶，簾外桃花簾內人，人與桃花隔不遠……』桃花庵在蘇州，黛玉也是蘇州人吶。」

啊嗚笑道：「我知道了，初春、仲春、暮春匆匆寫過，是唐六如〈落花詩〉中的：『剎那斷送十分春，富貴園林一洗貧。』又似『春來嚇嚇去匆匆，刺眼繁華轉眼空。』」

「是了，從七十回之後，便是鳳姐羞說病，抄檢大觀園，聯詩悲寂寞，芙蓉女兒誄，誤嫁中山狼，以及黛玉十七歲。一座富貴園林一洗貧，一場刺眼繁華轉眼空。大觀園的衰落，都在唐寅這兩句詩裡。

作者是看過〈落花詩〉的，有脂批為證。第十二回，賈瑞拿起『風寶鑒』向反面一照，只見一個骷髏立在裡面，脂批曰：『所謂「好知青塚骷髏骨，就是紅樓掩面人」是也，作者好苦心思。』脂批這兩句出自〈落花詩〉：『好知青草骷髏塚，就是紅樓掩面人。』借唐寅詩句伏線，並非孤例。

七十回是個轉捩點，到七十二回時，就借鳳姐之口說『江淹才盡』了。所以說紅樓正式文稿，也就八十回。在〈詩與黛玉〉、〈寶釵與詩〉兩篇中，我們講過紅樓『以詩運文』的筆法，看似白話，其實化自古詩，這也是前八十回的特點。後四十回若只看文辭，很難發現與前文的區別，但總會感覺少點什麼。少的就是白話行文，卻步步傳詩的耐心。故續書輕飄無根，了無詩意。」

並明笑道：「我早說『一部紅樓萬首詩』嘛，吃茶。」

啊嗚問：「那風月鑒裡的青塚啥意思？」

「紅樓人物跨越古今，在夢裡可以，用史筆也可以。還一種方法在《閱微筆記》裡。老紀有一枚硯，左側刻著『白谷手琢』四字，是明末孫傳庭親手製作的硯臺。紀昀對前朝之事可謂了然，又不得直言，於是托之於硯。在《如我是聞》裡，他提到鄉人扶乩，乩仙作詩，落款『柿園敗將』。眾人見了，方知是白谷孫公降壇。當年孫傳庭率領的明軍戰敗，冷餓交加，只好采柿園裡的青柿充饑，故稱『柿園之戰』。乩仙詩曰：『故壘春滋新草木，遊魂夜覽舊山河。』不知是傳庭之魂真有此詩，還是紀昀假託乩仙抒發己意。」

啊嗚笑道：「要不咱們也架乩扶鸞，把老紀請下來問問，你到底寫了些啥。」

眾人皆笑，連聲道：「吃茶去、吃茶去。」

「扶乩之事，紀昀自己也不信，只是記下來好玩的。真有這麼靈，他自己還用呢，比如《西遊記》作者是誰，紀昀就有記載。

《閱微筆記》說，吳雲岩家扶乩，乩仙自稱丘長春，也就是丘處機。

有人問：『《西遊記》真是仙師寫來、闡發道家金丹秘旨的麼？』

乩仙說：『是呀。』

又問：『書中的錦衣衛、司禮監、東城兵馬司、大學士、翰林院中書科、都是明代的官制，這為啥呢？』乩仙不動了，理屈詞窮跑路了。

於是紀曉嵐說：『然則《西遊記》為明人依託無疑也。』當時有本書叫《西游原旨》，說西遊記是丘長春所作，記載了道家金丹秘法。老紀是無書不讀的，尤好稗官小說，自然很感興趣，於是將此事記在《閱微》裡。

明朝官制給西遊記留下了時代印痕，而《石頭記》刻意避免了這點，都中是長安，官制是唐代節度使，以及各朝通用的將軍、員外郎等，還編了個龍禁尉出來。

紀昀擅長考據，自然借此避文字獄。就連避諱，也是反其道而行之，以此推斷紅樓年代是很難的。反是顰兒的避諱藏著機鋒，光明正大寫出來。雖是藝高膽大，也未免英雄欺人。」

眾人笑道：「老紀太壞，故意將答案人前晃，謎底就在謎面上。」

「前輩們講，藝術想像不受時間空間限制。古今須臾，滄海一粟。《紅樓夢》縱寫古今，一似古人降壇至此紅樓中，展開一場跨越時間的對話。在夢筆、史筆之外的第三種筆法，就是『說鬼』。

紀曉嵐曰：『擬築書倉今老矣，只應說鬼似東坡。』整部紅樓夢本是閱微筆法。剛才提到白谷孫公的遊魂詩，而警幻仙子說，絳珠妹子的生魂要來遊太虛幻境，前文說過，太虛就是大觀，大觀就是九州，那絳珠生魂遊太虛，便似孫傳庭降壇時的那首『故壘春滋新草木，遊魂夜覽舊山河。』全詩為：

一代英雄付逝波，壯懷空握魯陽戈。
廟堂有策軍書急，天地無情戰骨多。
故壘春滋新草木，遊魂夜覽舊山河。
陳濤十郡良家子，杜老酸吟意若何。

詩寫的真好。首聯就有大江東去，浪花淘盡英雄的氣勢。再用魯陽揮戈，日返三舍之典，訴壯志難酬之憾。頷聯馳入沙場，將在外，君命有所不受，偏有廟堂軍書，嗚呼，『我今不死非英雄！』可憐白骨滿疆場。

頸聯又借遊魂之眼，夜覽山河，見草木新滋於故壘，是為黍離之悲。

尾句借老杜《悲陳陶》作喻。杜詩曰：『孟冬十郡良家子，血作陳陶澤水中。』陳濤斜之戰，房琯用牛車作戰車，敗於陳濤斜。紀昀說：『詩乃以房琯車戰自比，引為己過，正人君子用心。視王化貞輩僨轅誤國，猶百計卸責於人者，真三光之於九泉矣。』

這首詩一氣呵成，立意用典頗具史家風範，不似江湖術士所為，應是紀昀擬作。老

紀說此詩為太原遇蘭所言，大同杜生亦錄，但這些人都不可考。《閱微筆記》是他晚年所作，這些山西人可能是他去新疆途中認識的，幾十年了，人物飄零，不可對證。即便真是轉載，紀昀已然借此發論。所以說，借鬼神軼事、民間傳說來抒發己見，是閱微筆記的特點之一。

借來的故事還是麻煩，自己構築一個夢，要自由的多。風月鑒的神奇，三生石的縹緲。女媧煉石的傳說，太虛幻境的夢幻。可卿托夢的離奇，秦鐘還魂的悲喜。雪下抽柴的古怪，賈氏宗祠的長嘆。餞花神的新異，誄芙蓉的哀傷。食鹿肉的隱喻，撲蝴蝶的謎語。蕉下客的禪，木居士的緣。會芳園的賦，桃花社的歌，海棠社的詩，櫳翠庵的茶，米襄陽的畫，以及滿紙的詼諧與春秋，這些精奇古怪與穎趣，都來自閱微之筆。

（一）女媧補天說。

紀昀《賦得煉石補天》（節選）

誰記媧皇事，偏教列子傳。訛言五色石，曾補九重天。

濃蒸嵐氣合，再使笠形圓。從此鼇維立，於今蟻磨旋。

鐫頑石之說來自《五燈會元》，紀曉嵐曾引此書作注。

（二）陰陽二氣說。

紀昀《賦得以雷鳴夏》（節選）

天地氤氳合，相蒸雨始生。散光為電影，激響是雷聲。
陰氣包而遏，陽剛鬱乃爭。兩摶相震盪，一奮遂砰訇。

冷子、假語所言之正邪二氣，化自陰陽之說。另有紀昀《本天本地論》《書雲物賦》《青雲干呂賦》論之甚詳。

（三）探春書房米襄陽煙雨圖說。

紀昀《甓社湖》：『且看米家畫，煙樹青模糊。』《富春至嚴陵山水甚佳》：『煙水蕭疏總畫圖，若非米老定倪迂。』

案，煙雨圖乃江南。水之南為陰，江陰也。

（四）蕉下客說。

紀昀《蕉葉硯銘》：『蕉葉學書，貧無紙也。今紙非不足，而倦於臨寫。刻蕉於硯，蓋以愧夫不學書者。』

探春善書，又號蕉下客，是懷素蕉葉習書之典。兼隱聿字。又借黛玉之口作諧謔，替讀者排除蕉葉覆鹿之說。可謂用心。

（五）三生石說。

紀昀《絳雲別志序》：『三生石在，姑此時聽我銷憂。』

紀昀《題雲葉表弟小照》：『三生香未燼，一枕夢初醒。』

紀昀《蔡貞女詩》：『重逢且莫話三生。』

紀昀《題古藤詩思圖》：『三生石上恍相遇。』

（六）木筏迷津說。

紀昀《三十六亭》：『樊南摛奧詞。意旨獨殊絕。方山與太常，駢耦吾兼悅。深夜紗燈旁，瓣香稽首爇。亦欲涉風騷，一一求流別。登岸未有期，敢云當舍筏？』

是以，學海如迷津，苦功作渡筏。紀昀亦如此。

（七）燃藜圖、天香樓說。

紀昀《賜硯恭紀八首》：『情知難押蘭亭縫，且照青藜校魯魚。』

翁方綱《仙客納涼圖為曉嵐學士題》：『碧虛一氣風泠泠，我意吹藜照六經。』

紀昀《進呈書籍，蒙賜內府初印《佩文韻府》。呈請奏謝摺子》乾隆三十九年

欽惟我皇上化闡天苞，道光地紀。寶緯聚文章之府，星蔚連珠。神霄辟著作之庭，

山標群玉。

樓名韻海，遠肇唐年。編號書林，舊聞蜀國。

墨融古漆，真文思供御之餘。紙疊輕羅，是天祿藏書之副。

名題雲笈，一編為百代之榮。字染天香，四海祇九家之本。

久餐黃卷，或通脈望之神仙。共照青藜，速蒇琅嬛之校錄。

又：伏念臣學殖荒蕪，謬蒙簡擢，得總司編錄，遍窺石渠金匱之藏。

秦可卿書房即故宮文淵閣。雅呼天香樓。以樓借喻紫禁城。

（八）蘡兒酒令說。

紀昀《賦得秋水長天》：惟看孤鴻影，直到落霞邊。

紀昀《賦得鴻雁來賓》：故國憐同侶，新秋已半回。彭蠡三更月，瀟湘兩岸苔。

紀昀《賦得砧杵共秋聲》：每於聞雁後，都是擣衣聲。隔巷鳴相答，鄰牆聽倍明。

蘡兒五句酒令的轉折遞進，皆循紀昀詩意。尤其最後的酒底，可謂『每於聞雁後，都是擣衣聲』。故蘡兒道：『榛子非關隔院砧，何來萬戶擣衣聲？』既然蘡兒問『非關，何來？』讀者即以曉嵐『隔巷鳴相答，鄰牆聽倍明』句作答可也。

石頭記能寫這麼好，必有其淵源。彥和說：『操千曲而後曉聲』，能將文字用到如此境界，必是日久磨煉的結果。而其磨煉時寫出的文章，也不會比紅樓差。紅樓能傳，其他文章亦能傳。更何況是清代中期著作，並非杳至秦漢唐宋，豈是一句『四庫毀書』能解釋的？從燃藜圖可知作者是校書郎。武俠中有『刀背藏身』一說。今借用此說，稱其為『書背藏身』亦可。於此學海之中，彼岸執煙鍋而立者，即是作者。

《石頭記》每逢雉竄文囿之時，便有饑鷹獨出。不學詩者不易見。黛玉教香菱學詩，也是在教讀者。書中最重要的筆法，不是夢筆、史筆、鬼話，而是詩筆。精騖八極，心遊萬仞。寂然凝慮，思接千載。時間和空間在詩意裡，都渾融一體。方才並明說：『一部紅樓萬首詩。』誠哉其言。」

並明聞言笑道：「紀昀〈耳溪文集序〉曾說：『吳好山曰：意喻之米，文則炊而為飯，詩則釀而為酒。飯不變米形，酒則變盡。』紅樓夢以詩運文，恰如米融酒中。」

……

楚天夜色如水，階前漏催花睡。問眾人倦否？

啊嗚笑道：「不如重煮新茶，再細細閑論。」

第二天，登楚天臺，遊蛇山，觀魯達「捶黃鶴，踢鸚鵡」之地。

硯。

第三天，至漢陽，訪伯牙琴臺，謁禰衡墓。至漢口，觀陸放翁放翁看了看上面的圖，也不則聲，提筆寫道：「紙上得來終覺淺，絕知此事要躬行。」是為迷津寶筏。

閱微六則

其一

壬午之年，紀昀的門人吳惠叔，請來個扶乩者，在虎坊橋綠意軒中作法。乩仙寫了兩首沉香亭，自稱李太白。不料被趙姓學霸看出破綻，問的乩仙不能答。

紀昀向戴震提及此事，戴震驚道：曾見另一人扶乩，也是太白降壇，也是這兩首詩，改了幾個字而已。於是曉嵐說，可能是江湖術士，自有稿本，互相傳授的緣故吧。門子讓雨村請仙扶乩，大概也是早有稿本，敷衍耳目吧。

其二

紀昀說：「俗傳張真人廝役皆鬼神。」據說，有人對張真人不敬，還差點被雷擊。

這天，張真人和紀曉嵐一同參加祭祀，真人忘記帶朝珠，於是向紀曉嵐借。

紀開玩笑說：「雷部的鬼律跑的最快，讓他們回去拿。」張真人聽了，笑的像花兒一樣。原文道：「真人為囅然」。

近代法師，喜捉香港記者為廝役，不知何故。紅樓中亦有張真人，或以此人為原型。

其三

《四庫提要》評鄺海雪《木客》時說：「敘木客一條，既稱為秦時采木之人，何以能作律詩？所稱〈細雨詩〉『劍閣鈴逾動，長門燭更深』一聯，何以能用漢、唐故事？是則附會塗飾，不免文士之積習矣。」

《閱微》寫蘇小小降壇時也作律詩，眾人問齊梁怎麼有律詩呢？小小答：與時俱進學的啊。紀昀很同意這個觀點，卻在木客中持反調，難道木客不會學麼？大概是《提要》有意顯拙吧。

《閱微》也講過「山中木客解吟詩」的故事。真是自相矛盾的老紀，可謂「自執金矛又執戈。」

其四

紀昀〈仲春習舞賦〉曰：「皇取像於鳳儀，施寓形於獸舞。」故寶玉題瀟湘館為「鳳凰來儀」，黛玉笑老劉「百獸率舞」。

「平章」一詞書中出現兩次，一次是黛玉說的：「一從陶令平章後，千古高風說到今。」另一次是寶玉說的：「各有主意，自管說出來大家平章。」《千字文》曰：「坐朝問道，垂拱平章。」《尚書/堯典》曰：「平章百姓。」「平」與「便辯」通，《史記‧

五帝紀》作：「便章百姓。」黛玉和寶玉「平章」的用法，應是「評辨昭明」之意。這二位都帶玉字，賈母說黛玉亦曾有玉，玉乃傳國璽，都用「平章」一詞。是點二人身份。黛玉平章是思宗，寶玉平章是乾隆。

其五

觀弈道人善寫觀弈詩，前文提到三首，還有兩首是其晚年所作，補錄於此。

桐陰觀弈偶傳神，已悵流光近四旬。

今日鬖鬖頭欲白，畫中又是少年人。

一枰何處有成虧，世事如棋老漸知。

畫裡兒童今長大，可能早解半山詩。

其六

紀曉嵐看書太多，眼睛近視，於是配了副眼鏡。作〈眼鏡〉詩曰：「暗中摸索敢相誇，未老先看霧裡花。眼作琉璃君莫笑，尚愁人道是紅紗。」紅樓中的賈母亦有眼鏡，想來亦是老紀之體會。

紀昀詩〈江行甚速／兼短視／不能甚睹，賦此解嘲〉曰：「青山是處如留客，一霎飛帆看不真。」設使短視茗煙望見〈中秋帖〉，又不知生出什麼詼諧。

水向石邊流出冷

李紈笑道：「這難為你猜，紋兒的是『水向石邊流出冷』，打一古人名。」探春笑著問道：「可是山濤？」李紋笑道：「是。」——第五十一回

為何是山濤？試問諸位，你們讀過山濤的文章麼？沒讀過很正常，因為猜謎有個慣例，就是不用僻典。

陸游說「文選爛，秀才半。」可知《文選》不算僻典。翻開文選，只有一篇文章與山濤有關，就是嵇康的《與山巨源絕交書》。關乎山濤的文章，這一篇是最有名的。面對山濤的推薦，嵇康很不樂意。他說：「足下無事冤之，令轉於溝壑也。」

足下指山巨源，「你山濤別來煩我，這是讓我嵇康去填了溝壑啊。」這一句和李紋的謎語有什麼關係呢？這是一個射覆。水向石邊流出冷，射「令轉於溝壑也。」

「令」從「冷字」化出，令隨著「冷水」向石邊流出，故「令」轉於溝壑也。誰令嵇康轉於溝壑呢？就是山巨源。

故：令（嵇康）轉於溝壑者，山巨源也。山巨源，就是山濤。所以探春問：「可是

山濤？」

附〈桃花行〉詩謎：

黛玉詩：一聲杜宇春歸盡，寂寞簾櫳空月痕。

尾句：寂寞簾櫳空月痕——打一字。

謎底是：「朙」。《說文》曰：「囧，窗牖麗廔闓明。象形。」段注：象窗牖玲瓏形。

故「寂寞簾櫳」乃一囧字。再加「月痕」，為朙。前句「一聲杜宇春歸盡」，喻故國。

兩句詩一起，喻故國有朙。

蒲盧之政

化自家語，斟酌於鄭朱

紀曉嵐是一代通儒，他的謎語在諧謔之餘，往往隱藏著妙理格言，寄託著他的政治理想。

李紈又道：「一池青草草何名」（第二個草指刈草之政）

湘雲忙道：「這一定是『蒲蘆也』，再不是不成？」李紈笑道：「這難為你猜。」

李紈說是「四書」的謎，但一半是五經，一半是四書。

案，《禮記》：「草艾則墨，未發秋政，則民弗敢草也。」《中庸》：「夫政也者，蒲盧也。」

艾讀「刈」，草艾就是「刈草」，割草以作爨亨，需要政令允許才行。譬如今天，你想砍一棵樹，也需向林業局申請。古代也是一樣，所謂「斧斤以時入山林。」《左傳》曰：「賞以春夏，刑以秋冬。」所以秋天草木長成時，未發佈刑律政令（未發秋政），民眾是不敢去割草的，「則民弗敢草也。」

因此「一池青草草何名」中的第二個草字，指的是刈草。名者，指的是政令。什麼政令才是名正言順、以民為本呢？就是「夫政也者，蒲盧也。」子曰：「人道敏政，地道敏樹，夫政也者，蒲盧也。」

為政為民，就像大地滋潤草木生長一樣，厚德以載物。政教的實施，就像蒲草和蘆葦的絨花那樣，可以隨風向化，布散四方，因水土而生長。因此廟堂之上更要修身立德，為雅正典範，才能蒲盧四方。何為「為政為民」？為政者，天行健。為民者，地勢坤。是為政道。

蒲草的果穗，俗稱蒲槌，洙泗兒童常采玩。秋風吹蒲盧，似柳絮漫天飛，飄落水澤即發芽成長。以喻政教所及，民心向善。一

一　蒲絨似蘆。又稱蒲棒，水燭，毛蠟，香蒲。

北京歙縣會館

紀曉嵐言：「昀於文章喜詞賦，於學問喜漢唐訓詁，三十之前，講考證之學，所坐之處，典籍環繞如獺祭。三十以後，以文章與天下相馳驟。」一七五五年，紀昀三十二歲，這一年，同樣精通漢唐訓詁的戴震，也來到了北京城。

戴震，字東原，徽州休寧人。三十三歲這年，因田產涉訟，族豪勾結官府羅織罪名，想陷害戴震，形勢危急。

震卦：「震來厲，億喪貝，躋於九陵，勿逐，七日得。」

震雷來勢迅厲，喪失貨貝，登九陵躲避，不要爭逐，七日後有所得。戴震避仇入京，寄旅於宣武門外的歙縣會館，衣服行李皆無，隨身只有幾本著作，饘粥也經常沒得吃。但戴氏精通古韻，時常嘯吟歌賦，聲如金石。

錢大昕去年中了進士，此時入值翰林院，因未置房產，暫居於歙縣會館。戴震聽說錢氏有學問，便攜著著作相訪，一席話後，錢大昕望著戴氏離去的背影，嘆為天下奇才。錢氏到了翰林院，逢人就誇戴震，一時之間，京城有名望的學者，紛紛來拜訪，更不用說「愛才成癖」的紀昀了。（紀昀詩：「平生無寸長，愛才乃成癖。每逢一士佳，如獲

百朋錫。」）紀昀來到歙縣會館，與戴君一見如故，他將戴氏請至家中，暫為西賓，朝夕切磨學問。在戴震文集裡，會看到「紀編修曉嵐說」如何如何，便是二人相與之例證。

第二年（一七七六年），紀昀出資將戴震《考工記圖》付梓，並為之作序。序中說「余初識戴君，奇其書，欲付之梓，遲之半載，戴君乃為余刪取先後鄭注……又越半載，書成。」所以說，二人初識，紀昀就要給戴震刻書。遲之一載，乃戴君刪取補注之故。這一年，王安國聘戴震教其子王念孫。段玉裁仰慕戴震才學，常來請教，後來亦執弟子禮。

戴君去世之後，紀曉嵐遇到了王念孫，頓生感慨，於是作了兩首詩。《偶懷故友戴東原成二絕句，錄示王懷祖給事，給事東原高足也》

六經訓詁倩誰明，偶展遺書百感生。

揮麈清談王輔嗣，似聞頗薄鄭康成。

先看後兩句，王輔嗣是曹魏時代玄學家王弼，鄭康成是漢代經學家鄭玄。《紅樓夢》有兩把鑰匙，在第二回冷子興演說榮國府時，借雨村之口說出，乃是「致知格物之功，悟道參玄之力。」致知格物，鄭康成可當之。悟道參玄，王輔嗣可當之。而戴震集二者為一。想瞭解紅樓的人性觀，可以讀戴君的《孟子字義疏證》。戴震等人，學承漢代經師，故錢、戴、紀都名列《漢學師承記》中，因其學風樸實，又稱樸學，清代樸學之端，則源自明末顧炎武。

為何要用漢學讀紅樓？古人云：求其上者得其中，求其中者得其下，求其下者無所得。你可以從任何角度解紅樓，但《孫子兵法》說「不動如山」，作者總歸是一個讀書人。古代讀書人最高的理想是什麼？橫渠先生有四句話：「為天地立心，為生民立命，為往聖繼絕學，為萬世開太平。」紀曉嵐用漢學著紅樓，正是「為往聖繼絕學」。不管如何曲筆隱寓，只要作者讀書人的理想沒變，那麼索隱書旨時，就不會有太大偏差，三軍可奪帥也，匹夫不可奪志也，所謂「不動如山」。

漢學是《紅樓夢》的寫作基礎，而錢大昕和紀昀結識戴震的地方，正是這歙縣會館。

歙縣會館最近在騰退租戶，將正式成為文物保護單位，這個四合院裡，最好開闢出一兩間，用作戴震、錢大昕紀念館。紀曉嵐談考證，曰：「追本溯源，貫蝨穿輪」。《石頭記》雖浩渺磅礴，其源不過濫觴，瞭解樸學，才能找到紅樓的源頭。找到源頭，書才能清晰可讀。

四合院旁的停車場也是會館舊址，用來停車實在浪費，不如闢作小公園，植一二株海棠，然後遍植桃花，以應海棠、桃花詩社。每逢三四月間，夭桃灼灼，漫步園中，心與物遊，「始知昨夜紅樓夢，身在桃花萬樹中。」

紀曉嵐喜詼諧，故紅樓中多諧謔，所謂「託讔謎以言愁，借嘲詼以言志。」劉勰說：「君子嘲隱，化為謎語。」故紅樓中多謎語。猜謎可教人直面未知，詼諧能使人笑對艱難。

故《文心雕龍》說：「古之嘲隱，振危釋憊。」謎語古稱文虎，猜謎又叫射虎，等公園建好，把大家射中的謎語列在謎廊裡，俗稱文虎公園，豈不妙哉。

上圖：整修中的歙縣會館。

（一）曲園

曲園是俞樾故居。小小一方池塘，呈曲字形，故名曲園。曲園老人的《春在堂隨筆》說：「先君子亦云：蒲留仙，才人也，其所藻繢，未脫唐宋小說窠臼。若紀文達《閱微草堂五種》，專為勸懲起見，敘事簡，說理透，不屑屑於描頭畫角，非留仙所及。余著《右臺仙館筆記》，以《閱微》為法，而不襲《聊齋》筆意，秉先君子之訓也。」

俞樾著書，師法於紀曉嵐。聊齋奇幻生動，描寫細碎，小孩子很喜歡看。稍長大後，略諳人情世故，才能知閱微滋味。世事洞明皆學問，人情練達即文章，用來形

容《閱微》的話，並不算過分。

最難得就是《閱微》憑筆力作文，不純靠情節取勝。紀曉嵐自言：「不顛倒是非如《碧雲騢》，不懷挾恩怨如《周秦行記》，不描摹才子佳人如《會真記》，不繪畫橫陳如《秘辛》，冀不見擯於君子云爾。」所以恩怨是非，纏綿悱惻，肌軟膚滑諸般景象，於書中並不著力渲染，往往幾筆帶過。

而《閱微》的這種創作宣言，和《紅樓夢》開宗明義的觀點如出一轍。石頭說：「歷來野史，或訕謗君相，或貶人妻女，姦淫兇惡不可勝數，更有一種風月筆墨，其淫穢污臭、荼毒筆墨，壞人子弟又不可勝數。至若佳人才子等書，則又千部共出一套，且其中終不能不涉於淫濫，以致滿紙潘安、子建、西子、文君、……。」石頭這段話，很像《閱微筆記》的宣言，連順序都是一樣的。

魯迅評《閱微》時說：「惟紀昀本長文筆，多見秘書，又襟懷夷曠，故凡測鬼神之情狀，發人間之幽微，托狐鬼以抒己見者，雋思妙語，時足解頤。間雜考辨，亦有灼見。敘述復雍容淡雅，天趣盎然，故後來無人能奪其席，固非僅借位高望重以傳者矣。」

的確，托鬼狐以抒己見，示行文處事之道，似此書本旨，所謂：閱微之中無鬼神，全是文心與道心。在此基礎上，就可以探討俞平伯的一個疑惑，關於紅樓夢的。

平伯晚年進行了反思，對自己提出幾點疑問。大意是說：「如果完全是家史，或者說按索隱派說的，是政治環境的一種附會，那麼這種附會，處處黏著，就像小說之中的每一個情節，每個人物，甚至一言一動，都有著諱莫如深的，比如說家史背景，或者說政治含義，那麼這部書便寫不得如此好，會被背後隱藏的這些秘密鉗縛住手腳，不會寫的這麼動人，這麼真實，如此之富有文學魅力。」平伯原篇我沒找到，這一段是董老師在私塾口述的，是個大概意思。

平伯說的好不好呢？太好了。但對不對呢？也不對。問題在哪呢？就在於「以文人之眼讀才子之書」，這是最無奈的。

張潮說：「文人多於才子，豪傑易於聖賢。」讀才子書，不能用文人思維。提出這個觀點的，是金聖嘆。

聖嘆《讀第五才子書法》：「某嘗道《水滸》勝似《史記》，人都不肯信。殊不知某卻不是亂說。其實《史記》是以文運事，《水滸》是因文生事。以文運事，是先有事生成如此如此，卻要算計出一篇文字來，雖是史公高才，也畢竟是吃苦事。因文生事即不然，只是順著筆性去，削高補低都由我。」

為何《石頭記》寫的那麼辛苦，就是先有其事，卻要算計出一篇文字來，雖是作者高才，也畢竟是吃苦事。即便是第一才子，也需數年苦功。這種「以文運事」的方式，史公做到了，紀曉嵐也做到了。平伯覺得不可能，是因為他覺得作者來自江寧織造。

以平伯一生的修為，能比織造後人差到哪呢？這就是糾結的原因。若平伯知道紅樓背後是「錢、戴、紀」，想必會換種讀法的。

紀曉嵐的文章，連俞曲園都要來師法。即要以文運事，又能人情練達，不被秘密縛住，還能如此生動，如此真實，如此之富有文學魅力。只有一個人做得到，就是紀曉嵐。他寫的並非傳統意義上的小說，而是在「究天人之際，通古今之變。」這才是《石頭記》的寫作立場。

紀昀說：「儒者之患，在於門戶。」曉嵐博極群書，最反對門戶之見。一立門戶，偏見自生。執一隅而窺全象，往往自膠於心魔。即便只是講文辭，講美學，亦往往「童蒙拾其香草」。何謂文？彥和說：天文、地文、人文。天地有大美而不言，從這方面看，王國維的境界說，比他的叔本華更有用。

蔡先生說：「清代小說，最流行者有三：《石頭記》《聊齋志異》及《閱微草堂筆記》是也。」所謂三分天下，紀曉嵐獨占其二。

《石頭記》誠為第七才子書。如何讀才子書？不妨先讀金聖嘆與劉彥和。聖嘆是脂硯齋推薦的，彥和是紀曉嵐評點的，如此而已。

曲園小巧精緻，有詩為證：

堂前花落春仍在。小徑圍池共曲徊。
學問文章從此過，于今流入大江來。

（二）藝圃

藝圃是個小園子，卻是蘇州城最具個性的園子。過了桃花塢，穿過文衙弄，就來到這座小小園林了。最初是袁氏所建，名曰「城市山林」，後歸文震孟，改園名叫「藥圃」。文震孟的弟弟文震亨，是個園林專家，他寫了本《長物志》，好大篇幅專寫建園子，如何鑿池疊山，如何蒔花藝木，如何佈置廳堂。這些逸趣在藝圃中還能看到影子。

文氏兄弟是文徵明的曾孫，當時江山多故，震孟病逝八年後，明亡，文震亨絕粒而死。藥圃日漸荒蕪，山東人姜敬亭自戍所宣州來，流寓蘇州，遂購得藥圃，改園名叫「敬亭山房」。敬亭乃明之遺臣，經他改造和命名過的山房，也因此變得獨具一格，最明顯的，就是「明」字。

一進大門，便是高牆照壁，右轉是一個月亮門，門左是鏤空的大窗。一月，一窗，乃一個「朙」字。《說文》曰：「囧，窗牖麗廔闓明，象形。」往裡走，青藤攀牆蔽日，轉一彎，有牌匾曰「七襄公所」，這是園子幾經易主留下的痕跡。進得園子，就是一片池塘。手邊是思嗜軒，據說姜埰當年酷愛食棗，其子懷念父親，於是構築此軒。軒旁是暘谷書堂，從書堂望去，隔著水面，正對「浴鷗」的月亮門，日出暘谷，月門浴鷗，又

是一個明字。

再往裡是東萊草堂，東萊是敬亭故里，旁邊的餺飥齋不知是書房還是飯堂，因為餺飥是一種麵食，聊齋裡經常出現的。再穿過博雅堂，就繞到水池對面，這裡是「響月廊」，月廊與「延光閣」相接。延光為日，響月為月，還是一個明字。

響月廊通往香草居，前面就是南齋，小小書房，夏日清涼。齋前一方小池，有暗渠與水塘相接。再穿過假山，就是「朝爽亭」。有人說，只要把「朝」中的「十」，以及「爽」中的「乂」都去掉，就是「大明」。

敬亭終，其子姜實改園名為「藝圃」，傳名至今。

念姜氏父子，孤心耿耿，生成憂患，不能書之筆墨，那就形諸園林，觀園見志，莫如藝圃。園子後來幾易其主，到建國之初已破敗不堪。後來蘇州市園林修繕，藝圃才重整於新。園子的修復者陳從周先生，在他的《園林清議》中說：

「人們對豔麗富貴的花朵，以及其他的東西，總是喜愛的人多，而對一種單純的美，往往是曲高和寡，這也難怪，對美的欣賞總是由低級發展到高級，由絢爛歸於平淡，由顯露漸入含蓄，這幾乎是一種規律。而且『淡是無涯色有涯』，庭院中長期能給人受之不盡的還是綠色，它比較恒久，『養花一年，看花十日』，世界上沒有不謝之花，惟此綠意，可作長伴了。我在樹葉欣賞上，學到了做人的哲理。」

綠葉長於紅花，平淡多於綺絢。無限壯闊能從平淡道出，是園林，也是大觀園之中的絮絮言磨。在這裡，也不難理解紀昀的綠意軒，為何在書中就是悼紅軒了。

白馬翰如，在其風骨。大音希聲，源自本悟。真正的境界，自來都是旁通無涯的。

（三）宋鄭所南先生心史

八大詩曰：「梅花畫裡思／思肖。」在網上買到了《心史》影印本，明張國維刊刻，宋鄭所南著。鄭所南就是梅花畫裡的思肖。所南翁是畫家，我在廣州看《鄭露抱琴圖》時，旁邊就是鄭思肖的墨蘭圖，與傳說一樣，真的是「畫蘭不畫土」。

曾有人問他緣故，思肖答：「地為番人奪去，汝不知耶？」石濤也畫露根蘭的，亡國之人，畫蘭無土，始於鄭思肖。

思肖的這部心史，發現過程是個奇跡。明朝末年，蘇州承天寺疏浚枯井，發現一個鐵函，僧人作神物供奉於佛前。消息引來許多好奇者，在眾人要求之下，寺僧打開鐵函，裡面是一層石灰，灰漿裹著一個錫匣，匣內是生漆封裹的紙緘，上寫「大宋世界無窮無極，大宋鐵函經，德祐九年佛生日封。」拆開之後裡面還有一層，上寫「大宋孤臣鄭思肖百拜封。」再打開，就是折疊成卷的《心史》。

《心史》的內容填補了很多史學空白，也不乏怒斥之詞。比如《四庫》就列其為偽書，

可知此書有多犯忌諱了，非得斥其為偽才肯甘休。吟詠過《心史》的人有很多，比如顧炎武，錢肅樂，張岱等，都對此書推崇備至。張岱作《石匱書》，某些方面也是效法《心史》。

自古藏書的方法很多，比如史記的「藏之名山，副在京師」。比如《古文尚書》藏在孔子宅壁中。再如這部《心史》投之枯井。最奇的還是《石頭記》。石頭記以人情作鐵函，以世俗為灰漿，以訓詁音韻作錫匣，以謎語作漆封，然後投之市井之中，令人「閒談不說紅樓夢，讀盡詩書也枉然。」書中說這是刻在石頭上的故事，宋代僧人卻說：「勸君不用鐫頑石，路上行人似口碑。」這正是《石頭記》的藏書之法，藏於大眾的口碑中，比什麼方法都好使。蔡先生在《石頭記索隱》中說，這書有好幾層意思，真是慧眼如炬。

這次來蘇州要找一下《心史》的遺跡，走在平江路上，有家小店叫「轉角遇到貓」，前年冬天和表弟來時，正寒風肆虐，老弟說這下聯就叫「出門凍成狗」，說來一笑。街巷裡還有賣蟹殼黃的，有個上海人專門跑來，買了一百個帶回去。上海也有蟹殼黃的，反正我嘗不出兩地區別，都還不錯。

走到平江路南頭，看到一塊碑，這是宋代蘇州城的平面圖，和今天蘇州主城的輪廓是一樣的。我們要找一個叫承天寺的地方，但是找不到。這是宋代的地圖，而承天寺在宋代叫「能仁寺」，一找果然在，位於城的西北邊。在相應的位置，有條街叫「承天寺前」，立即出發。等到了「承天寺前」才發現，一點寺廟的痕跡都沒有。打聽了半天，有人指著一座大院說，那就是原先的廟，大殿拆了，蓋了那幾座紅磚倉庫，這一片從前都是廟，現在已成了居民區。

原來如此，我在附近找到了兩口井，一口在居委會南邊，另一眼在「大殿故址」往東三十米的民居旁。第二眼最神奇，井邊有一顆五百年的大樹，上邊掛著園林保護的牌子。樹是明朝的樹，井不知是哪朝的井。一位打水的大媽說，井是原先寺裡的，一直能用，也就一直修修的。原來有用的留下來，沒用的已拆了。不知寺裡曾有幾口井，當年《心史》所在的又是哪一口，也許早就消失了，但地點肯定在附近。

第二天晚起，穿街過巷，有家小店挺火，順便吃個豆腐腦，卻是鹹的。大概過了嶺南才會變甜吧。不過甜的都叫豆花，鹹的才叫豆腐腦，並不是一樣東西。到了山塘街之後，補了個小生煎，又坐下吃雞頭米。街角有塊碑，卻是寶玉寫的，叫「山塘尋勝」。據說是從寶玉字帖裡湊出來的，集字而已，倒挺像回事。

往前走還有個仿葫蘆廟，畫了只寶葫蘆在廟門上。紀昀硯銘曰：「雖畫壺盧，實非依樣，既有壺盧，無妨依樣，任吾意而畫之，又不知其何狀。」紅樓任意畫壺盧，山塘又來依樣畫，不知真這樣，還是鬧那樣。《石頭記》裡的葫蘆貌似是瓢葫蘆，也就是匏，又名壺，博物館裡那種叫「壺」的陶器，形狀就是葫蘆。後來用青銅鑄造，而「壺」字象形，畫的正是青銅壺。假作真時真亦假，過幾個假景之後，就該看真文物了，快到虎丘時，河畔就是張公祠。

張國維，明兵部尚書，水利專家，著有《吳中水利全書》，曾出資刊刻鄭所南《心史》。明亡之後，為免鄉里塗炭，自沉殉國。他的祠堂就在南社紀念館。

一百多年前，柳亞子、陳去病等人為革命造勢，成立南社，地點就選在張公祠。祠堂已修葺一新，此即心史刊刻的源頭。國維故居在金華東陽，余遊金華竟不知此，匆匆過之，深以為恨。

顧炎武曾作《井中心史歌》，他的故居在蘇州昆山千燈鎮。夜宿千燈，明月朗朗，第二天遊客紛紛至，曲巷小橋都是各地口音。鎮南就是顧氏舊居，也是其千秋佳地。

君以南人，長居北地，載書荷鋤，行跡山河，非只為采銅於山也。《日知錄》雖瑣碎，而志不在些小，《音學五書》博約，亦深求源流。章太炎說樸學肇自顧亭林，打開《石頭記》鍚匣的鑰匙，就源自這裡。

南北兩本心史，雖流傳方式不同，其用心也一。所南公詩曰：「一心中國夢，萬古下泉詩。」這也是《石頭記》夢之所在。

某某年郞員記

本書相關圖片出處

書名（書法字體）：紀曉嵐與唐伯虎書，書名頁。

圓明園：作者拍攝，頁12。

觀弈道人銘文：出自《閱微草堂硯譜》，紀曉嵐紀念館提供，頁14。

紀曉嵐故居：李強拍攝，頁16。

北京胭脂胡同：作者拍攝，頁17。

《四松堂集》刻本注、校本簽、紀昀序、曉嵐章：胡適之舊藏《四松堂集》，中國國家圖書館藏，頁18。

順時針看的圖片：長安製作，頁21。

東南樸學：作者拍攝，頁31。

紹興剩水蕩：明張岱題句，作者拍攝，頁54。

故宮宣傳畫：作者拍攝，頁58。

寶玉「至寶」與印章：故宮博物院藏。方長安拍攝、拼圖，頁61。

大同城牆遺跡：作者大同拍攝，頁71。
紀曉嵐與茗煙：作者虎坊橋拍攝，頁85。
滄州博物館「攔面叟」：作者拍攝，滄州博物館，頁86。
孔府對聯上聯：作者拍自洙泗闕里，頁87。
孔廟的鬧龍填青匾：康熙書萬世師表，作者拍自南孔廟，頁105。
雍正書生民未有：作者拍自洙泗闕里，頁106。
北京太廟：作者拍攝，頁109。
北京孔廟大成門：作者拍攝，頁109。
金臺書院舊址：作者拍攝，頁112。
福州紀曉嵐題匾：作者福州拍攝，頁114。
龍岩紀曉嵐題匾：作者龍岩拍攝，頁114。
福建連城博物館藏紀曉嵐題匾：作者連城拍攝，頁114。
上海嘉定潛研堂：錢大昕故居，作者嘉定拍攝，頁115。
梅花嶺：作者揚州拍攝，頁119。

崖山祠與崖山戰地：作者新會拍攝，頁120。
好山色：西湖張公祠匾額，長安拍攝，頁125。
杭州弼教坊舊址：作者杭州拍攝，頁125。
揚州梅花嶺對聯：作者實地拍攝，頁148。
杭州小孤山文瀾閣《四庫全書》館：鄔員拍攝，頁168。
鯨鐘聲度：虎丘乾隆對聯，作者虎丘拍攝，頁185。
永瑢印：故宮博物院畫展，長安拍攝，頁191。
章太炎千字文：章太炎紀念館藏，長安拍攝，頁192。
八大山人「廿日」印：四川美術館四畫僧展。阿遙拍攝，頁206、215。
鶴首隱「三月十九日」：八大山人紀念館藏，鄔員拍攝，頁207。
飛鳥：南京博物院畫展。鄔員拍攝，頁208。
「三月十九」的花押：浙江省博物館畫展，鄔員拍攝，頁208。
「三月十九」拼成的「寫」：南京博物院畫展，鄔員拍攝，頁208。
八大山人即雪个：四川美術館四畫僧展，阿遙拍攝，頁209。

青雲譜的孤竹：拍自青雲譜，八大山人紀念館藏（複製），長安拍攝，頁210。
對聯：出自錢坫之手，無錫博物館，作者無錫拍攝，頁214。
集東坡筆帖成紅樓句：頁240。
詩境碑：陸游手書，首都博物館「望郡吉安」展，鄔員拍攝，頁264。
八大山人（貓）：四川美術館四畫僧展。阿遙拍攝，頁284。
小船兒：作者拍攝，頁288。
《文房圖贊》：宋代林洪著，作者實地拍攝，館藏於杭州博物館，頁291。
紀曉嵐硯銘：出自《閱微草堂硯譜》，紀曉嵐紀念館提供，頁293。
閱微草堂外景：作者實地拍攝，頁297。
火神廟：北京琉璃廠，作者實地拍攝，頁306。
雲間第一橋：上海，作者實地拍攝，頁312。
乾清宮正殿：北京紫禁城，作者實地拍攝，頁320。
江陰忠義之邦匾額：蔣中正書，作者實地拍攝，頁338。
江陰文廟閣典史：作者實地拍攝，頁339。

寧遠城內：作者實地拍攝，頁 365。

陶庵留碧碑：嘉定上海大學校園內，作者實地拍攝，頁 375。

臥碑：杭州孔廟碑林，作者實地拍攝，頁 395。

閱微草堂：作者實地拍攝，頁 404。

淩波現象：作者實地拍攝，頁 405。

扵此學海：作者實地拍攝，頁 420。

歙縣會館：北京，作者實地拍攝，頁 431。

曲園：蘇州，俞樾故居，作者實地拍攝，頁 432。

國家圖書館出版品預行編目資料

紀曉嵐與紅樓夢 / 鄔員著
-- 初版 -- 臺北市：蘭臺出版社：2019.11
ISBN：978-957-9267-36-6（平裝）
1.(清）紀昀 2.紅學 3.研究考訂

857.49 108015439

紅樓夢研究叢書 1

紀曉嵐與紅樓夢

作　　者：鄔員
編　　輯：陳嬿竹
美　　編：陳嬿竹
封面設計：塗宇樵
出 版 者：蘭臺出版社
發　　行：蘭臺出版社
地　　址：台北市中正區重慶南路1段121號8樓之14
電　　話：(02)2331-1675或(02)2331-1691
傳　　真：(02)2382-6225
E—MAIL：books5w@gmail.com或books5w@yahoo.com.tw
網路書店：http://5w.com.tw/
https://www.pcstore.com.tw/yesbooks/
博客來網路書店、博客思網路書店
三民書局、金石堂書店
總 經 銷：聯合發行股份有限公司
電　　話：(02) 2917-8022　傳 真：(02) 2915-7212
劃撥戶名：蘭臺出版社　帳號：18995335
香港代理：香港聯合零售有限公司
地　　址：香港新界大蒲汀麗路 36 號中華商務印刷大樓
C&C Building, 36,Ting, Lai, Road, Tai,Po, New,Territories
電　　話：(852)2150-2100　傳真：(852)2356-0735
出版日期：2019年11月 初版
定　　價：新臺幣380元整（平裝）
ISBN：978-957-9267-36-6